À PROPOS DE L'AUTRICE

Cécilia City est une romancière dotée d'une imagination fertile. Après plusieurs années à écrire à l'abri des regards, elle se décide à faire le grand saut en publiant ses textes, des romans pimentés d'humour, d'amour et de suspense. Vivre sa vie pleinement et ne plus seulement la rêver : tel est son leitmotiv.

L'amour est un dessert qui se mange à deux

CÉCILIA CITY

L'amour est un dessert qui se mange à deux

Harper
Collins
POCHE

HARPERCOLLINS FRANCE

83-85, boulevard Vincent-Auriol, 75646 PARIS CEDEX 13
Tél. : 01 42 16 63 63

www.harpercollins.fr

ISBN 979-1-0339-0737-4

Chapitre 1

♪ « *Jingle bell, jingle bell, jingle bell rock*
Jingle bells swing and jingle bells ring
Snowing and blowing up bushels of fun
Now the jingle hop has begun
Jingle bell, jingle bell, jingle bell rock
Jingle bells chime in jingle bell time
Dancing and prancing in Jingle Bell Square
In the frosty air[1]. » ♫

L'afflux de clients dans la boutique ne désemplit pas depuis ce dimanche matin 9 heures. Pour ce premier week-end de décembre, il y a foule dans le 1er arrondissement de Paris. Les trottoirs sont noirs de monde, les voitures, à l'arrêt dans des bouchons monstres et les cars de visiteurs, alignés les uns derrière les autres.

— Je vais vous prendre un assortiment de ces petites merveilles ! J'en raffole !

— Boîte classique ?

— Oui, en taille L, s'il vous plaît.

Derrière la vitrine, je m'affaire à contenter les clients. Ces derniers se comptent sur les doigts d'une centaine de mains. Le défilé auquel je fais face en compagnie de cinq de mes collègues est éreintant. Pourtant, je vibre à l'unisson avec les chants de Noël diffusés non-stop dans

1. Bobby Helms — *Jingle bell rock*.

les enceintes de la Maison Dorée, une chocolaterie-pâtisserie-confiserie de renommée internationale.

L'ambiance est festive, la joie se lit sur tous les visages. Les gens sont d'ailleurs bien plus loquaces qu'habituellement. Une chose est sûre : l'esprit de Noël est là.

— Ajoutez-moi un ballotin de chocolats au lait, s'il vous plaît, ma petite Lila.

— Très bien, Mme Brigniot. Un emballage cadeau ?

— Pas cette fois. Mais très bientôt, oui !

Je lui souris. Mme Brigniot est une habituée de la maison. Il ne se passe pas une semaine sans qu'elle achète de quoi boulotter sous la verrière de son appartement, non loin du Palais-Royal.

— Vous pouvez vous diriger vers mon collègue pour l'encaissement. Belle journée à vous.

Je place le tout dans un sac blanc et rouge aux détails pailletés que je pose sur le plateau automatisé. Il se met en marche et permet à mon binôme d'intercepter les achats et de les encaisser. Nous fonctionnons tous par équipe de deux. Et chaque heure, nous intervertissons nos postes.

La file de clients est si dense que je ne distingue plus la partie pâtisserie. Les confiseurs à l'étage ne sont pas en reste. Mes collègues montent et descendent sans cesse l'escalier pour ravitailler leurs rayons et vitrines.

— Vos bûches ne sont pas données, fait remarquer un chaland, aussitôt interrompu par une voix que j'affectionne tant.

— La qualité, monsieur. L'excellence.

Loris Dorée, le chef pâtissier, apparaît dans la pièce. Encensé par la critique, meilleur ouvrier de France, il fait rapidement taire les mauvaises langues. Son casque sous le bras, il ouvre sa veste en cuir et tapote l'épaule du client rabat-joie qui, étrangement, ne se plaint plus. L'air ronchon sur son visage s'estompe au profit d'un sourire radieux.

— Dans ce cas, mon choix se porte sur cette irrésistible bûche noisette.

Loris a eu vite fait de lui fermer son clapet.

— La « bûche Étoilée », excellent choix, dit-il en souriant malicieusement. Sous ce manteau de chocolat blanc se cache un gâteau croquant autour d'un cœur délicat à la noisette.

Véritable travail d'orfèvre, le dessert est splendide.

— Et le service est assuré par notre sympathique et charmante Lila. Vous avez beaucoup de chance.

Je rougis en croisant le regard du chef Dorée, le fils des patrons, qui donne libre cours à son imagination en cuisine pour proposer à la clientèle des créations uniques et divines.

Je me baisse pour attraper une boîte dans laquelle je place le gâteau sous l'air charmé du client conquis.

De son côté, le chef traverse l'étage et se retrouve à prendre la pose pour des touristes asiatiques. Beau garçon, excellent pâtissier, père de famille responsable, joueur de golf émérite, l'homme est parfait en tout point. Je le côtoie depuis près de cinq ans et je n'ai que des compliments à faire à son sujet.

Une vingtaine d'autres gourmands se succèdent jusqu'à la fermeture. Après avoir relevé ma caisse, c'est le nettoyage des vitrines qui m'attend. Comme mes collègues avec qui je chante en chœur, je ne sens plus mes jambes, mes mains tremblent et mon estomac gargouille… Aucun doute, la journée a été prospère.

— Ce week-end est le premier d'un mois de décembre plus que prometteur !

Du haut des marches, derrière la balustrade du premier, la mère Dorée nous fait un long speech sur les bienfaits du travail d'équipe. Elle disparaît en cuisine alors que mes collègues et moi ne ménageons pas nos efforts pour que nos postes de travail brillent. Lorsqu'elle réapparaît, c'est en poussant un chariot, accompagnée d'un commis qui l'aide à transporter son butin jusqu'à une table vide.

— Prenez chacun un sac et régalez-vous !

La générosité de la mère Dorée n'est plus à prouver. Il n'y a pas meilleur employeur que cette sympathique petite dame à l'accent portugais. Par amour, elle s'est expatriée en France à l'âge de vingt ans pour le père Dorée, patriarche aux airs patibulaires qui, en réalité, se révèle un adorable personnage.

Imitant des enfants émerveillés devant les vitrines de fin d'année, ma brochette de collègues et moi encerclons la table. Les sacs aux couleurs de Noël sont tous plus beaux les uns que les autres. J'en saisis un que j'ouvre sous le regard charmeur de Loris, appuyé contre le chambranle d'une porte.

Les remerciements pleuvent.

— Mes petits, vous avez mérité ces présents ! répond madame Dorée.

Je tire un carnet de chèques-cadeau coincé entre deux assortiments de chocolats et une pâtisserie mystère.

— Cette année encore, c'est la maison qui régale, poursuit-elle, tout sourires. Vous pourrez choisir, pour le week-end de Noël, une bûche confectionnée dans nos cuisines pour vos papilles.

Les exclamations se font plus intenses.

— Seule condition : me transmettre vos choix avant le 15 décembre. Je ne vous dis pas où trouver les catalogues de présentation, plaisante-t-elle.

— Super !

— Génial !

Je jette un coup d'œil à l'horloge murale. Il est 20 h 30, l'heure de rentrer chez moi.

Dans les vestiaires, je suis l'une des dernières à partir. Bavarder avec Sophie, ma collègue pâtissière, m'a fait perdre une demi-heure, mais aussi gagner des abdominaux. J'ai tellement ri que mes joues sont endolories au moment où je traverse le rez-de-chaussée.

Loris, debout devant l'arbre de Noël qui s'illumine de toute part, semble attendre quelqu'un ou quelque chose.

— Bonne soirée, Loris.

Le sourire tendre sur mes lèvres lui arrache un clin

d'œil charmeur. Je m'apprête à fermer la porte derrière moi quand il me rattrape.

— Comment rentres-tu ?

— En métro.

— Tu n'as pas pris ta voiture ?

Je lui indique que non.

— Je te ramène ?

— Sur ton engin à deux roues ? bafouillé-je, peu sûre de moi. Je ne raffole pas des bécanes. Je vais prendre le métro.

Il saisit son casque posé à l'entrée.

— Je suis prudent. Il ne t'arrivera rien.

La voix douce qu'il utilise pour me parler me rassure. J'observe longuement la moto avant de lancer un regard hésitant à Loris.

— Fais-moi confiance, Lilou.

Je hoche finalement la tête pour accepter sa proposition.

Tandis que je patiente sur le trottoir, Loris éteint les derniers éclairages encore allumés dans la boutique. Muni de son bip, il gère à distance la fermeture du rideau métallique. Il ouvre le coffre de sa moto et en sort un casque qu'il me tend. Puis, il grimpe sur son bolide. J'imite son geste pour me retrouver à cheval sur la moto. Je tâtonne l'engin espérant m'y accrocher. Voyant que je ne sais pas quoi faire de mes mains, mon ami les saisit et les plaque autour de sa taille.

— Tiens-toi à moi.

Il abaisse la visière de son casque.

— En route, jolie fleur !

Chapitre 2

Cramponnée au torse de Loris, je prie pour arriver indemne chez moi. Les décorations d'un Paris illuminé ne me divertissent pas sur la route.

Quand, enfin, Loris gare son engin de malheur au pied de mon immeuble, je vis une véritable délivrance.

Il prend mon casque et retire le sien.

— À quand notre prochaine balade ?

Ce n'est pas demain la veille qu'il me verra à nouveau monter sur sa bécane.

— Je ne suis pas fan de ce mode de transport et tu le sais.

Il sourit en rangeant le second casque dans le coffre de la moto avant de me rejoindre sur le trottoir.

Observant les alentours, je remarque que les devantures des échoppes et autres commerces en plein cœur du quartier Louvre-Rivoli sont animés. Petits trains et lutins en bois réjouissent les passants qui s'arrêtent pour contempler les vitrines. On y trouve de véritables trésors.

Loris me tend le sac contenant les gourmandises offertes par sa mère. À sa lenteur et à son regard, je comprends qu'il aimerait rester, passer un peu plus de temps auprès de moi. Ses gestes le trahissent. C'est un charmeur aux non-dits colossaux. Certainement pense-t-il que, en un claquement de doigts, je peux avoir accès à ses pensées. Or, ce n'est pas le cas. Et cela, il l'oublie souvent, peut-être même trop souvent.

— Un verre pour clore la journée en beauté ?

— Pourquoi pas un resto ?

— Et Gabin ?

Gabin est un petit homme d'à peine trois ans, au sourire enjôleur. Le portrait craché de son papa. Des cheveux bruns, des yeux noisette, un nez retroussé, des pommettes saillantes, et ce petit je-ne-sais-quoi dans son attitude qui fait que n'importe qui lui donnerait le Bon Dieu sans confession.

— Il est avec sa mère.

— Ta femme, donc ?

Loris paraît gêné à l'évocation de son épouse. Avec cette aura charmeuse qui ne le quitte jamais, il prend mon menton dans sa main et le secoue d'un geste joueur.

— On remet le resto à plus tard ? proposé-je alors. J'aimerais rester tranquillement chez moi. Après une journée aussi longue, j'ai besoin de calme.

— Je pourrais cuisiner, propose-t-il.

La tête inclinée sur mon épaule, je l'observe tandis qu'il hésite.

— Je ne veux pas te sembler insistant, oppressant ou collant.

— Toi, tu as besoin de parler.

Il souffle et ses épaules s'affaissent.

— Tu sais quoi ? Ma mère m'a apporté une bouteille de vin hier, un très bon cru d'après mon père. Si le cœur t'en dit, concoctons-nous un repas gourmand et détendons-nous devant la télévision. On sait faire ça, non ?

L'air taquin sur mon visage séduit mon ami que je tire alors par le bras. Tandis que j'ouvre la porte et la lui tiens, il entre sa bécane dans la courette. Pour plus de sécurité, il l'attache à l'accroche moto en forme d'épingle sous la fenêtre de la voisine.

— Tu es certaine que je ne m'incruste pas ?

Un peu en réalité, étant donné qu'une horde de mecs m'attend à la maison… *Si seulement.*

Je l'entraîne dans le hall de l'immeuble cossu où

scintillent des guirlandes étincelantes. Depuis sa loge, le concierge, M. Dubois, m'interpelle pour la récupération des livraisons de la journée.

— Tu noteras que je me suis lâchée sur Amazon.

— Tu as dévalisé les rayons via ton ordinateur, fait Loris en portant mes colis jusqu'au deuxième étage.

En sortant de l'ascenseur, nous obliquons à droite. La couronne à l'effigie des elfes de Noël sur la porte ne laisse aucune place au doute, c'est bien chez moi.

— Les voisins ne vont pas tarder à m'emboîter le pas.

— Comme tous les ans !

Clés en main, j'ouvre la porte et entre dans un cocon de douceur. Un doux parfum flotte dans l'appartement. Loris le respire avec plaisir, place mes affaires sur la table du salon et prend ses aises dans mon F2, hérité de ma grand-tante partie rejoindre les anges, il y a trois ans déjà. La pauvre a succombé des suites d'un long cancer. Une fois la maladie détectée, il était déjà trop tard.

L'effluve vanillé est un hommage à la douce et adorable femme qu'était ma tante, qui, n'ayant aucun héritier, m'a couchée sur son testament. Grâce à son geste, j'évolue au cœur de Paris dans un quartier historique où se mélangent savamment modernité et vieille pierre. Comme elle, j'avance seule. Je suis une indécrottable célibataire.

— Une idée pour le dîner ?

— Faire simple, je suis affamée.

Débarrassée de mon manteau et de mes godasses, j'accompagne Loris en cuisine. Il connaît l'appartement dans ses moindres recoins. Il a même déjà expérimenté le moelleux de ma literie sans que jamais notre relation n'outrepasse les limites d'une belle amitié, que nos proches désignent comme hors du commun.

Si j'écoutais ma mère, je me retrouverais mariée à Loris, à la tête d'une famille nombreuse et je gérerai, en parallèle, l'un des cinq points de vente parisiens de La Maison Dorée.

Si j'avais écouté ma sœur, il est certain que la « friendzone » entre lui et moi n'aurait pas perduré.

Marylin, ma meilleure amie, pense quant à elle qu'il y a peu de chance pour que ma relation amicale avec Loris fonctionne sur le long terme. Selon elle, Loris est dans le *trop*. Trop sexy, trop parfait, trop intelligent, trop philanthrope, trop amical, trop aimable, trop à l'écoute, trop sportif, trop ceci, trop cela. Il est *trop* avec moi et *pas assez* avec sa femme.

— Partante pour un gratin de reblochon ?

Je le rejoins devant le frigo plein.

— Tu t'occupes du gratin et moi de la salade de fruits ? On pourra également profiter en accompagnement de fin de soirée du ballotin de chocolats offert par ta mère.

Avec un plaisir non dissimulé, Loris approuve, et c'est ainsi qu'il passe derrière les fourneaux. Monsieur n'est pas seulement un brillant chef pâtissier. Du haut de ses trente ans, le gaillard aux épaules robustes est aussi un très bon cuisinier.

Alors qu'il recouvre le plat du gratin, Loris se fige.

— Tout va bien ?

Peu enclin à me répondre, il enfourne le tout et ferme la porte du four avec le pied.

— Loris ?

Je nous sers deux verres de vin et m'approche pour qu'il s'approprie l'une des coupes.

— Je…

Il saisit son verre en soufflant un long moment. Son regard s'éteint jusqu'à lui donner un air chagriné. Espérant qu'il retrouve le sourire, je sors d'un placard de l'entrée un bonnet de Noël que j'enfile sur ma tête.

Aucun effet, il est comme désenchanté.

— Loris, dis-je en posant mon verre.

— C'est terminé.

— De quoi parles-tu ?

— Cléo et moi.

— Vous vous êtes disputés ? Ce n'est pas grave. Tous les couples connaissent des hauts et des bas.

Le leur connaît plus de bas que de hauts, m'enfin.

— Nous ne sommes plus en communion l'un avec l'autre.

L'ont-ils un jour vraiment été ?

— J'attends de Cléo des choses qu'elle est en incapacité totale de m'offrir et vice versa. Que veux-tu… C'est triste, mais c'est la vie.

— Ne sois pas pessimiste, vous allez recoller les morceaux. Une nouvelle fois.

Il agite sensiblement la tête en essuyant ses mains avec le torchon qui se trouve sur le plan de travail. Ensuite, il avale le vin cul sec. À son air ennuyé, je comprends qu'il attend plus qu'une bouteille de Château-Margaux, il veut s'enivrer d'un alcool fort pour oublier.

— Nous divorçons. J'ai signé les papiers ce matin. Il ne manque plus que la signature de Cléo pour officialiser la rupture.

C'est ce moment que choisit mon bonnet lumineux pour déconner. Il clignote à vive allure et entame une mélodie de Noël que je n'ai pas activée.

« Chrismas love, love, love, love… The end end end ennnnnnnd. »

La voix se déforme, ralentit puis s'éteint. Les diodes cessent de fonctionner. Là où Loris rit jaune et interprète cela comme un signe du destin, j'y vois une malheureuse coïncidence. *Juste une malheureuse coïncidence.*

Chapitre 3

— J'ai du mal à y croire. Elle est ta moitié, tu es son… Comment disait-elle déjà ?

Excédée par la musique anormalement lente qui se remet en marche, j'envoie valser le bonnet à l'autre bout de la pièce.

— Son preux chevalier, répond-il en déglutissant.

Une coupe de vin ne suffit pas à estomper l'amertume apparue à l'annonce du divorce de Loris et de Cléo. D'une part, j'admets rapidement que je me suis mise en retrait pour rien lors de l'arrivée de la blonde canon dans nos vies, comme un cheveu sur la soupe, on peut le dire. D'autre part, un mythe s'effondre. Celui du couple presque parfait de jeunes mariés devenus parents dans la foulée et propriétaires d'une immense maison du côté du 16ᵉ, à proximité du bois de Boulogne.

— Je ne peux pas y croire.

Tout ça pour ça…

Je m'apprête à nous servir une seconde tournée quand Loris m'en empêche.

— Doucement, je conduis et je te rappelle que tu es censée m'accompagner courir demain.

Quelle excuse trouver pour échapper à la corvée du jogging que je m'inflige chaque lundi et jeudi matin ? Je ne suis pas différente de certains chiens. Eux courent après un os. Moi, après le derrière de Loris. Oui, c'est ma seule satisfaction, car les calories perdues pendant un jogging reviennent se loger sur ma culotte de cheval le soir même.

— J'ai besoin d'encaisser la nouvelle.

Encaisser que j'ai perdu quatre ans à être seulement la « bonne copine », « la meilleure amie ».

La liqueur finit par couler dans les coupes. Je lâche la bouteille et m'affaisse sur la table en secouant la tête négligemment. Je ne peux pas y croire, je ne veux pas y croire… J'ai envie d'y croire. Le couple phare devant lequel je bavais et que, parfois, il m'arrivait de mépriser en silence par pure jalousie se casse la gueule comme un château de cartes.

— Pourquoi ? Mais pourquoi ? Tu imagines le nombre de complexes que vos proches ont développé face à votre merveilleuse histoire d'amour ?

Par « vos proches », j'entends *moi* et l'utilisation du terme « merveilleuse » n'est qu'ironie.

— Hein ?

— J'ai envié votre couple… J'ai envié votre complicité des débuts, vos regards amoureux, vos gestes tendres. J'ai complexé. Je vous ai placés sur un piédestal monstre et, aujourd'hui, tu m'apprends que votre relation n'est plus. Que votre duo parfait part en fumée.

J'ai souvent voulu être une autre, prendre la place de Cléo, pour l'avoir *lui*. Le temps a fait son œuvre et je m'étais résignée à conserver nos rapports amicaux.

— Parfait en apparence. Tu sais que la météo n'était plus au beau fixe depuis quelques mois.

— J'ai cru à une mauvaise passe. Jamais je n'aurais imaginé que tu m'annonces une nouvelle pareille. Je te pensais heureux. Tous les couples connaissent des crises.

— Heureux ? répète-t-il, railleur.

— Oui heureux. Barbie et Ken dans leur belle maison. Barbie et Ken en vacances au soleil. Barbie et Ken avec leur enfant !

Faisant craquer sa nuque, Loris rit nerveusement.

— Le paraître Lilou, le paraître. Depuis dix mois, le

jeu des apparences est devenu une constante dans mon couple. Je crois qu'il n'y a plus d'amour. Les sentiments des débuts ont été étouffés par la routine que Cléo et moi avons instaurée malgré nous. Elle n'a plus cette lueur dans le regard lorsqu'elle me voit. De mon côté, l'envie de lui plaire, de la séduire a disparu.

— Il n'y aura pas de seconde chance ? C'est vraiment terminé ?

Il approuve. Et face à lui, je me retrouve démunie.

— Ne fais pas cette tête.

S'il savait.

Drôle de situation. Les rôles se sont inversés. J'aurais dû être l'épaule solide sur laquelle il s'épancherait. Pourtant, je suis celle que Loris console. J'accepte difficilement cette nouvelle désillusion. S'il y avait bien une personne me permettant de croire en l'amour, c'était lui. Mon curseur spécial relation avait pour point de repère le couple qu'il formait avec Cléo. Le genre de femme qui fait tourner les têtes des hommes et complexer les autres nénettes. J'enviais sa vie et son mari. Ensuite, toujours en l'enviant, j'ai appris à la détester.

Une mélodie s'échappe du four, le gratin est prêt. J'ai la gorge nouée, la faim n'est plus au rendez-vous.

— À table !

Loris tente de retrouver un air jovial.

— OK.

Ma réponse d'une voix sans timbre ne le convainc pas.

— Eh, viens par ici.

Il m'ouvre ses bras. Je reviens sur mes pas et m'y engouffre, la bouteille de vin dans une main. Pelotonnée contre son torse musclé, je me dis que Cléo ne sait pas ce qu'elle perd. Les femmes tueraient pour un câlin avec son futur ex-époux.

En y réfléchissant bien, je comprends qu'il existe entre deux êtres qui se sont aimés des différends irréconciliables. Ces derniers les empêchent de poursuivre sur la même voie, d'emprunter main dans la main un chemin commun.

J'ai été le témoin d'une situation similaire. Plus qu'une simple spectatrice, j'ai vécu les hauts et les bas d'une relation de couple dans laquelle tout partait à vau-l'eau. Les moindres prétextes sont alors bons pour s'écarter de cette moitié qui ne correspond plus à nos attentes. On ne la comprend plus, on ne l'entend plus et cette personne devient une étrangère que notre cœur rejette.

— La situation ne doit pas être évidente pour toi.

Je quitte les bras de Loris. Quand le goulot de la bouteille atteint mes lèvres, la sensation du vin sur ma langue atténue la peine que je ressens pour lui. Égoïstement, un espoir naît en moi.

Cette séparation résonne en écho dans ma tête. Des souvenirs plus ou moins douloureux se réveillent. Je me dirige dans le salon en me demandant pourquoi le XXIe siècle est un véritable raté pour l'amour délicat, l'amour sincère, l'amour solide. Pourquoi ?

Suis-je en dehors des réalités ? Trop cucu la praline ?

— Installe-toi sur le canapé, je m'occupe du service.

Je m'exécute en m'avachissant sur le sofa et en allumant le téléviseur.

— Tiens.

Loris m'apporte une assiette contenant une énorme portion de gratin. Il y a quelques secondes encore, je m'imaginais seulement picorer le plat. À présent, charmée par l'odeur de fromage, séduite par la montagne de pâtes dans mon assiette, je renonce à la fadeur de la soirée qui se profilait.

Assise en tailleur face à mon ami, je me régale. Mes coups de fourchette ne trompent pas. Loris n'est pas en reste et termine son assiette avant moi. Il se ressert. Je ne l'imite pas, j'ai tellement envie d'un dessert.

— Des glaces ? propose-t-il.

— La salade de fruits me suffira.

Il sourit en m'aidant à débarrasser la table basse des assiettes vides et des couverts. Je lui ordonne de se détendre, mais il n'en fait qu'à sa tête et lance le lave-vaisselle plein à craquer.

— Tu es en guerre avec le nettoyage de ta vaisselle ?

— J'attends que l'appareil soit rempli pour le programmer. Économie d'eau, d'électricité, je me préoccupe de la planète.

— Et à moi, tu ne voudrais pas me faire du bien ?

Oh que si !

Silence, puis éclats de rire.

— Tu penses à ce que je pense ?

Ses yeux rieurs me font craquer. Je caresse sa bouille. Sa main se pose sur la mienne et durant de longues minutes, nous nous observons avec intensité. Loris n'est pas seulement un ami, il est aussi mon repère, mon protecteur. Notre passé commun est lourd d'importance, lourd de sens.

Il dépose un baiser sur mon nez et, se munissant des coupelles de fruits, disparaît dans le salon.

Dans le frigo, je mets la main sur son péché mignon, la crème chantilly qu'il utilise sur un quart de ses créations pâtissières.

— Voilà !

Je m'installe à ses côtés sur le canapé.

— Je l'ai préparée hier soir. Tu vas me dire ce que tu en penses. Sois franc.

— Oui, chef ! J'en déduis que les chocolats attendront.

Je recouvre nos desserts d'une épaisse couche de crème que nous nous empressons de savourer. La dégustation est jouissive. Sur ma lancée, je plonge mon doigt dans la chantilly. Vorace, Loris le lèche.

— Rien que ça !

Il me dévisage et, sans que je le voie venir, embrasse le creux de mon épaule. Je gesticule. Loris dépose une kyrielle d'autres baisers sur ma nuque. Je pourrais le repousser, mais non. La sensation est étrange, agréable, *nouvelle*.

Désinhibée par les trois verres d'alcool avalés avant et pendant le repas, ma main sillonne son torse et s'approche dangereusement de son entrejambe. Loris reste chaste dans ses gestes contrairement à moi qui m'enflamme aussi vite que la braise.

— Nous sommes amis.

— Oui, souffle-t-il.

Le cœur battant à cent à l'heure, je caresse avec insistance son bas-ventre.

— De très bons amis.

Sans me quitter du regard, il approuve d'un signe de tête. La raison me hurle de m'arrêter, de ne pas franchir une limite qui pourrait mettre en échec l'amitié liée ces cinq dernières années.

Du bout des doigts, j'effleure la bosse sur son pantalon.

— Ce n'est pas raisonnable, murmure-t-il sans pour autant cesser de jouer avec une mèche de mes cheveux.

L'envie est plus forte que tout.

Loris pose sa coupelle sur la tablette à côté du canapé.

Je l'enjambe. Il place ses mains sur mes hanches.

Maladroitement, je libère ma crinière de mon chignon. Et tandis que mes cheveux d'un marron glacé tombent en cascade dans mon dos, j'approche mon visage du sien.

Son souffle cogne sur ma peau. Quelques millimètres séparent ses fines lèvres sucrées des miennes. Je respire l'air qui s'échappe de sa bouche. Front contre front, nez contre nez, nous nous livrons à un jeu interdit, mélange de frustration et de plaisir.

On ne devrait pas.

Doucement, je plaque ma poitrine contre son thorax. Loris me cajole. Ses mains parcourent mon dos dans son ensemble.

Les limites, songé-je. *Nos limites.*

Il m'embrasse avec fougue. Je savoure chaque seconde de ce moment inattendu.

Alors que ses mains glissent sur mon fessier, j'entreprends de me frotter plus intensément contre lui.

— J'ai envie de toi, Lila…

Le déclic. Je me redresse totalement. Ce n'est pas sérieux. Nous nous apprêtons à commettre une belle connerie. Pourtant, aimantée à lui, je ne peux m'en éloigner.

— Nous aurions dû y aller mollo sur le vin, déclaré-je, toute chamboulée.

L'alcool, bon prétexte.

Il approuve d'un signe de tête. La raison me crie de le repousser. Le cœur, lui, m'implore de céder. D'enfin succomber à une tentation que je désire plus que tout depuis ce qui me paraît être une éternité. Je perds de vue les conséquences que mon acte pourrait engendrer et l'embrasse.

Erreur. Le lutin de Noël grimpeur, accroché au mur, en décide autrement. Il tombe sur la tête de Loris qui sursaute et m'éjecte du canapé. Il se confond en excuses et s'agenouille pour m'aider à me relever. Il remonte le zip du gilet que j'ai failli dézinguer dans ma chute et, bien sûr, une mèche de mes longs cheveux s'y coince.

Aïe.

Quel est le pire ? Me dire que notre premier baiser, dont j'ai rêvé une centaine de fois, est raté, ou qu'il me manque une sacrée touffe de cheveux qui foisonne sur le torse de Loris ?

Ou plus précisément, dans sa fermeture Eclair définitivement bloquée ?

Chapitre 4

En me relevant, je prends conscience de mon erreur.

— Je suis désolée, vraiment désolée. Tu es marié…

Debout les bras ballants au milieu du salon, mon regard cherche désespérément celui de mon ami. J'ai honte de ma faiblesse. Je ne sais pas comment rebondir pour apaiser une situation que je ne contrôle plus.

— Tu ne…

Je n'ai pas le temps de finir ma phrase. Les baisers déposés par Loris sur mon front ne sont pas la réponse que j'attendais. Toutefois, ils me tranquillisent. Peut-être n'ai-je pas fichu en l'air plusieurs années d'amitié.

Nous étions deux à nous embrasser. Pourtant, j'ai l'impression d'être la seule fautive dans cette histoire, une sorte de profiteuse.

— Il n'y a pas meilleur ami que toi sur cette planète, murmuré-je. Je ne veux pas gâcher tout ce que nous avons.

— Moi non plus.

Le silence s'installe. Je me blottis contre Loris qui m'étreint sans la moindre réserve. Pas besoin de mots. Il lit en moi comme dans un livre ouvert. Mes attentes, mes envies, il les connaît sur le bout des doigts. Je suis transparente avec cet homme. Cinq longues années qu'il veille sur moi, que je lui confie mes états d'âme. Lorsque je m'enfonçais dans l'obscurité d'un monde rongé par le remords, il était présent. Loris m'a sorti la tête de l'eau quand mes proches ne savaient plus comment m'approcher ni de quelle manière me parler.

Je ne veux pas perdre ce que nous avons pour du sexe.

— Je vais passer chez mes parents, m'annonce-t-il. Il est tard. Gabin doit dormir, mais j'ai besoin de voir sa bouille.

— Je comprends.

Je m'écarte de Loris et prétexte une envie pressante pour quitter la pièce. Enfermée dans les toilettes, je n'en reviens pas. Je me retrouve le cul entre deux chaises à ne plus savoir comment réagir.

Après cinq minutes d'une réflexion confuse, je quitte ma cachette et, l'air de rien, pénètre dans le salon vide. Loris n'est plus là. Il a pris soin de débarrasser et s'en est allé. Pas un mot, *nada*.

Que pense-t-il ? M'en veut-il ? Ces questions vont-elles tourner en boucle dans mon esprit toute la nuit ? Loris dit souvent que, de nous deux, je suis la plus réfléchie, la plus pragmatique. Des moments tels que celui-ci me font douter de la véracité de ses propos.

Dans mon lit, préalablement tiédi par une couverture chauffante de vieille fille seule aux pieds froids, je cogite. L'épuisement fait son boulot. Aux alentours de 3 heures du matin, je m'endors d'un sommeil de plomb.

Au petit matin, devant la glace de mon armoire, je frotte la trace de bave séchée au coin de mes lèvres. Pour le glamour, nous repasserons.

L'observation minutieuse que je fais de moi-même ne change pas d'un jour à l'autre. Cheveux brouillons et ternes dus au frottement contre l'oreiller. Teint pâle, regard fatigué et gonflé, cernes violets, lèvres gercées. J'accumule les « beauté faux pas ».

Sans attendre, je file sous la douche. Il est 8 heures, l'heure à laquelle je devrais me trouver au bois de Boulogne à courir avec Loris qui, depuis la veille, n'a donné aucune nouvelle. Je considère donc que notre séance de sport matinale est annulée. À quoi je m'attendais ?

Sous le jet d'eau chaude, je me nettoie de mes impuretés et peut-être aussi de mes erreurs. Shampoing à la douce odeur de lait de coco, après-shampoing de la même gamme, masque réparateur à base d'huile de ricin et gel douche hypoallergénique pour une peau fragile atopique.

Le temps que le masque pose, je me munis d'un gant de crin que je balade sur mon corps.

Sexy, la séquence douche, non ?

Je ressors de la cabine polie comme un sou neuf, parfumée à la délicate odeur de coco.

Le pas vif, je me prépare à glandouiller dans l'appartement. Je ne suis pas le genre de petite fofolle pour qui chaque jour est un jour nouveau. Ma routine est si bien installée que ça en devient désespérant.

Chaque matin, que je travaille ou non, je me prépare un petit déjeuner. Les restes de crêpes de samedi suffiront. Pot de Nutella, confiture Bonne Maman, jus multivitaminé et c'est parti pour un plaisir gourmand. Le plateau entre les mains, je prends racine sur le canapé du salon. Ma combi en pilou-pilou et mon plaid d'une douceur incroyable m'apportent tout le confort d'une journée de repos méritée.

Je suis en train de regarder le programme du téléachat quand mon regard dévie pour fixer l'endroit où Loris et moi nous sommes livrés à un jeu défendu. Autrement appelé : *Comment démolir une amitié en moins de temps qu'il n'en faut pour jouir ?* Nouveau concept, breveté et testé par mes soins.

Enfoncée dans mon sofa, je tends le bras pour essayer d'attraper l'assiette de crêpes posée sur la table basse, sans me déplacer.

— Allez, encore un peu… J'y suis presque.

La sonnette retentit. Je me retrouve les quatre fers en

l'air sur mon tapis gris. Il ne faudrait pas que ça devienne une habitude.

Je recrache les poils ingurgités lors de ma chute en traînant mon squelette jusqu'à l'entrée. Qui que ce soit qui me fasse lever de la sorte de si bon matin, je ne prends pas la peine de paraître présentable.

Et je le regrette amèrement quand j'ouvre la porte et découvre Loris, en jogging, qui éclate de rire.

— Ne dis rien, je suis une bombasse.

— Mieux que ça !

Mon regard glisse sur l'horloge murale couleur rose gold. « Pas rose poudré ni rose pastel, rose gold » comme me l'a rabâché la vendeuse du magasin de déco au moment de l'achat.

— Tu es allé courir ?

Pas une goutte de sueur sur son front. Il n'a pas non plus l'air essoufflé. Je crains sa réponse.

— Eh bien non. Comme tous les lundis, nous allons courir *ensemble.*

Peu convaincue, je repars le pas traînant m'installer sur le canapé. La porte d'entrée verrouillée, Loris me suit dans le salon.

— Tu n'es pas motivée ?

— Je ne suis jamais motivée quand il s'agit de sport.

— Allez Lilou !

Me faisant désirer, je secoue la tête. La perspective de me retrouver une nouvelle fois à la ramasse ne m'enchante pas.

— Merci, mais non merci. Aujourd'hui, ce sera sans moi.

— Lilou ! s'exclame-t-il en me tirant du canapé. C'est à cause d'hier soir ?

— Hier soir ? Non, réponds-je faussement souriante.

— Tu es gênée ?

— Non plus, lui assuré-je en haussant les épaules avec désinvolture.

Loris pince les lèvres.

— Je te connais. Je sais quand quelque chose coince.

Mauvais jeu de mots. Mes cheveux s'en souviendront longtemps.

— Rien ne coince, tout roule, lui assuré-je.

Malgré tout, le malaise se creuse, et Loris décide de prendre les devants.

— Écoute, si c'est à propos de ce que nous avons fait hier, soit tranquille : tout est oublié.

Pardon ? L'événement m'obsède depuis la veille et, pour lui, l'affaire est déjà classée ?

Une grimace laconique plisse mon visage. Je ne sais pas si je dois être vexée, déçue ou les deux.

Décelant mon air contrarié, il reprend :

— Ce n'est pas ce que je voulais dire, Lila. Tu es belle comme un cœur, tu trouveras l'homme qu'il te faut.

Bim, bam, boum. Retournement de situation. Je suis battue par KO. Loris souffle le chaud et le froid.

La bonne copine, je suis juste la bonne copine. La femme que l'on relègue au second plan. La fille sympa sans plus qu'on veut proche de soi, mais pas trop non plus.

— Pas de problème, lui lancé-je alors. Va courir, on se verra mercredi au boulot.

Mon amour-propre vient d'en prendre un coup.

Comme si cela ne suffisait pas, Loris ne cherche pas à approfondir la discussion. L'air désolé et un sourire timoré aux lèvres, il quitte l'appartement.

— La bonne copine, marmonné-je en retrouvant ma place sur le divan.

En l'espace de quelques secondes, les coussins près de moi se mettent étrangement à voler à travers la pièce.

Chapitre 5

Après un lundi à paresser sur le canapé, il est temps pour moi d'aller faire quelques courses. Le manteau sur les épaules, l'écharpe autour du cou, des collants quarante deniers aux jambes et des bottes fourrées aux pieds, je m'extrais de mon appartement armée de mon cabas multicolore. La perspective de retourner travailler demain est loin de m'enchanter.

Sur le chemin, je n'arrive pas à me sortir de la tête mon court échange de la veille avec Loris. J'aimerais pouvoir affirmer que cette distance qui s'est instaurée entre nous en l'espace de seulement quelques heures ne m'atteint pas. Mais ce serait mentir.

Même entre les tampons et les serviettes, Loris continue de m'obséder. Je tente de le virer de mes pensées en me concentrant sur les explications notées sur un paquet de protège-slips mais je n'assimile pas du tout ce que je lis.

J'entreprends une seconde lecture pour finalement me rendre compte que je n'ai pas besoin de protège-slips. Après avoir reposé la boîte, je me tourne pour reprendre ma déambulation et me retrouve nez à nez avec le stéréotype du mari parfait. Ce dernier me dévisage, me sourit et me lance un clin d'œil tandis que madame analyse les rayonnages de serviettes hygiéniques. Je contourne le type affaissé sur son caddy et grimace en avançant dans l'allée centrale.

Après les tampons, le papier toilette.

— Celui-ci est doux pour les fesses, me souffle une grand-mère permanentée d'une voix fluette. Triple épaisseur. Plus jamais vos doigts ne traverseront le papier.

Ça, c'est de l'info !

Discrètement, je cherche la caméra cachée au plafond, avant de me rendre compte qu'il n'y en a pas.

Je lui souris poliment. Je n'ai pas besoin de papier toilette. En revanche, des mouchoirs si, pour pleurer toutes les larmes de mon corps.

— Tenez, c'est cadeau.

La petite dame m'offre un bon de réduction de soixante-dix centimes, alors tant qu'à faire, je m'empare du PQ et m'éclipse dans un autre rayon. J'y erre de longues minutes avant d'une fois encore me retrouver confrontée au client sexuellement en manque qui s'est éloigné de sa femme.

Cette grande asperge aux yeux libidineux bombe le torse face à moi. Je fais alors tomber le papier toilette dans mon panier à roulettes, le contourne et me barre un peu plus loin en priant pour ne pas le retrouver une énième fois sur mon chemin.

Période de fêtes oblige, je me perds dans la partie festive du magasin et me procure le Graal en ce mois de décembre : un calendrier de l'avent. Il fait clairement référence à Bridget Jones. « Pas de mec ? Plein de chocolats ! », ce lot de consolation m'ira parfaitement. À défaut de réchauffer mon cœur, les confiseries au cacao rempliront mon estomac.

Mon portable entre les mains, je vérifie n'avoir rien oublié sur la liste. Mouchoirs, bougies, décorations pour le sapin, légumes, fruits et biscuits… Je me dirige en caisse. Je dépose mes produits sur le tapis roulant et attends patiemment quand une personne me tapote l'épaule.

— Lila !

Oh non. Pas elle.

Quelqu'un pour me fendre le crâne en deux ? Ou au moins me couper les oreilles ?

Les yeux rivés sur le client de devant, je me pince les lèvres en me demandant ce que j'ai pu faire pour être punie de la sorte.

Mesdames et messieurs, voici Cléo.

Et on peut dire qu'entre la future ex-femme de Loris et moi, c'est une longue histoire de désamour. Elle ne m'apprécie pas. Ses grands sourires et ses airs avenants ont l'air de suggérer le contraire, mais il ne faut pas se fier aux apparences.

— C'est bien toi !

Elle savait que c'était moi. Sinon, jamais cette snobinarde ne m'aurait abordée en me tapotant l'épaule. Tout en gardant une distance nécessaire pour me signifier que, non, elle ne m'embrassera pas, elle s'avance perchée sur ses escarpins.

— Quel plaisir de te voir !

Alerte : MENTEUSE ! MENTEUSE !

Le large rictus feint sur son visage m'indique qu'elle n'en pense pas un mot. Avec Marylin, ma meilleure amie, nous avons étudié la bête sous tous ses aspects. La période niaise de ma vie durant laquelle j'imaginais Cléo honnête et amicale n'est plus qu'un lointain souvenir.

La beauté fatale ne me permet pas d'en placer une. Elle jacasse de la pluie et du beau temps, des produits sur le tapis de caisse et des calories que je vais ingurgiter et stocker directement sur les hanches. Mon gros point faible physiquement, selon elle.

Ce n'est pourtant pas ce que pense ton futur ex-mari, songé-je en voyant ses lèvres se tordre dans tous les sens.

Sur qui vomit-elle ?

Je reprends le fil de son monologue en pivotant pour m'apercevoir qu'un problème d'encaissement ralentit la caissière. Foutu hasard.

— Tu es au courant ?

— Excuse-moi, au courant de quoi ?

— Loris ne t'a rien dit ?

Figée sur place par le faisceau tranchant de son regard, je fais mine de ne pas comprendre. À peine ai-je le temps de dire ouf que Cléo retrouve son faux air bienveillant.

— Tu sais, nous sommes en plein rush au boulot. Lorsqu'il est présent à la chocolaterie, Loris quitte peu les cuisines.

Petit mensonge pour la bonne cause.

— Et après le boulot ?

Eh bien ! La curiosité est un vilain défaut.

— Notre couple subit des turbulences, ajoute-t-elle, crispée.

Entre des turbulences et un divorce, il y a une marge, non ?

— Je suis désolée de l'apprendre, rétorqué-je toutefois.

Ma réponse semble satisfaire Cléo. Manque de bol pour elle, je suis dans la confidence.

— Ce n'est que temporaire.

Ah oui ?

Entre-temps, le problème de caisse a été résolu. Ouf. Cléo met ses courses sur le tapis. Je remarque alors les produits nobles et bios qui remplissent son caddie. Peu de matières grasses, beaucoup de fruits, des fleurs et une bouteille de champagne. Ces différents éléments me révèlent que, ce soir, Loris est aux fourneaux. Ses produits fétiches sont sur le tapis. Le champagne est son préféré et les fleurs, identiques à celles que Cléo avait choisies pour ses compositions florales lors de leur mariage.

Le dîner de la dernière chance ?

Cela ne fait aucun doute. Loris et sa femme travaillent à se rabibocher. À cette pensée, mon estomac se tord. Je me retourne pour ne plus avoir l'agaçante vérité sous le nez.

Tant pis pour mes hanches, je mange un premier chocolat du calendrier *Bridget*.

— Dix secondes dans la bouche, dix ans sur les hanches, susurre-t-elle à mon oreille.

La teigne.

Comme si notre hasardeuse rencontre ne suffisait pas, Cléo enfonce le clou.

— Tu as coupé tes cheveux ? Tes pointes te disent merci !

— Non, réponds-je, déstabilisée par l'assurance du requin.

— Tu es pâle.

Allez, prends ça, Lila.

— L'amour ?

Je l'observe à la dérobée. L'encaissement est plus proche que jamais. *Tiens le coup, Lilou !*

— Ou peut-être le manque d'amour ?

De quoi je me mêle ? J'ai envie de l'envoyer balader, de lui hurler de fermer sa grande bouche et de finir en lui criant de s'occuper une bonne fois pour toutes de ses affaires. Malheureusement, je n'y parviens pas. Mon tempérament délicat ne me permet pas de m'imposer face à une machine de guerre du calibre de Cléo.

— Ne t'inquiète pas. Toi aussi, un jour, tu rencontreras l'homme de ta vie. Je n'en doute pas !

J'acquiesce, la gorge nouée.

— Un homme qui te fera vibrer. Qui s'occupera de toi et de la petite famille que vous fonderez comme Loris le fait avec la nôtre.

L'air ailleurs, elle soupire longuement.

— J'ai tellement de chance de l'avoir à mes côtés.

À qui le dit-elle…

— Il est parfait. C'est un amour. Un véritable amour. Il est doux, attachant, beau, fidèle.

Le mot « fidèle » résonne étrangement à mes oreilles. Il a glissé des lèvres de Cléo pour s'éclater contre mes écoutilles.

Lui est fidèle, elle non.

Elle court, elle court la rumeur !

— Et intelligent, cultivé, à l'écoute, talentueux, tu ne trouves pas ? La beauté, ça va deux minutes.

Ça ne dure qu'un quart de seconde et, pourtant, je

décèle la contrariété de Cléo qui pince les lèvres en me foudroyant du regard.

Bordel, moi aussi il m'arrive – rarement – d'avoir de la repartie…

— Eh oui, ton homme n'est pas qu'une coquille vide, marmonné-je en saluant la caissière.

Je m'enracine en bout de caisse pour ranger mes achats dans mon cabas sous le regard de Cléo, qui n'a qu'une envie : m'étrangler.

Tandis que je paie, la tornade blonde me balance une invitation qui m'atteint comme une balle en pleine poitrine.

— À l'occasion, viens boire un verre à la maison. Mon mari et moi-même serions ravis de te recevoir.

La tension est palpable. Le regard de la caissière passe de l'une à l'autre.

— Il faut toujours une cinquième roue au carrosse, jubile Cléo de façon à peine audible.

C'en est trop. Les mots dépassent ma pensée.

— Sorcière.

La mâchoire de la caissière manque de se décrocher.

— Comment ?

Cléo s'approche. Elle a entendu, pas la peine de feindre le contraire.

— J'ai… J'ai cru mal comprendre.

Ayant besoin de courage, j'inspire profondément, saisis mon cabas et me retourne une dernière fois en direction de ma meilleure ennemie avant de partir. Autant aller au bout de mon affront.

— Non, tu as compris. Sorcière est un peu ton deuxième prénom.

Et connasse, le troisième.

Les yeux ronds, Cléo essaie de faire bonne figure. Trop tard. Les dés sont jetés, et la connaissant, je sais que sa vengeance ne tardera pas. Peut-être même qu'elle est déjà lancée.

Chapitre 6

— Que veux-tu ? fait ma sœur après avoir soupiré à l'autre bout du fil. Tu es trop gentille et elle ne l'ignore pas ! Elle en profite !

— Je sais.

— Lilou, continue sur ta lancée ! Il faut que tu lui rabaisses le caquet une bonne fois pour toutes, à cette petite snobinarde.

— Elle m'a prise au débotté. J'ai failli ne rien répliquer.

— C'est une peste.

— Elle doit avoir des qualités pour que Loris s'intéresse à elle.

Laurène marque une pause et je l'imagine s'énerver de son côté.

— Merci de mettre le verbe « intéresser » au passé. Si j'ai correctement compris le contenu de ton SMS, Loris va divorcer.

— Cléo dit le contraire.

— Cléo fait son possible pour te déstabiliser ! Elle sait qu'il y a un truc plus fort que de l'amitié entre son mari et toi.

— Comment expliques-tu l'attitude de ce dernier, alors ? Et les courses de l'autre mégère sur le tapis ?

— Il a signé les papiers du divorce, mais la blondasse fait de la résistance. Elle ne va pas abandonner. Elle joue sur sa corde sensible… Gabin.

Mon cœur se met à battre la chamade.

Dois-je avouer à ma sœur mon baiser de l'avant-veille avec celui que je considère comme mon meilleur ami ?

— Lilou, tu es toujours là ?

— Oui.

— Un petit oui. Il faut te reprendre et arrêter de te laisser marcher sur les pieds. Tu es trop…

Elle peine à trouver les mots pour ne pas me vexer.

— Consensuelle ? proposé-je alors.

— Je n'aurais pas dit mieux ! Depuis le temps qu'elle te pourrit la vie !

— Tu n'as pas tort, mais tu exagères un peu. Je ne la croise pas si souvent.

Cette manière de toujours voir le verre à moitié plein plutôt qu'à moitié vide a le don d'agacer ma sœur qui manque de s'étouffer contre son téléphone.

— Elle te déteste ! Te méprise ! Quand Loris t'a invitée à son dîner d'anniversaire au restaurant, ce n'est pas elle qui t'a donné un mauvais horaire ?

— Si, dis-je à mi-voix.

— Et quand il t'a proposé de le rejoindre à la fête organisée par son frère pour l'ouverture de La Maison Dorée, place Vendôme, ce n'est pas Cléo qui t'a dit, je cite « déguisement obligatoire », alors qu'il n'en était rien ?

Je me racle la gorge.

— Si.

— Merci. Je n'ai pas fini. Si ma mémoire ne me joue pas des tours, Cléo a également mis en douce des morceaux de noix dans le gâteau préparé par Loris pour ton anniversaire, l'année dernière.

— Nous n'avons jamais pu le prouver.

— Je mets ma main à couper qu'elle est à l'origine de ton allergie ce jour-là ! Jamais Loris n'aurait placé intentionnellement un fruit à coque dans ton gâteau. Il te connaît par cœur. Il sait ce que tu peux ou dois t'abstenir d'ingurgiter. Et puis, tu as entendu la mère Dorée ! Elle est certaine d'avoir vu Cléo tourner autour du four pendant la cuisson du fondant.

Je soupire bruyamment.

— Lilou ! Tu as des œillères sur les yeux ! Cléo est jalouse ! JALOUSE ! Arrête de toujours vouloir attribuer des qualités aux gens qui ne le méritent pas.

— OK... Ne t'énerve pas.

— J'ai l'impression que tu ne comprends pas ce que je te dis ! Ça dure depuis des années, il est temps que ça s'arrête ! Cette pétasse ne t'aime pas et ne t'aimera jamais !

Je ne suis pas dans le déni. Non. Je sais tout ça.

Le portable contre l'oreille, je me mets à faire les cent pas dans mon salon. Je n'arrête plus de lever les yeux au ciel. Je perçois l'agacement profond de ma sœur qui, plus véhémente que jamais à l'égard de Cléo, ne parvient pas à se calmer. J'essaie de la tempérer, mais sans succès.

— Si elle te refait un coup de ce genre... Je lui botterai le cul ! Sois-en certaine !

Laurène, de quatre ans mon aînée, supporte de moins en moins l'attitude de Cléo, la sorcière. Elle l'accuse d'être à l'origine de tous mes problèmes depuis son entrée express dans la vie de Loris.

Et pour cause, au bout de six mois, elle emménageait chez lui. Dans la foulée, ils étaient fiancés. L'été suivant, il lui passait la bague au doigt à Deauville et, le lendemain, nous apprenions que Cléo portait le fruit d'un amour qui ces derniers mois s'est révélé à sens unique. D'ailleurs, peut-être l'a-t-il toujours été... Seuls les mariés connaissent la réelle teneur de leur relation.

Loris ne s'est jamais épanché sur sa vie à travers de longues et ennuyantes odes lyriques. Aujourd'hui encore, il est égal à lui-même : discret, taciturne, excepté à mes côtés où il se permet quelques drôleries.

— Tu m'écoutes ?

— Toujours.

Et c'est reparti pour un tour. Ma sœur, qui termine

une longue journée de boulot, se lâche et crache tout son venin sur Cléo la garce, Cléo la vipère, Cléo la nympho.

Pourquoi la nympho ? Parce que, d'après les informations de sources qui restent à vérifier, elle est loin d'être fidèle.

Est-ce pour cette raison que le couple qu'elle forme avec Loris se trouve dans l'œil du cyclone ? Mystère et boule de gomme.

Après une heure à écouter Laurène jacasser, je m'allonge sur le banc situé sur le rebord de la fenêtre de mon salon. Je tire sur le rideau et serre un coussin contre ma poitrine, tout en observant le calme de la cour intérieure. Celle-ci a été décorée d'un splendide traîneau, rempli de faux cadeaux et de lutins, tiré par des rennes automatisés.

Doucement, je tourne la tête en direction du canapé et me remémore cet instant particulier que Loris et moi avons partagé avant-hier. Je ferme les yeux. Les souvenirs se font plus précis. Je frissonne à la pensée de nos corps l'un contre l'autre, de la chaleur de son souffle, de ses mains sur mes hanches. J'imagine ce qui aurait pu advenir si nous nous étions abandonnés à nos désirs.

Réveillée par un courant d'air glacial, j'ouvre les yeux et pousse la fenêtre entrouverte en arrivant à une conclusion : Loris cristallise toutes mes frustrations. En me levant, je refoule les désirs charnels qui m'habitent.

Un ami est un ami.

Loris n'attend qu'une amitié sincère et solide. Et moi ? Je ne sais pas ce que je veux réellement de lui. Ou plutôt si, je le sais. Je le sais depuis le jour où mon regard s'est attardé sur lui. Il a été la lumière dans mon obscurité.

Les individus doués de courage et de sensibilité ne courent pas les rues. Et pourtant, il s'est révélé à moi quand l'espoir n'était plus permis, quand l'essence coulait à flots. Il était là, en chair et en os. Son image n'était pas un mirage. Il a posé sa main sur mon visage. Au contact de ses doigts contre ma peau, je n'ai pas pu retenir mes sanglots.

La plaie reste ouverte. Cinq ans après, la douleur persiste. Souvent, ma mère lui répète qu'il est un héros, un sauveur. Qu'il m'a permis d'échapper à un funeste destin. Sans lui, sa fille chérie ne serait plus de ce monde. Elle le voit comme un ange tombé du ciel.

Impossible pour moi de la contredire. Loris m'est apparu pour la première fois la tête auréolée d'une lumière éclatante. Était-ce le soleil qui lui tapait dans le dos ? Trop sonnée au moment des faits, je ne m'en souviens plus.

Dans la cuisine où je me prépare un thé, je ne peux m'empêcher de ressasser ma rencontre avec Cléo. « Ne t'inquiète pas. Toi aussi, un jour, tu rencontreras l'homme de ta vie. Je n'en doute pas ! » La connasse. « Tu trouveras un homme qui te fera vibrer. Qui s'occupera de toi et de la petite famille que vous fonderez comme Loris le fait avec la nôtre (…) J'ai tellement de chance de l'avoir à mes côtés. »

Sa conclusion me refroidit. « Il est parfait. C'est un amour. Un véritable amour. Il est doux, attachant, beau, fidèle. »

À quel jeu joue-t-elle ? Tente-t-elle de se rassurer ? Me voit-elle comme une menace pour son couple ? Je suis perdue et déçue. Déçue d'avoir manqué tant d'occasions qui m'auraient permis de vivre la vie de mes rêves.

Mon portable sonne. Je le sors de ma poche et décroche en voyant apparaître le nom de l'appelant, Loris.

— Allô !

Pas de réponse.

— Allô ! répété-je.

— Désolé, je n'aurais pas dû t'appeler. Excuse-moi.

Il raccroche avant même que je puisse répondre. Et je ne suis pas plus avancée qu'avant.

Chapitre 7

Mercredi, à 7 h 30, je prends le métro, ligne 1, pour me rendre au travail. Comme souvent à cette heure-ci, la rame est peu remplie. L'afflux dans les stations ne commence que vers 8 heures pour se poursuivre jusqu'à 10 heures, où c'est tout simplement l'horreur. En sortant du métro, je m'arrête au kiosque pour acheter une revue mensuelle, le *Cosmopolitan*, que je ne raterai pour rien au monde. Les habitudes ont la vie dure.

Aux alentours de 7 h 55, je me présente sur mon lieu de travail. Le rideau métallique est levé. Certains de mes collègues, essentiellement des pâtissiers et des commis, se changent dans les vestiaires. Les casiers claquent, la pièce aux tons chauds se vide.

Assise sur un banc, le stress me gagne. Comment me comporter avec Loris ? Allons-nous faire comme si de rien n'était ?

— Bonjour Lila, me lance justement ce dernier en arrivant sur les lieux.

— Bonjour, Loris.

Bonjour les non-dits !

Je range mes affaires dans mon sac, que je place dans mon casier. Je vérifie que les boutons de ma chemise blanche sont fermés et enfile le tablier noir, aux bordures couleur or, estampillé Maison Dorée.

— Comment vas-tu ?

— Bien et toi ? demandé-je, peu sûre de moi.

« Ton divorce, ça avance ? »

Non, pas le moment.

— Ça va, merci.

J'acquiesce en prenant soin de me détourner du regard qu'il braque sur moi.

Allez, je peux lui tendre une perche. Peut-être l'attrapera-t-il.

— Tu as essayé de m'appeler, hier ?

— J'ai dû raccrocher. Gabin avait besoin de moi.

Il regarde ailleurs.

— OK.

— Tu as passé un bon week-end ?

À ton avis ?

Loris enfile sa veste de cuisine, fourre à son tour ses affaires dans son casier puis le referme. Le cliquetis du verrouillage automatique s'enclenche.

— Rien de fou, rétorqué-je en haussant les épaules. Un peu de cocooning et… la visite d'un ami.

Moi, transformer la réalité ? Un ami, une amie… Du pareil au même.

— Un ami ? Au masculin ?

J'acquiesce.

— Tant mieux.

Il esquisse un sourire qui se rapproche de la grimace.

« Et ton divorce ? »

Toujours pas le moment.

OK. Nous en sommes là.

Debout l'un devant l'autre, nous nous observons comme deux imbéciles. Il ne parlera pas et je ne lui sortirai pas les vers du nez. S'il n'a pas l'honnêteté d'être transparent avec moi, alors j'en déduis que je n'ai pas à ses yeux autant d'importance que je le croyais.

— La cadence infernale des commandes reprend, lui dis-je comme si de rien n'était. Aujourd'hui, nous attendons un car de visiteurs anglais pour un cours de pâtisserie.

La galère. Depuis quatre mois, la Maison Dorée met

en place des visites et des ateliers dans chacune de ses boutiques. La nôtre, dans laquelle Loris a pris ses quartiers, est devenue une véritable attraction, à tel point que la direction a renforcé l'effectif en engageant deux nouveaux CDI.

— Souris ! fait-il en me gratifiant d'un clin d'œil. Le chiffre de la journée va exploser.

La nouvelle ne m'enchante pas. Fatiguée, les jambes lourdes, je me vois difficilement faire du non-stop. Les douleurs à l'épaule gauche ont repris cette nuit. Le froid n'arrange rien.

La main sur la nuque, je ferme mon casier en claquant la porte sans le faire exprès.

— Tu as mal ?

— Non.

Je lui tourne le dos pour grimacer sans être épiée par son regard revolver, aussi fascinant que déstabilisant.

— Ton épaule est douloureuse ?

— Ça va, réponds-je sèchement.

Non-dits, partie deux.

Me rendant compte de l'intonation de ma voix, je me tourne vers Loris, qui, debout entre les bancs, me dévisage en refermant les boutons sur ses manches.

— Ça va, répété-je.

Il n'est pas dupe. Le sourire sur mes lèvres n'a rien d'authentique. Je souffre le martyre. J'ai eu beau prendre des médicaments durant la nuit, les douleurs persistent. Au petit matin, je me suis massée avec une pommade prescrite par mon médecin. Le mal s'est atténué un temps avant de revenir en force deux heures plus tard. J'ose à peine lever le bras.

Ravalant ma salive, je tourne les talons et ouvre la porte de la main droite, ce que ne manque pas de remarquer Loris. Eh oui, je suis gauchère.

Une demi-heure avant l'ouverture de la boutique, je multiplie les allers-retours entre la cuisine et mon poste de travail pour préparer les vitrines.

— Lila !

Penché par-dessus la balustrade du premier, Loris m'interpelle.

— André et toi allez intervertir vos postes jusqu'à la fin de la semaine. Il gérera la chocolaterie, et toi, la confiserie.

Ledit André, un grand brun à la peau mate, s'attribue mon plateau de bûches.

— Fais-moi signe si tu as besoin d'aide.

Le ton doux et compatissant qu'il emploie me laisse deviner que Loris l'a mis dans la confidence.

Prendre mon avis en compte aurait été sympathique.

Je monte les marches une à une pour atteindre le premier, l'antre de Noël visitée chaque jour par des centaines de clients euphoriques. On y trouve des petits trains qui traversent les rayons et un sapin de deux mètres placé sous la verrière – véritable puits de lumière à cette époque de l'année. Une chose est sûre, la famille Dorée n'a pas lésiné sur les moyens. Les grands comme les petits sont ébahis devant tant de féerie. La magie de Noël opère.

Accueillir et conseiller les clients : je peux faire.

— Pour les charges lourdes, n'hésite pas à faire appel aux collègues. Pas de mouvements brusques. Tu ne lèves surtout pas le bras pour attraper les produits en hauteur.

— Loris, je ne suis pas en mousse.

— Tu obéis ou tu rentres chez toi.

— Loris.

— Le médecin a pourtant été clair. En période de crise, tu dois reposer ton bras et ton épaule.

Mon état physique l'inquiète ? Que fait-il de mon esprit torturé qui cogite depuis presque trois jours ?

— Je ne suis pas en période de crise ! m'exclamé-je en levant le ton. Toi, en revanche, si.

Il plisse les yeux tandis que je poursuis :

— Si ça te fait plaisir, nous allons continuer à donner

le change. Silences gênants, mensonges… C'est notre truc depuis trois jours, de toute façon.

La grimace que je contiens, lorsqu'une sorte de courant désagréable remonte dans mon bras pour ensuite atteindre mon épaule et se diffuser du côté de ma nuque, n'échappe pas à Loris. Ça m'apprendra à m'emporter.

Il s'approche pour examiner mon épaule.

— La douleur est supportable, lui assuré-je.

— Tête de mule.

Contrarié, il s'éloigne et je me retrouve démunie, avec pour seule compagnie une douleur qui s'amplifie et se rappelle à moi durant la journée.

Il est 18 heures et je n'ai quasiment plus de salive. L'envie de parler m'a quittée. Orienter, expliquer et agrémenter mes conseils de petites anecdotes, poussant le client à l'achat, a été un ensemble de missions qui m'a lessivée. À tel point qu'en quittant la Maison Dorée, où certains de mes collègues œuvrent encore, j'en oublie presque de les saluer.

Dans la rue, la tête ailleurs, j'avance d'un pas pressé. Je n'ai qu'une hâte, rentrer chez moi, retirer mes chaussures et me jeter sur le canapé.

Déterminée à faire de ce rêve une réalité, j'accélère la cadence. Au même moment, un oiseau tombé du ciel me frôle et me fait relever les yeux. Je ne remarque pas donc le sol brillant devant la boutique du fleuriste au coin de la rue. Mon pied glisse sur le verglas et entraîne le reste de mon corps dans une chute spectaculaire. Battant des bras pour enrayer la cabriole, je me raccroche à l'étal qui cède sous mon poids.

— Mademoiselle !

Le choc est rude. La tête entre les fleurs, j'essaie de m'asseoir. Sentant une douleur lancinante dans mon épaule, je me ravise et retombe doucement sur le bitume, les yeux fermés.

— Vous m'entendez ?

Sonnée, je retrouve néanmoins progressivement mes esprits.

— Vous pouvez ouvrir les yeux ?

J'acquiesce en clignant des paupières. Est-ce un mirage ou l'homme penché sur moi est-il véritablement un charmant rouquin aux yeux bleu clair ?

— Oh ! Prince Harry…

— Elle délire ! entends-je.

Oui, ça se pourrait !

Chapitre 8

— Ouvrez les yeux. Votre crâne a-t-il heurté le sol ?

— Non, chuchoté-je d'une voix sans timbre.

— Je vais vous aider. Prenez appui sur moi.

Je souffle pour me donner du courage. L'homme passe mon bras indemne autour de ses solides épaules.

— Vous avez mal quelque part ?

— Au bras. Le gauche.

La fleuriste et un passant ramassent mon sac et mon portable sur le trottoir.

— Très bien. Pouvez-vous essayer de vous lever ?

J'opine sensiblement.

— À trois, nous nous relèverons.

Son regard cherche le mien, hagard.

— Un, deux, trois.

Avec son aide, je me retrouve debout sur deux jambes tremblantes.

— Je suis médecin. Nous allons traverser la route pour nous rendre à mon cabinet.

— Une chance que vous soyez là, docteur Prévost ! s'exclame le promeneur avec son chien.

Tandis que la fleuriste tend mon sac à ce charmant jeune homme, je récupère mon portable. La curiosité autour de l'attraction du moment finit par s'atténuer. Pas à pas, appuyée sur celui qui s'est désigné comme médecin, je m'engage sur le passage piéton.

Après quelques mètres, nous pénétrons dans un immeuble de standing.

À notre vision, l'agent de sécurité se précipite pour ouvrir une porte en verre.

— Merci, Grégoire.

— Vous avez besoin d'aide, docteur Prévost ?

— Pouvez-vous prendre mes clés dans la poche de ma veste et ouvrir la porte de mon cabinet, s'il vous plaît ?

L'homme, grand et costaud, s'exécute. Aussitôt, un détecteur de mouvement s'active et l'éclairage s'allume dans le hall. Grégoire rend ses clés au médecin et ferme la porte derrière nous. Je progresse alors dans le cabinet.

Chaque pas dans le vestibule me paraît être celui de trop.

Une dernière porte est poussée. Enfin, je vois le bout de cette marche forcée quand je me retrouve à me coucher difficilement sur le divan d'examen.

— Voilà… Doucement.

Le charmant rouquin m'aide à retirer mon manteau, qu'il pose sur un meuble.

Éblouie par la lumière du plafonnier qui me semble aveuglante, je ferme les yeux.

— Je vais vous examiner.

Je les rouvre aussi net et me redresse. En retirant ma ceinture, qui me fait affreusement mal, je remarque des traces de sang sur le drap blanc d'examen en ouate.

— Vous n'avez pas fait semblant, dit le médecin.

Il s'éloigne. Je secoue la tête puis observe les lieux. Il réapparaît quelques secondes plus tard sans sa veste, son stéthoscope autour du cou.

L'homme, approximativement la petite trentaine, se lave les mains, les essuie et s'approche. Il cale mon menton qu'il lève entre son pouce et son index replié.

— Regardez-moi.

Oh que oui !

Des yeux clairs, une barbe naissante, des taches de rousseur légèrement visibles sur les pommettes, cet homme a une bouille à bisous.

— Une égratignure sur la tempe. Rien de grave. Maintenant, on tourne la tête de droite à gauche, puis de gauche à droite.

Je me plie à chacune de ses demandes. De petites douleurs ici et là, sans gravité. La situation prête à sourire. Si tous les médecins avaient le physique de celui-ci, il est clair que je camperais dans leur salle d'attente plus souvent.

Il entoure ma nuque de ses mains chaudes.

— Détendez-vous. Je vérifie deux trois petites choses, ça ne prendra que quelques minutes.

Examen neurologique, évaluation des réflexes, je réussis haut la main les différents tests auxquels je suis soumise.

— Pouvez-vous vous tenir sur vos jambes, sans aide ?

— Bien sûr.

Alors que je me mets debout, il me demande de tendre les bras devant moi. Immédiatement, il détecte le problème qui me pourrit la vie.

— Des difficultés avec le bras gauche ?

— Elles ne datent pas d'aujourd'hui. Fracture de la clavicule.

— Quelle en est l'origine ?

Je bégaie, mais reprends rapidement le dessus.

— Un accident de la route.

— Récent ?

— Il y a cinq ans.

— Des dommages corporels multiples ?

J'acquiesce en empêchant des souvenirs pénibles de revenir me hanter. S'il n'y avait eu que l'accident de voiture...

— Je vais vous demander de retirer vos vêtements. Ne gardez que vos sous-vêtements.

Avec son aide, je m'exécute en pensant que mon jean est bon pour la poubelle. Mes Converse, quant à elles, vont atterrir dans la machine à laver.

Docteur beau gosse prépare un plateau sur lequel il dispose le matériel nécessaire pour nettoyer et désinfecter les plaies. En m'asseyant sur le divan, je mate non sans un certain plaisir son fessier bombé sous un pantalon à pinces bleu nuit. Je me surprends à rougir, car son postérieur m'inspire bien des péchés.

Les femmes timides ont aussi des fantasmes classés secret-défense.

Quand il se tourne, je lui souris, il me sourit. Je suis confiante jusqu'au moment où ma semi-nudité me rappelle la position dans laquelle je me trouve. Il est le médecin, moi sa patiente. Alors qu'il s'occupe de mon mollet, je tergiverse pour en arriver à la conclusion suivante : je ne peux pas le toucher. Pour autant, rien ne m'interdit de fantasmer… Les joues rouges et la bave aux lèvres en moins.

À plusieurs reprises, docteur beau gosse m'étudie du coin de l'œil. Je papillonne des cils. Je savais que j'aurais dû mettre mon mascara cils XXL ce matin. Mince, ça m'apprendra à omettre de me maquiller pour dormir dix minutes de plus.

— Aïe.

— Désolé.

Le désinfectant picote mes plaies. Tandis que le docteur Prévost tient ma jambe dans sa main virile aux ongles impeccables, je gigote.

— Ça chatouille un peu.

Oh oui, chatouille-moi !

Comment est-il possible que je minaude dans pareille situation ?

Je m'évade en songeant à un baiser. Je réécris l'histoire de notre première rencontre à ma sauce. Je me vois blessée sur le sol, lui est mon sauveur. Sous le charme, il me porterait dans ses bras en déclamant un poème qui me tourneboulerait. Au premier regard, il aurait su comme moi que nous étions faits l'un pour l'autre. Alors, dans son cabinet, il aurait caressé ma peau, m'aurait examinée et embrassée fougueusement avant de jeter les dossiers sur son bureau pour m'y faire l'amour dans les règles de l'art. La main plongée dans sa crinière rousse et flamboyante, je lui aurais offert mon corps pour qu'il y promène sa mâchoire barbue et ses doigts fins.

Après le fantasme du pâtissier coquin, voici celui du médecin cochon.

— Allô la terre ? Il y a quelqu'un ?

Je fonds devant son sourire charmeur. Pin-pon pin-pon, appelez les pompiers ! Cet homme est torride, terriblement sensuel, extrêmement sexy dans sa chemise blanche qui ne dévoile rien, mais laisse deviner un corps entretenu. Quoique. En plissant les yeux, je suis certaine d'entrapercevoir ses tétons qui pointent dans ma direction. Mirage.

Béate, je souris oubliant la raison de ma présence en ces lieux.

— Mademoiselle ? Je me rends compte que je ne vous ai pas demandé votre prénom.

— Lila. Lila Bourgeois.

— Enchanté, Lila.

L'intonation particulière de sa voix à la prononciation de mon prénom me donne chaud. Je rougis de plus belle quand il me propose son bras pour m'aider à descendre les trois petites marches accolées au divan.

Il tripote mon épaule, l'examine précautionneusement. En apparence, rien d'anormal.

— Vous pouvez vous rhabiller. Je vais vous prescrire du paracétamol ainsi qu'un gel qui soulagera votre épaule.

Une fois prête, je le rejoins.

— Vous vous sentez mieux ? Vous reprenez des couleurs.

— Beaucoup mieux, merci, lui assuré-je en posant ma carte Vitale sur son bureau.

Je remplis un court questionnaire comportant mes coordonnées pendant qu'il saisit une ordonnance vierge qu'il place dans l'imprimante. L'impression exécutée, il me confie le document.

— Votre travail vous demande-t-il des efforts physiques particuliers ?

— Je suis vendeuse chez les Dorée.

— Les chocolatiers confiseurs !

— Et pâtissiers !

— Je m'y arrête tous les lundis.

Quand je ne travaille pas…

— Je vous mets au repos forcé, au moins le temps que vous passiez une radio. Nous allons percer les mystères de cette clavicule qui n'en fait qu'à sa tête, plaisante-t-il. À vous de juger si vous souhaitez revenir me consulter ou vous tourner vers votre médecin généraliste.

— D'accord, dis-je en sortant ma carte de crédit de mon portefeuille.

— Gardez votre argent, déclare-t-il un sourire ourlant ses lèvres. Je n'étais pas en service.

— Et alors ? Tout travail mérite rémunération.

Il sourit de plus belle.

Je paie et récupère ma carte Vitale ainsi que mes prescriptions, que je range dans mon sac.

— À bientôt, docteur.

— Je l'espère.

Arrêt sur image. A-t-il vraiment dit « je l'espère » ou suis-je en plein délire ?

— Je vous appelle un taxi ?

— Non, ça ira. Merci.

Gentleman, il me raccompagne à l'entrée du bâtiment en prenant soin de me tenir les portes.

— Bonne soirée, Lila.

À peine l'ai-je quitté que Loris, en pleine discussion au téléphone devant la porte, m'interpelle et me rattrape. Je ne veux pas traîner, l'air s'est rafraîchi. Il fait froid et je suis fatiguée.

— Eh, tu vas bien ? s'enquit-il en embrassant ma main. La fleuriste est passée en catastrophe à la boutique pour nous prévenir !

— Une petite chute de rien du tout, dis-je en enveloppant mon cou de mon écharpe.

Mon ami, inquiet, effleure la plaie sur mon visage quand je lui présente mon arrêt pour le reste de la semaine.

— Je vais te ramener en voiture, OK ?

J'acquiesce et entreprends de le suivre en observant minutieusement le sol pour ne plus tomber. La main de Loris dans mon dos me rassure. Il me soutient.

Nous apportons mon arrêt à sa mère et quittons la chocolaterie.

Je m'apprête à monter dans le véhicule de Loris quand, au dernier moment, sentant un regard braqué sur moi, je tourne la tête. J'ai juste le temps d'apercevoir le docteur Prévost disparaître derrière un rideau nacré.

Chapitre 9

— Permets-moi de t'aider.

Loris m'installe sur le canapé et prend le contrôle de la cuisine. Il revient avec les médicaments que nous avons été chercher à la pharmacie et repart en direction des fourneaux.

— Je te prépare un dîner léger et je file chercher Gabin chez les parents de Cléo.

— Je vais me débrouiller.

— Lilou, ne discute pas !

D'habitude, ce surnom affectueux ne me déplaît pas. Mais en cette fin de journée, je ne le supporte plus, surtout dans la bouche de Loris. La connotation enfantine me frappe. Lilou, la petite chose fragile que les hommes ont envie de protéger et non de câliner.

Le téléviseur allumé, j'essaie de retrouver une certaine sérénité, d'oublier le martyre que m'inflige mon épaule. Les minutes défilent et la souffrance s'amplifie. La chute n'a rien arrangé.

Pourquoi ai-je l'impression de me retrouver à un moment charnière de ma vie ? Ai-je la rage de savoir que Loris donne une seconde chance à Cléo, alors que jamais il n'a daigné m'en offrir ne serait-ce qu'une seule ?

La jalousie me dévore à petit feu. Loris m'attire, c'est indéniable. Je ne l'attire pas… Ou plutôt, je ne sais pas « réellement » ce qu'il ressent à mon égard. Je n'ai jamais réussi à appréhender la subtilité de chacune des nuances qui constituent l'essence de son être. Toutes ces années, peut-être est-il resté à mes côtés par pitié ou parce que j'étais le bouche-trou idéal.

Je rumine et fais d'une souris une montagne, pour finir par croire que Loris ne tient pas à moi autant que je tiens à lui…

Cette blessante vérité est incontestable. Quels sont les liens qui nous unissent véritablement ?

Je suis une cocotte-minute sur le point d'exploser.

Je me surprends par tant de bêtise. Loris ne m'a rien promis si ce n'est de toujours être mon ami. Peut-être qu'une relation entre nous, autre que de l'amitié, ne lui a jamais traversé l'esprit et que notre baiser n'était qu'un moment d'égarement.

Face à cette conclusion, mon cœur s'emballe. Je m'assieds sur le canapé, m'empare de la bouteille sur la table basse et me désaltère en espérant digérer cette bouillie indigeste qu'est ma vie ces derniers temps. Je me focalise sur le docteur Prévost. Visualiser son visage amène me détend.

— Pour la plus belle.

Le revoilà, lui.

— Arrête.

Loris pose le ramequin de gâteaux apéritifs.

— Arrêter quoi ?

Cocotte : explosion imminente.

L'air stupéfait qu'il affiche me pousse à sortir de mes gonds.

— Cesse de faire semblant !

Je me lève subitement. La comédie a assez duré.

— Crevons l'abcès une bonne fois pour toutes !

— Tu as besoin de te reposer. Nous en reparlerons plus tard.

— Non, non. Parlons-en maintenant ! Arrête avec cette passivité agaçante.

Les poings serrés sur les hanches, il se cambre. Loris ne peut plus éviter l'inévitable. Nous ne sommes pas des gosses, il est temps de se parler à cœur ouvert. La franchise ne nous tuera pas. Les non-dits, eux, nous consumeront à petit feu.

— Notre amitié compte à mes yeux. Tu ne t'en rends peut-être pas compte, mais ton comportement est blessant. La distance que tu nous imposes, ton ignorance…

— Je ne t'ignore pas. Preuve en est, je suis auprès de toi.

— Je te l'accorde, je n'ai pas choisi les bons mots…

Il m'interrompt d'un signe de la main puis se rétracte.

— Voyons, parle ! Tu ne peux pas toujours fuir la confrontation.

— J'ai un plat sur le feu.

Il quitte le salon pour se rendre, encore une fois, dans la cuisine d'où émane une délicieuse odeur épicée. Il me tourne le dos, rentre dans sa coquille pour ne plus en sortir.

— Je n'aurais jamais dû entreprendre de…

— De quoi ? demande-t-il en touillant la mixture dans la poêle avec une spatule en bois.

— De te grimper dessus pour t'embrasser. Tu vis une situation compliquée. J'ai égoïstement essayé d'en tirer parti. Je le regrette ! Voilà, c'est dit !

Loris lâche la spatule dans le wok de légumes.

— Cesse de penser que tu es responsable de ce que *nous* avons entrepris. Je ne t'ai pas repoussée. Au contraire ! Je t'ai invitée à franchir la barrière… Tu as hésité.

— Tu ne pouvais pas le dire avant ? Je n'arrête pas de m'angoisser à ce sujet.

À son air préoccupé, je comprends qu'il culpabilise. Loris me rattrape quand je suis sur le point de quitter la pièce.

— J'ai aimé vibrer sous ton corps, murmure-t-il comme si mes voisins pouvaient nous entendre. Lila, tu ne sais pas à quel point je désirais aller plus loin.

Je recule d'un pas pour jauger son expression. Face à une telle révélation, je me retrouve démunie.

— Je ne sais plus où j'en suis. J'ai les idées floues, avoue-t-il.

La déception se lit sans doute sur mon visage.

— S'il te plaît, Lila, ne me regarde pas de cette manière.

Je tourne la tête afin qu'il disparaisse de mon champ de vision. Ses mots sont douloureux. Pourquoi désirons-nous toujours ce que l'on ne peut pas posséder ?

— Je suis désolé, vraiment désolé.

— Cléo et toi êtes repartis pour un tour ? l'interrogé-je, des trémolos dans la voix.

Il ne répond pas. Gêné par ma question, il baisse la tête.

— Donc Cléo n'a pas menti quand je l'ai croisée hier au magasin. Vous vous donnez une seconde chance ? continué-je.

Il garde le silence. Ce comportement insaisissable a le don de m'énerver.

— Pour une fois, Loris, dis-moi les choses. Tu es censé être mon meilleur ami et, pourtant, tu ne te confies à moi que lorsque tu te retrouves au pied du mur… Voire jamais !

La remise en question de notre relation lui déplaît.

— Je me sens acculé. Tu ne fais rien pour améliorer la situation.

— Es-tu incapable de faire preuve de sincérité ? De me confier ce que tu as sur le cœur ? Je veux simplement comprendre cette fichue situation.

Pour la énième fois, sa pomme d'Adam se balade à la verticale dans sa gorge. Et pour la énième fois, Loris est incapable de répondre à des questions qui me paraissent pourtant simples comme bonjour. Je ne lui demande pas quels sont ses sentiments à mon égard. Je veux simplement avoir le fin mot de cette histoire avec Cléo.

Me désespérant d'une réponse qui tarde à venir, je l'invite à prendre ses affaires et à quitter mon domicile.

— Va t'asseoir sur le canapé. Je te sers ton dîner et je m'en vais.

— Non, dis-je posément. Tu prends tes cliques et tes claques et tu rentres chez toi.

Loris laisse retomber sa tête vers l'arrière en soupirant. Avec insistance, il se frotte le front.

— Je ne peux pas envoyer balader mon mariage sans tenter de le réparer !

Et voilà, il l'a dit.

— « Le rafistoler » serait plus approprié.

Dans le couloir, il s'érige devant moi tel un mur infranchissable.

— J'ai un enfant qui a besoin de ses deux parents. S'il subsiste une chance de sauver mon couple, je me dois de la saisir.

— Au détriment de ton bonheur ? Avec une épouse qui ne te respecte pas ?

Loris se fige. À son regard stupéfait, je sais que mon allusion n'est pas tombée dans l'oreille d'un sourd.

— Tu n'es pas mariée. Tu ne connais rien des concessions qui doivent être faites. Je suis prêt à tout pour Gabin !

Sa réflexion me blesse. Comment ose-t-il tenir de tels propos en ayant connaissance de mon passé ?

— À ton avis, Gabin sera heureux de savoir son père prisonnier d'un mariage de convenance ? D'apparence ? Tu te contredis ! Loris, tu ne sais pas où tu vas. Tu avances à l'aveugle… Dans la vie, il faut faire des choix.

— Tu es bien placée pour le savoir, déclare-t-il.

Je décèle une pointe de sarcasme dans ses propos.

— Il y a des tonnes d'hommes sur cette terre. Je finirai par en trouver un qui me respecte. Je trouverai un homme qui s'intéressera à moi pour la personne que je suis et non pour mon physique. Je ne suis pas parfaite. Je ne suis pas la divine blonde qu'est ta femme, mais je mérite qu'on respecte la personne que je suis.

— Je n'ai jamais ne serait-ce qu'insinué le contraire.

— Tu n'as pas besoin de l'insinuer, tu le penses très fort.

— Faux. Je vante tes qualités de cœur à qui veut l'entendre. À mes yeux, tu es l'une des plus belles personnes sur cette terre. Je ne t'autorise pas à remettre cela en question.

Paroles, paroles, paroles.

— Il est grand temps que je m'émancipe, lui rétorqué-je

en fronçant les sourcils. Je dois couper le cordon. Alors sors ! Tire-toi.

— Ta réaction m'échappe.

— Je suis pragmatique, Loris ! Hors de question de soutenir une union qui me donne la nausée. Pas besoin d'être devin pour voir se profiler l'échec. Pour une fois, je me mets au premier plan.

Des ressentiments enfouis au plus profond de mes entrailles lui explosent à la figure.

— C'est terminé, Loris ! Terminé ! Ton mariage avec Cléo ne concerne que vous deux ! J'ai envie d'être heureuse, d'être entourée de personnes honnêtes et aimantes. Je ne supporterai plus ta femme ! Elle est odieuse avec toi, méprisante avec les gens !

— Lila…

— Arrête de me suivre d'une pièce à l'autre et sors de chez moi ! À partir de maintenant, tu vas assumer tes choix. J'en ai ras le bol d'être sous-estimée, d'être la cinquième roue du carrosse. Est-ce que le fait que je sois une personne discrète et parfois timide vous donne à tous le droit de me piétiner ? Tu as choisi Cléo, alors va-t'en !

— Je choisis Gabin !

— Tu n'as pas à me convaincre de quoi que ce soit. Si cette pensée te rassure, te permet de bien dormir la nuit… Tant mieux.

Je lui rapporte son manteau. Maintenant qu'il est flanqué du vêtement, je le mets à la porte et cours m'enfermer dans ma chambre.

Ne parvenant pas à me calmer, j'éclate en sanglots. Le détecteur de la cuisine, activé par la fumée des aliments grillés dans les poêles, me libère d'une crise de larmes qui se transforme en fou rire.

Chapitre 10

— Vous êtes compliqués tous les deux.

Merci à ma sœur pour sa perspicacité.

— Faites l'amour, pas la guerre, juge-t-elle intelligent de rajouter.

Je préfère lui répondre par un silence.

— Faites l'amour, pas la guerre, répète-t-elle avec insistance. L'AMOUR PAS LA GUERRE.

D'un geste de la main, je balance sa phrase aux oubliettes. Laurène me harponne par le bras pour mieux me coincer du côté des cabines d'essayage de la boutique de lingerie dans laquelle nous nous trouvons.

— Cinq ans à vous chercher... Tu imagines que la Terre a eu le temps de tourner cinq fois autour du Soleil ! Vous allez vous rabibocher et peupler cette planète de bébés.

— Nous en sommes loin... Pas un pas en avant mais dix en arrière. Pour être totalement transparente avec toi, une supposée relation amoureuse avec Loris est compromise. Il a été clair.

— Il s'agit d'une petite engueulade de rien du tout ! Tous les couples connaissent des turbulences.

— Nous ne formons pas un couple !

— Tu as envie d'être avec lui, ça saute aux yeux.

— Si tu le dis.

— De toute façon, je n'ai jamais rien compris à votre relation, renchérit ma sœur.

Tandis que je me déshabille dans la cabine, Laurène introduit sa tête dans la pièce exiguë, le rideau collé à sa joue.

— La notion d'intimité te parle ?

Enfant, ma sœur adorait se balader nue dans la maison. Adolescente, elle se baignait sur les plages les seins à l'air, une pratique qui la suit d'ailleurs toujours à l'âge adulte. Pas étonnant que les notions d'intimité et de pudeur lui échappent donc aujourd'hui.

— Tu es en période d'ovulation ? fait-elle en me reluquant. Tes nénés sont gonflés !

J'observe brièvement mon 85B dans le miroir, que je recouvre d'un soutien-gorge pigeonnant.

— Il te fait une poitrine d'enfer !

Elle s'éclipse dans la cabine d'à côté mais continue de me parler à travers le mur.

— Quelque chose ne va pas. Crache le morceau. Je déteste te voir dans cet état.

— De quel état parles-tu ?

— Cette mine défaite, ce regard triste. Ta bouille impassible est un leurre.

— Je suis fatiguée.

Ma sœur tire une nouvelle fois le rideau et s'incruste dans la cabine, le bras sur la poitrine.

— Ta chute t'a atomisée ? Non, il y a autre chose. Je mets ma main à couper que Loris est responsable de ton chagrin. Tu ne m'as pas tout dévoilé.

— Je ne suis pas chagrinée. Ne parlons plus de lui, dis-je, peu honnête.

— C'est vraiment ton épaule ? La douleur te rappelle de mauvais souvenirs que tu préférerais oublier ?

Les bras ballants, j'étudie mon reflet dans la glace.

— Essayons les sous-vêtements et, ensuite, allons boire un café, proposé-je pour couper court à l'introspection qui se présente.

Je suis fatiguée de m'interroger sur les mêmes sujets

heure après heure. Je voudrais oublier les ratés qui me font gamberger.

— Bien, s'enthousiasme ma sœur, qui cherchera de toute façon à me cuisiner d'une manière ou d'une autre.

Un rictus s'étire sur son visage.

— Ne commence pas avec cet air qui veut tout dire.

— Quel air ? fait-elle, amusée, en s'éclipsant dans sa cabine.

Une fois les essayages terminés, nous passons en caisse. La facture est salée pour Laurène, elle qui est prête à fêter ses noces d'étain avec James, son premier amour, comme il se doit. Il est celui qui fait battre son cœur à outrance depuis le lycée.

Mon beau-frère est calme, patient, réfléchi. Tout le contraire de mon aînée, une véritable boule d'énergie. Son caractère bien trempé et sa verve caustique font parfois pâlir de honte nos parents. Elle est mon moteur, un exemple de réussite. Rien ne lui résiste… J'aimerais pouvoir en dire autant.

— Allons squatter chez Étienne. Sa brasserie est à deux pas d'ici.

Au contact de l'air frais sur ma peau, je frissonne. Bonnet, gants, écharpe épaisse, manteau en laine, je suis prête à affronter le froid et les quelques flocons de neige qui atteignent le sol dans un tourbillon enchanteur.

— Attention, lâche Laurène en me voyant perdre l'équilibre.

Deux chutes en une semaine ? Je préfère éviter.

Elle me harponne par le bras.

La foule est compacte, statique devant les vitrines animées. Non sans mal, ma sœur, tel un bulldozer, nous fraye un chemin jusqu'à la brasserie d'un ami de la famille, Étienne, en pleine crise de la quarantaine. Dans son pantalon moulant en cuir, une banane à la Elvis sur la tête, il nous salue de derrière le bar.

Installées dans des fauteuils confortables, Laurène et moi examinons la carte apportée par le serveur. Nos choix se portent sur des chocolats viennois noyés sous une épaisse couche de chantilly.

— Pourquoi n'ai-je pas plutôt choisi un truc *light* ? se plaint ma sœur en soupirant.

— Minable injonction de la société. On s'en fiche. Un petit plaisir de temps en temps ne nous fera pas de mal.

— Parle pour toi ! Perdre du poids à vingt-cinq ans… Fastoche. À trente, c'est une autre histoire.

— « C'est une autre histoire », ta phrase fétiche. Ces derniers temps, je n'entends plus que ça.

— J'ai accepté cette réalité ! Mon corps change. L'organisme d'une femme d'une trentaine d'années réagit différemment de celui d'une jeune femme. Et puis, il y a ce bébé qui n'arrive pas. Après chaque test de grossesse négatif, je reporte ma frustration sur la nourriture.

Elle souffle en fermant les yeux. En signe de réconfort, je prends sa main entre les miennes.

— La pensée positive. Garde espoir.

Laurène dépose un baiser sur le dos de ma main. Pour une fois, elle ne remet pas en question ce qu'elle nomme si ironiquement mon « côté Bisounours ».

— J'espère que tu as raison. Ce n'est pas simple tous les jours.

— Arrête de te mettre la pression. Les médecins ont été clairs, James et toi n'avez aucun problème de fertilité.

— Par moments, James doit me trouver horrible. Il ne dit rien. Tu le connais…

— Il t'aime.

— N'idéalise pas l'amour.

Je hausse les épaules. Ma sœur ne perd pas le nord et enchaîne sur mes problèmes.

— Lila, vas-tu me confier ce qui te tracasse ? Je vais m'empresser d'aller défoncer la porte de Loris ou de fracasser sa baraque à coups de boulets de canon, si tu ne m'expliques pas dans les moindres détails ce qui te met dans cet état de passivité chagrinée.

— Est-ce bien français ?

— On s'en fout, rétorque ma sœur. Crache. Le. Morceau.

— Comparés à tes problèmes, les miens n'ont aucune importance.

— Tu me connais. Si ça continue comme ça, je vais me faire du souci pour toi. Et quand je suis soucieuse, je suis chiante, irritable et impulsive. Ce n'est pas à toi que je vais l'apprendre.

— Tu vas encore débarquer à l'appart à 2 heures du matin, en pyjama et pantoufles ?

Le regard complice que l'on échange se transforme en fou rire. Pour s'assurer de mon bien-être, ma sœur est prête à tout et me l'a prouvé à plusieurs reprises. Quand il s'agit de sa cadette, traverser Paris en pleine nuit, bigoudis sur la tête et masque sur le visage, ne l'effraie pas.

Le serveur dépose les chocolats viennois sur la table. J'en extirpe la paille que je lèche. Les gouttes de lait tiède sur ma langue me réchauffent instantanément.

— Je n'ai pas couché avec Loris.

— Je suis certaine qu'il y a un « mais ».

— L'espace d'une poignée de minutes, notre relation a évolué.

Ma sœur grimace.

— Si je me fie à la tête que tu tires, l'évolution est loin d'être positive.

— En effet, réponds-je avec pragmatisme.

Pour me donner du courage, je plonge ma langue dans la chantilly que je savoure de longues secondes.

— Dimanche soir, Loris m'a ramenée à moto.

— Je suis au courant. D'ailleurs, je m'étonne que tu aies accepté de monter sur cet engin.

— Tu connais Loris. Il est prévenant, rassurant, convaincant. Il se faisait tard, prendre le métro ne m'enchantait pas. Bref. Il m'a raccompagnée et nous avons passé une partie de la soirée ensemble. Quand il m'a annoncé sa séparation, j'ai cru bon qu'il se change les idées.

Pendue à mes lèvres, ma sœur s'appuie sur la table attendant avec impatience que je divulgue des informations croustillantes.

— On a…

Pas facile de trouver les mots.

— Il est descendu plus bas ? propose-t-elle. Pour tu sais… te donner du plaisir.

— Non.

Laurène plisse les yeux en jetant sa chevelure blonde dans son dos.

— Il y a de la gâterie dans l'air…

— Pas exactement.

Ma sœur recule dans le fauteuil.

— Il t'a peloté les seins ?

— Tu es loin du compte.

— Vous avez joué à la bataille navale, aux dames ?

Déçue de n'avoir rien à se mettre sous la dent, Laurène rumine.

— Ce type est un imbécile. Il n'y a pas un mec attiré par les nanas qui ne saisirait pas l'occasion de te mettre dans son lit si elle se présentait. Tu as tant de charme. Loris n'a rien compris à la vie.

— On s'est embrassés, il est parti. Histoire classée.

Exaltée par la nouvelle, ma sœur s'esclaffe.

— Waouh ! Vous étiez nus ?

— Laurène !

— Excuse-moi ! J'ai du mal à suivre.

— Je me suis retrouvée à cheval sur lui. Je l'ai embrassée… Juste des baisers.

— OK. Vous n'avez pas baisé mais échangé un baiser. Une sorte de préliminaire pour le futur ! Si tu racontes ton *ultime* transgression à Marylin, elle va se marrer pendant dix ans sans discontinuer, plaisante ma sœur. J'ai hâte d'avoir son retour sur la situation !

— Ah ah ah. Moins fort !

— C'est excitant, chuchote-t-elle en avalant une gorgée de sa boisson chaude. Enfin, la machine se met en marche. Prochaine étape, ouverture de braguette…

— Pas vraiment. Depuis, il est distant. Hier soir, il m'a annoncé qu'il voulait plus que tout privilégier le bonheur de Gabin.

— Ce qui est compréhensible.

— Cléo et lui se donnent une seconde chance.

— Je comprends, approuve Laurène. On ne peut pas lui reprocher de favoriser le bien-être de son fils.

Offusquée par sa réponse, je fais les gros yeux.

— Je peux comprendre sa décision même si je ne l'accepte pas. La famille est une valeur essentielle pour Loris. Gabin est la prunelle de ses yeux, ajoute ma sœur pour se justifier.

L'incompréhension se transforme en peine. Beaucoup de peine. Mes lèvres tremblent, les larmes me montent aux yeux. Je me culpabilise.

— Lila, non.

Ma sœur se penche par-dessus la table pour me réconforter.

— Quels sont tes sentiments pour lui ?

Je ravale ma salive.

— Loris n'est pas stupide. Il fait ses choix en connaissance de cause. S'il n'est pas capable de voir la perle que tu es… tant pis pour sa belle gueule. Ne te culpabilise pas d'avoir été sincère.

Mon cœur s'apaise au rythme des chants de Noël diffusés dans la brasserie.

— Tu veux que j'aille lui casser la figure ? m'interroge-t-elle, un sourire bienveillant ourlant ses lèvres.

Laurène est un remède contre la morosité et la tristesse.

— Je suis en train de tourner la page. J'ai décidé d'être heureuse. J'ai droit au bonheur.

— Tu le mérites plus que quiconque. Il te fallait un électrochoc pour prendre conscience de la réalité. Le duo que tu formes avec Loris a ses limites, qui peut-être un jour évolueront dans une autre direction…

Ses paroles me réconfortent. Je dois cesser de me culpabiliser pour tout et n'importe quoi.

— *Bye* le chef pâtissier, coucou le médecin torride, ne peut s'empêcher d'ajouter ma sœur.

— Docteur beau gosse, la reprends-je.

— En route pour de nouvelles aventures. D'après tes SMS, sa galanterie n'était pas sans arrière-pensée.

— Je me suis un tantinet emballée. Si ça se trouve, il m'a déjà oubliée.

— Tu déclares que tu tournes la page. Pourquoi ne pas carrément changer de bouquin ? Ce docteur Prévost est ton nouveau livre ! Quand on tombe de cheval, il faut illico remonter sur la bête.

Ma sœur s'emporte.

— Je vais jauger le bonhomme. Et puis, il est le médecin généraliste de Marylin. Elle saura nous en dire plus ! Tu sais quoi ? Je vais prendre rendez-vous avec lui ! Mission Cupidon à Noël ! On est un peu en avance sur la Saint-Valentin, pas grave ! Tu vois, chaque problème a sa solution, conclut Laurène.

La cata…

Chapitre 11

Impassible, je fixe l'écran plat accroché au mur. Je me remémore les derniers événements et prends conscience de l'empressement avec lequel j'ai voulu briser la frontière d'une amitié puissante pour un peu d'amour.

Nous ne pouvons pas revenir en arrière. Je ne sais pas de quoi demain sera fait. Peut-être que cet acte de plaisir dont nous avons profité quelques instants nous coûtera notre amitié. Si Loris tenait réellement à moi, n'aurait-il pas tenté de m'appeler ou de m'envoyer un SMS ? Depuis notre dispute, *nada*, rien. J'ai droit au néant, un néant révélateur de la teneur de notre relation… superficielle ?

Bouge-toi ma pauvre fille !

Je me lève et sautille dans le salon en agitant les bras.

— Dernière soirée de déprime ! Oui ! Oui ! Ouais !

Je me coache avec succès. Un quart d'heure plus tard, je suis dans la cuisine et me prépare *le* plateau. C'est notre remède à Marylin, ma meilleure amie, ma sœur et à moi. Quand ça ne va pas, que tout prend l'eau autour de nous, il existe une solution. La solution ultime contre la déprime, ce foutu *big plateau de la tristesse qui tue*. Il atténue les peines, permet d'oublier les petits bobos du quotidien.

Je dégaine mon portable. Autant partager cette soirée « spéciale » avec mon amie de toujours.

— *Toc Toc Toc* ! Devine qui est là ?

La voix suraiguë de Marylin me rend la patate. De la cuisine, je l'entends s'extasier sur la couronne de Noël accrochée à la porte d'entrée grande ouverte.

— Je rentre !

La porte claque. Marylin déboule et déballe sur le bar le contenu de son sac de courses.

— Chips au fromage, baguette, pâte à tartiner et pots de glace. La base ! s'exclame-t-elle.

— La base !

Je me penche pour tirer la bouteille de vin calée entre deux pots à épices.

— La base de la base ! surenchérit Marylin en rigolant.

Dans un placard, je m'empare de deux coupes que je pose sur le plan de travail.

— J'ai apporté le T-shirt de mon ex ! Et un vibro que je souhaite glorifier !

— J'ai une paire de chaussettes appartenant à Loris, qu'il a oubliée ici il y a quelques mois déjà.

— Au feu !

La soirée *big plateau de la tristesse qui tue* permet, d'une part, d'avoir un prétexte valable pour se goinfrer sans se culpabiliser et d'autre part, d'exorciser ses démons, de cracher sa haine contre les mecs ou la collègue garce du bureau d'en face.

Marylin sort de son sac deux bonnets de Noël lumineux. Nous les enfilons et partons nous amarrer au canapé. Comédie romantique en fond, nous radotons sur la vie en général. Sur les hauts et les bas auxquels nous sommes confrontées. Puis nous entrons dans le vif du sujet. Les hommes !

— J'ai vingt-sept ans, toutes mes dents, une vie sympa, un boulot plaisant… Mais niveau relation de couple, c'est la débandade, commence la brunette à mes côtés en se servant une deuxième coupe de vin.

— À mon tour !

Je le concède, je suis pompette. Pas bourrée, non,

pompette. Qualificatif *girly* à souhait qui rend la chose mignonne.

— J'ai vingt-cinq ans, vingt-six en mars prochain. J'ai un physique que des tiers qualifient de « plaisant », une tête pas trop mal constituée, une culture mesurée et, pourtant, impossible de trouver chaussure à mon pied. Les mecs ne veulent pas de moi. Ah oui, au cas où tu te demandes, par « plaisant », j'entends « passe-partout ». J'excelle dans le domaine de l'interprétation du lexique masculin.

Marylin s'enfile une troisième coupe de vin.

Au goulot, c'est mieux !

Je lui tends la bouteille et bondis pour en récupérer une seconde dans la cuisine.

Je supporte mal l'alcool. Deux verres m'ont suffi pour ne plus avoir les idées claires.

Plus de rouge, il ne me reste que du blanc. Je décide qu'il fera l'affaire et repars dans le salon où je m'affale sur Marylin, couchée sur le tapis entre la table basse et la fenêtre.

— Qu'est-ce qui ne va pas chez nous ?

Son articulation imparfaite me vole un gloussement.

— Ce qui ne va pas chez nous ? reprend-elle en tirant le plateau pour se goinfrer de chips. Un jour on est trop belles, l'autre jour on est trop moches. Trop petites, pas assez grandes, trop grosses, trop fines. Je ne suis pas assez blonde, pas assez brune…

— Trop de ceci, pas assez de cela !

— Les mecs sont là à te bassiner à longueur de journée avec leurs critères à la con. Ils veulent la nana parfaite !

— C'est quoi être parfaite ? bavé-je.

Marylin roule sur le ventre. L'air désespéré, je me redresse et me contorsionne pour m'emparer d'un pot de glace saveur fraise.

— Ils nous prennent pour des connes. Ton Loris le premier…

À cette idée, je plante brutalement la cuillère dans la glace. Marylin poursuit :

— Il est comme tous les autres, faible. Cléo n'a qu'à écarter les jambes et hop, il lui accorde son pardon.

— Hein ?

Je manque de m'enfoncer la cuillère dans le gosier.

— On parle de Cléo ! Réveille-toi, cette gonzesse n'a aucune qualité humaine. C'est un robot, son cœur est en carton… comme ses meubles.

Je ne peux m'empêcher de rire. La passion de Cléo pour les meubles en kit me dépasse.

— Elle crie à tort et à travers que son mariage se fonde sur un amour puissant et blablabla et blablabla. Cette nana flaire le fric à cent kilomètres à la ronde. Elle n'est jamais satisfaite de ce qu'elle a. Un mec du genre de Loris, tu l'attends impatiemment le soir à la maison. Le gars a tout pour lui !

La crème glacée me paraît avoir un goût amer. Pourquoi Cléo possède-t-elle tout ce que je désire ?

La jalousie est un vilain défaut, je cesse de glousser.

— Tu crois qu'elle est mieux que moi ?

Marylin se redresse brusquement.

— Cléo ? Nan ! Elle est meilleure menteuse et manipulatrice, en revanche. Quand Loris le comprendra, il sera trop tard ! Nous, on l'aura éjecté au profit de docteur beau gosse.

Après un rot dévastateur, mon amie de beuverie frappe sa bouteille contre la mienne. Comment un son pareil peut-il sortir d'une gorge si menue ?

— À nous et à l'avenir ! braillé-je.

— Et à docteur beau gosse ! Auscultez-moi. Hum…

— Oh oui, docteur beau gosse ! approuvé-je.

Le sujet est plus léger. Nous retrouvons notre bonne humeur en décrivant avec humour ce que nous ferions au docteur Prévost, qui est depuis un an le médecin généraliste de Marylin. Elle était loin d'embellir la vérité en me vantant la beauté du jeune homme.

Les confidences se multiplient. Vient enfin le moment tant attendu. Nos bonnets clignotants sur la tête, les bouteilles de vin sous le bras, nous balançons dans la baignoire les objets personnels de nos ex – amant pour elle, « ami » pour moi. Les ciseaux en main, nous sommes prêtes à faire un carnage ! Le rituel est toujours le même. Habituellement, je n'ai rien à bousiller… Le célibat est une seconde nature chez moi. Marylin, elle, a toujours des tonnes de trucs sur lesquels se défouler. Il faut dire qu'elle aime les hommes et que ceux-ci le lui rendent… mal.

La cérémonie commence. Deux poivrotes dans une salle de bains. C'en est risible.

Par inattention, Marylin pousse la bougie rituelle dans la baignoire. Je ne le remarque pas. Trop alcoolisée, elle non plus.

Alors que nous entamons la danse du *renouveau* en nous tortillant dans tous les sens, l'extrémité du rideau crame.

J'actionne aussitôt le pommeau de douche. Le jet d'eau froide éteint les flammes.

— On l'a échappé belle !

Ma meilleure amie opine.

— Tu l'as dit…

Décidément, j'use de malchance. Le karma ou la justice divine… Allez savoir !

Chapitre 12

Le réveil est une épreuve. M'autoproclamer *épave* est un doux euphémisme. Ma bouche pâteuse, au délicat parfum d'œuf pourri, manque de me faire défaillir. J'ai besoin d'une brosse à dents, d'un dentifrice menthe forte et d'un bain de bouche aux agents puissants.

Croisant mon reflet dans le miroir de l'armoire, je remercie le ciel d'être célibataire. Un homme qui me verrait dans cet état prendrait assurément ses jambes à son cou. Ma tignasse ébouriffée tient sur ma tête. Et mon visage… non, ne parlons pas de mon visage.

Après réflexion, je change d'avis. Un homme me voyant dans cet état et qui ne partirait pas en courant ? Le partenaire idéal !

Le bruit de la sonnette retentit. Je me bouche les oreilles tandis que Marylin se redresse brusquement dans le lit. Nos regards interloqués se croisent.

— La vache ! s'écrit-elle en découvrant mes yeux entrouverts et rouges.

Je peux en dire autant de la jolie brunette qui n'a plus rien d'une jolie brunette.

Je le concède, nous avons eu la main lourde sur le maquillage et le gel. Il se pourrait qu'elle ne réussisse plus jamais à retirer le bonnet enfoncé sur sa tête.

Le deuxième coup de sonnette nous sort d'un état

comateux. Surprise, mon amie en tombe du lit, emportant au passage ma couette dans sa chute.

Pathétique.

J'évite les cadavres de paquets de biscuits qui jonchent le sol. Des miettes de chips se calent entre mes orteils. Désagréable sensation.

Ma capacité de réflexion étant au plus bas, j'ouvre la porte sans même prendre le temps de me débarbouiller. Le concierge, un grand gars à l'accent du Nord, recule d'un pas à mon apparition.

Gros moment de solitude.

L'un de mes seins se fait la malle de mon débardeur et l'autre pointe sous le tissu. Débraillée, j'attrape le gilet qui pend sur la tablette de l'entrée que j'enfile et noue… pour m'éviter toute nouvelle fuite d'un de mes mamelons.

Le concierge me jauge. À ses yeux, je suis la femme qui ne conclut jamais. Celle qui passera le reste de sa vie sans mec avec pour seule compagnie des animaux domestiques. Comment je le sais ? Il ne s'est pas privé de me le dire.

Un concierge qui porte bien son surnom de *concierge*, comme c'est étonnant…

— Oui ?

Son regard, mi-moqueur mi-exaspéré, m'irrite.

— Pour vous.

Désinvolte, il me tend une lettre que je m'empresse de saisir.

— Merci.

Je ne lui offre pas l'occasion de me cracher une remarque acerbe dont il a le secret et ferme la porte. Je balance la petite enveloppe sur la tablette en bois dans l'entrée et rejoins Marylin dans la cuisine.

— J'ai une sacrée gueule de bois, chuchote-t-elle la main sur le front.

— Ne m'en parle pas.

Je m'affaisse sur le dossier d'une chaise. Mon corps ne me pardonnera pas de sitôt cette soirée haute en couleurs. Il y a deux ans encore, je m'éclatais trois soirs d'affilée.

Aujourd'hui, ce n'est plus le cas. Les affirmations de ma sœur concernant la détérioration de l'organisme me reviennent en pleine tête comme des boomerangs.

— La prochaine fois, nous miserons sur une soirée tisane et pantoufles.

Le gémissement de Marylin qui essaie de se préparer un café me confirme qu'elle souffre autant que moi. La dosette lui glisse entre les doigts.

Je lève la tête en direction de l'horloge murale.

— 11 heures. Ton patron doit criser.

— Je te rappelle, Lila, que je bosse dans une boîte qui ferme les week-ends.

C'est vrai, nous sommes déjà samedi.

— J'ai un tas de choses à faire, m'apprend mon amie. Je peux passer sous la douche ?

— Vas-y, je m'occupe des cafés.

Alors que Marylin s'enferme dans la salle de bains, je nous concocte un petit déjeuner sans fioritures. Eau et paracétamol pour vaincre la gueule de bois, café pour nous dynamiser et tartines chocolatées pour nous remplir l'estomac. Le mien gargouille en continu depuis plusieurs heures. Il m'a même tirée de mon sommeil durant la nuit.

Le petit déjeuner préparé, je me cale sur un siège dont je ne bouge plus. J'entends Marylin farfouiller dans mon armoire. Cinq minutes plus tard, elle apparaît avec un sac-poubelle bien chargé qui lui échappe des mains.

Lorsqu'il atteint le sol, le tintement que cela provoque me crispe.

— Les restes de notre feu de joie dans la baignoire, m'indique-t-elle.

Le rouge à lèvres qui décorait son joli minois, du front au menton, a disparu. Les coulées de mascara sur ses joues ne sont plus qu'un mauvais souvenir. Quant à ses longs cheveux bruns, qui ondulent dans son dos, ils sèchent à l'air libre.

— Sers-toi.

Marylin se frotte les yeux et bâille à n'en plus finir. Ses doigts s'enroulent autour de la tasse à café chaude.

Je catapulte sur la table le torchon humidifié avec lequel je me suis en partie débarbouillé le visage.

— J'ai l'impression qu'un batteur fait ses gammes dans ma tête, me lamenté-je.

— Voyons le bon côté des choses. Nous avions besoin d'extérioriser des sentiments enfouis profondément en nous. Maintenant, nous pouvons avancer, fait Marylin.

— Essayer d'évoluer, tu veux dire ?

Elle acquiesce en croquant dans une tartine.

— Il faut passer outre nos déceptions sentimentales. Nous sommes jeunes, les hommes ne manquent pas. Le choix est varié. Nous trouverons chaussure à notre pied.

— Et si cette chaussure ne vient jamais ?

— Elle viendra. Espérons que ça ne soit pas sous la forme d'un patin ou d'une ballerine. Je déteste les ballerines.

Je suis sceptique.

— Elle viendra sous la forme d'une bottine Chanel, répète mon amie. Le must du must.

— Et dans le cas contraire ?

Marylin s'immobilise. Envisager de ne jamais trouver l'âme sœur la terrifie autant que moi. La pression sociale n'arrange rien. Le regard des gens, de nos proches, finit par être difficilement supportable.

Je lui ai coupé l'appétit.

Marylin recule sur son siège en croisant les bras. Le vin n'atténue plus les peurs, la réalité nous rattrape.

— Je ne sais pas de quoi demain sera fait, lâche-t-elle.

— Moi non plus.

Tout à coup, l'espoir renaît. Une lueur vient illuminer le regard de Marylin.

— Nous n'avons pas le don de lire l'avenir !

Je grimace. Son exclamation résonne dans ma boîte crânienne.

— Il me semble que non, en effet.

— Dans ce cas…

Elle pivote sur son siège. Je n'aime pas ce regard qui ne présage rien de bon. Dans quelle galère allons-nous encore nous fourrer ?

— Non, même pas en rêve !

Ma tête va exploser.

— Je n'ai rien dit ! proteste Marylin.

J'avale un comprimé suivi d'un grand verre d'eau.

— Cette expression dérangeante qui apparaît sur ton visage avant chacun de tes plans loufoques parle pour toi !

— Vraiment ? Note à moi-même : penser à renouveler mes expressions faciales, marmonne-t-elle.

Oubliant qu'elle cuve encore, Marylin se lève et se rattrape de justesse en s'appuyant sur la table.

— Une voyante !

Elle s'empare du prospectus qui traîne sur la pile de publicités extraite la veille de ma boîte aux lettres.

— La voilà notre solution pour connaître notre avenir amoureux !

J'hallucine. Vraiment ?

Pour me sortir de ce nouveau futur mauvais pas, je fais mine de ne pas comprendre.

— Allez ! Lila !

— Je ne crois pas à ces trucs. Personne ne peut lire l'avenir.

— Ne commence pas. C'est officiel… Nous allons consulter une voyante ! fait-elle, enthousiaste.

— Je préfère encore me pointer nue sous mon manteau dans le cabinet du docteur Prévost, et faire disparaître ses spatules dans mon rectum, plutôt que de me rendre à une consultation loufoque et incertaine sur mon futur.

— Attention, je risque de te prendre au mot…

Chapitre 13

Quand Marylin a une idée dans la tête, elle ne l'a pas ailleurs. Sur le palier, mon amie s'exalte. Avant que les portes de l'ascenseur ne se referment, elle me crie, en agitant le flyer, qu'elle prendra rendez-vous avec Gaia, voyante à l'initiative de la publicité.

Quelqu'un peut-il me sortir de cette partie d'échecs, de dames, peu importe ? J'ai l'impression d'être un pion qu'une force supérieure déplace à sa guise.

Je referme la porte d'entrée. Le courant d'air fait tomber la lettre apportée par le concierge plus tôt dans la matinée. Je la ramasse et l'étudie en me dirigeant dans le salon.

Lila Bourgeois

La calligraphie tout en courbes et en finesse m'intrigue. Mis à part mon prénom et mon nom, aucune autre information ne figure sur l'enveloppe non cachetée par La Poste. L'auteur de la missive l'a certainement déposée lui-même dans la boîte aux lettres de la conciergerie. Je retourne le pli et, du bout des doigts, effleure le cachet de cire rouge représentant en son centre une fleur.

Je souris, tournant et retournant l'objet de mes convoitises. J'en oublie presque ma gueule de bois.

Qui est à l'origine de cette énième fantaisie ? Clark,

mon collègue et binôme au travail ? Non, le romantisme ce n'est pas son truc. Loris ?

Je dois être pragmatique. J'aimerais qu'il soit l'auteur de cette lettre comme des précédentes, mais je dois me rendre à l'évidence : il n'a rien à voir avec ça. Les livres, les mots et la poésie l'intéressent peu.

À l'aide d'un coupe-papier, j'ouvre cette enveloppe délicatement parfumée, qui immédiatement donne un nouveau souffle à ma journée. Hésitant à lire la carte d'un papier blanc au grain épais, je me surprends à sourire.

Lila, reviens sur terre.

Je caresse le papier avec précaution puis lit la citation qui figure sur la lettre.

« Ne regarde pas derrière toi en te demandant pourquoi. Regarde en avant et dis-toi pourquoi pas[1]. »

La carte est signée :

« L'admirateur »

Je hume le parfum agréable qui s'évade du carton, doux au toucher. L'effluve raffiné me rappelle le lilas, qui, au retour des beaux jours, inonde les jardins. Le clin d'œil en référence à mon prénom m'égaye.

L'esprit ailleurs, je divague entre les meubles du salon. À travers la fenêtre, j'observe le ciel gris en songeant que des rayons de soleil parviendront peut-être à traverser les nuages qui filent à vive allure en direction de l'est.

Un admirateur, vraiment ?

Dans un premier temps, je pense à une énième blague de ma sœur qui essaie de me remonter le moral par tous les moyens. Laurène, loin d'avoir la fougue romantique, se cogne la tête contre les murs en période de fin d'année. Le romantisme des séries, les téléfilms à l'eau de rose aux happy ends certains et les regards mielleux des amoureux

1. Citation d'Aurore Caparros.

se promenant sur les Champs, main dans la main, lui donnent la gerbe.

Mais de là à aller s'improviser admirateur… Peu probable, elle déteste les mystères. Je flaire déjà le sentiment d'agacement et d'insécurité que lui procurera l'annonce de la réception d'un nouveau courrier anonyme. Le cinquième en l'espace de quelques mois.

Comme à chaque fois, flattée de recevoir une nouvelle carte, je dégaine mon téléphone et contacte Marylin.

Devine qui est de retour ?

Dans un second temps, j'envisage avec sérieux, cette fois, que la personne qui couche de délicates phrases sur papier est mon collègue Clark. Marylin et Laurène l'ont toujours pensé éperdument épris de moi. Thèse que je réfute à chaque fois que la conversation revient sur la table.

Je ne veux plus rester dans l'ignorance. Il est grand temps que je me penche sérieusement sur la question : qui est l'auteur de cette missive ?

J'extrais de mon armoire une boîte de rangement où sont entreposés certains des albums photo que je conserve précieusement. Parfois, il m'arrive de les sortir pour me replonger avec plaisir dans des souvenirs passés, immortalisés à tout jamais sur papier glacé.

Le numérique, c'est sympa. Mais le smartphone que l'on dégaine à tout moment est une innovation qui, à mon sens, manque de chaleur et nous éloigne de l'essentiel. Stocker des milliers de photos sur un disque dur me paraît inutile. Rien n'est plus authentique et agréable qu'un moment de sérénité totale, pendant lequel je tourne des pages plastifiées qui me renvoient à des temps heureux – pour l'essentiel.

L'enveloppe vient s'ajouter aux quatre autres déjà placées dans la boîte de rangement.

Mon portable vibre.

Tu essaies par tous les moyens de t'éviter un passage chez la voyante ! !

À la lecture de son message, je lève les yeux au ciel.

Sommes-nous vraiment obligées d'en passer par là ? Une voyante… Euh comment dire ? !

Je m'empresse d'envoyer un autre message dans la foulée.

Pas crédible !

La réponse de Marylin ne se fait pas attendre.

Rendez-vous dans une semaine. Vendredi 10 – 18 heures. Je t'y traînerai s'il le faut.

Aïe.

Je tarde à répondre. Marylin me relance.

OK ? Dis-moi que c'est OK, stppppp !

L'idée ne m'enchante pas, mais alors pas du tout. Cependant, je sais que ce rendez-vous tient à cœur à Marylin. Elle me bassine depuis le mois d'août pour que je l'accompagne dans l'antre d'une devineresse des temps modernes.

Tu me dois un resto…

Ma meilleure amie me bombarde de SMS ayant pour contenu des émoticônes tous plus joyeux les uns que les autres.

Lila : Bon, alors. Devine qui est de retour !

Marilyn : Loris ?

Lila : Non. Cherche encore.

Marilyn : Je sais ! Docteur beau gosse ! Dire que je lui fais du rentre-dedans depuis des lustres.

Lila : Encore perdu !

Marilyn : Ton collègue qui passe son temps à te mater plutôt qu'à servir les clients ? Non, je sais ! Le client relou qui se rend chaque jeudi rien que pour toi à la chocolaterie.

Lila : Non plus !

Marilyn : Je donne ma langue au chat.

Je me dois de la mettre sur la piste.

Lila : Indice numéro 1 : courrier

Marilyn : Facteur ? Concierge ? Attends… Le concierge ? BERK ! On cherche une bottine Chanel ! Pas un vieux patin !

Lila : Indice numéro 2 : romantisme

Je l'imagine grimaçant en textotant son message.

Marilyn : Concierge pas possible… Ah non ! Ne me dis pas que le prédateur fleur bleue est de retour ! !

À la réception des premières lettres, Marylin trouvait l'initiative de mon admirateur secret romantique et mignonne. Elle enviait ma situation.

Avec le temps, son avis a évolué. Elle avait banni l'option « timidité excessive » et s'inquiétait que, depuis quatre mois, l'individu n'ait pas dévoilé son identité.

Elle penche pour mon ex, une sorte de pervers narcissique qui ne parvient pas à couper le cordon. Toutefois, après cinq ans sans se fréquenter, j'espère qu'il a réussi à se soigner et à m'oublier.

Mon opinion plus nuancée va à l'encontre de celle de ma meilleure amie. J'aime penser que le romantisme n'est pas mort, que la séduction galante existe encore et que l'auteur de ces missives n'est pas un psychopathe.

Marilyn : Entre Loris et l'anonyme… Quel est le pire ? Je ne saurais le dire… Tu noteras la rime, je suis une poète.

Charmante conclusion, merci Marylin.

Chapitre 14

Trois jours ont passé et je constate que paresser est une activité appréciable. Aujourd'hui, mon rendez-vous au centre d'imagerie m'a forcée à mettre le nez dehors. À mon grand étonnement, je n'ai pas eu à patienter.

Les radios prouvent que mon épaule n'est pas plus bousillée qu'il y a cinq ans. Toutefois, il m'a été conseillé de me rendre chez mon médecin pour une prescription de plusieurs séances chez un kinésithérapeute. Autant dire que ça ne m'enthousiasme pas des masses. Le dernier qui a posé ses grosses paluches sur mon épaule m'a délestée d'une partie de mon compte en banque avec ses dépassements d'honoraires injustifiables.

Ma mère a beau me répéter que ce kiné n'est pas un faiseur de miracles, ma première impression reste la même : il s'agit d'un charlatan qui, soit dit en passant, n'exerce plus suite à ses multiples liaisons avec ses patientes. Leur briser les os ne lui suffisait pas.

Le téléphone fixe sonne. J'active le haut-parleur en troquant pull et jean pour une robe en laine et des collants.

— Je suis en bas ! Je t'attends.

Je raccroche, attrape mon sac dans lequel je fourre des bons posés sur la table basse, éteins les lumières et galope en direction de l'ascenseur… avant de revenir sur mes pas. Je rentre chez moi, enfile mon manteau et mes bottes puis me munis de mes clés posées sur la tablette de l'entrée dans un pot fourre-tout. Je verrouille la porte et monte dans l'ascenseur. Au rez-de-chaussée, je salue d'un geste de la main le concierge en plein nettoyage, traverse la cour et rejoins ma sœur garée devant l'immeuble.

— Salut !

La chaleur dans le véhicule délasse mes muscles.

— Ceinture.

Je ne suis plus une enfant, ai-je envie de rétorquer. L'air malicieux qu'affiche Laurène me pousse à sourire. Elle est une deuxième mère pour moi. Quand nos parents s'entêtaient à se consacrer corps et âme à leur école de méditation, Laurène s'occupait de moi. Elle imitait la signature de maman dans mon carnet de liaison et préparait le dîner un soir sur deux ; pour nous éviter de mourir de faim pendant les cérémonies méditatives organisées par notre père.

Nos parents sont d'une zen attitude à toute épreuve. J'ai un tantinet hérité de ce trait de caractère contrairement à Laurène, sorte de boule d'énergie infatigable.

— Il va avancer lui, s'agace-t-elle.

Elle klaxonne une fois, puis deux. Finalement, après avoir vérifié qu'aucun policier ne se trouve aux alentours, elle double la vieille Clio par la droite, en empruntant la voie de bus.

Un rien l'irrite.

— Mauvaise journée ?

— Pas spécialement. Mon projet a séduit les partenaires. Mon équipe va s'occuper de la décoration de leurs nouveaux locaux à Paris et Milan. Je vais empocher un joli chèque.

— Super. Cette tête, c'est la tête de tous les jours ?

Laurène opine du chef sans même me regarder.

— Je te connais. Je suis ta sœur. Tu sais, la gamine qui t'a collée aux basques jusqu'à ses quatorze ans.

— Ne m'en parle pas ! Il était temps que tu te fasses des amis.

Enfant, j'étais timide et renfermée. Tisser des liens avec mes camarades fut une véritable épreuve. L'appareil dentaire m'empêchait de sourire. Je zozotais pour le plus grand plaisir d'élèves moqueurs et méchants. J'étais complexée et pas qu'un peu. C'est à mon entrée en cours de danse que les choses ont changé. Doucement mais sûrement, j'ai donné l'espace nécessaire à ma sœur pour qu'elle vive sa vie d'adolescente désobéissante. Une vraie rebelle.

— J'ai un retard de règles, m'annonce-t-elle.

Du coin de l'œil, je jauge ses réactions.

— Tu as fait un test ?

— Non. Je n'en ai pas non plus parlé à James. Je ne veux pas lui donner de faux espoirs. Il y a deux mois, je vivais une situation similaire. J'ai sauté dans tous les sens en pensant qu'un retard de règles était le signe d'une potentielle grossesse. J'ai pissé sur un test et… désillusion.

— James et toi vous…

Elle m'interrompt :

— Oui ! Plusieurs fois par semaine. Je l'aime, il m'aime et nous souhaitons de tout notre cœur que la famille s'agrandisse.

— Procure-toi un test. Plus vite tu auras la réponse, mieux tu te sentiras.

— Ou pas. Une énième désillusion, non merci.

— Au moins, tu seras fixée.

Le paysage défile. Nous quittons Paris *intra-muros* pour prendre le chemin de Villiers-sur-Marne et sa gigantesque enseigne de décoration suédoise. Sur le trajet, un panneau lumineux nous indique qu'un ralentissement aura lieu d'ici deux kilomètres suite à un accident de la route. Je plisse les yeux à la vision de ces quelques mots et tourne la tête pour ne plus être confrontée au message qui ravive en moi de désagréables réminiscences. Des images floues défilent dans mon esprit. Je me frotte le front en espérant les atténuer ou les voir disparaître, sans succès.

Entre mes mains tremblantes, mon portable vibre. Je suis sur le point de déverrouiller l'écran quand la vision d'un violent carambolage, entre plusieurs véhicules, me maintient en alerte.

Dans la file, ma sœur roule au pas. Sur la voie de gauche d'une nationale à double sens, les secours s'activent. Les gilets fluorescents s'agitent. Une désagréable sensation me prend aux tripes. La chaleur me monte aux joues.

Les pompiers scient une portière pour secourir des passagers incarcérés dans un véhicule. Au vu des voitures défoncées, chaque minute compte. Je suis bien placée pour le savoir.

— Lilou, regarde ailleurs.

Je m'enfonce dans mon siège en fermant les yeux.

— Respire. Souffle.

Nous sommes à l'arrêt. La main de ma sœur vient se poser sur les miennes serrées l'une contre l'autre.

Il me dit qu'il m'aime, que jamais il ne me laissera partir, que je suis sa moitié, sa chose, que je lui appartiens. Une lumière m'aveugle et c'est l'horreur. Tout tourne autour de moi, je suis ballottée. Je suis frappée au visage par un ballon blanc. Des couleurs, des étincelles, des grincements, des cris. C'est un feu d'artifice. Un feu d'artifice en enfer. La ceinture me comprime la poitrine. Mes bras s'élèvent, cognent contre la vitre. Aspirée par un trou d'air, une masse noire me plonge dans l'obscurité. Plus d'étincelles ni de couleurs ou de lumières. Ça ne tourne plus, je ne tourne plus.

Un visage m'apparaît dans toute cette noirceur diffuse. Une voix grave s'élève. Loris. Il est là, tout près de moi. Est-ce un homme, un ange ? Le halo lumineux autour de lui sème le doute dans mon esprit. Où suis-je ? Ai-je quitté le monde des vivants ?

— Lila !

Laurène m'extirpe de mes pensées en me secouant la cuisse. J'ouvre les yeux. Ma sœur enclenche la seconde vitesse.

— N'y pense plus. Respire. Le passé appartient au passé.

Mon attention se porte sur le portable que je serre avec force. J'effleure l'écran et, comme un signe du destin, le prénom qui s'affiche est celui de mon sauveur. Un sourire ourle le coin de mes lèvres. Il n'y a pas à dire, un fil invisible nous lie l'un à l'autre.

Chapitre 15

Aidée d'un employé de l'enseigne, je place mon sapin dans le caddie. Alors que je reviens près d'elle, ma sœur examine l'image sur le carton.

— J'en déduis que ton choix est fait. Tu prends le blanc ?

J'acquiesce.

— Blanc aux délicates nuances de vert, précisé-je. À défaut d'un mec, autant avoir un bel arbre de Noël dans mon salon.

— Monsieur ! crie alors Laurène. Je prends le même ! Moi, je veux les deux : le mec et le sapin dans mon salon.

Enfin, son choix est fait !

Tandis qu'elle rejoint le vendeur pour papoter des dernières innovations en matière de rangements, je file du côté des décorations.

Mon portable sonne au beau milieu du scan des codes-barres. Loris tente à nouveau de me joindre. Je ne sais pas si décrocher est une bonne idée. Ne pas lui répondre serait un aveu de faiblesse, non ? Ou une preuve de mon emploi du temps de ministre. La deuxième option ne joue pas en ma faveur. Je suis en arrêt de travail et donc censée rester au chaud chez moi.

— Oui ?

— Salut.

Petit silence. Le scanner de code-barres dans une main,

le portable dans l'autre, je me place derrière le chariot que je pousse tant bien que mal entre les rayons.

— Salut, dis-je à mi-voix.

— Je m'inquiétais, tu n'as pas donné signe de vie depuis plusieurs jours.

Toi, tu n'as pas pris de mes nouvelles...

— OK.

— OK ? répète-t-il.

Oui, OK mon gars. Que croit-il ? Notre dernière dispute n'est pas oubliée. En cinq ans, rares sont les fois où nous nous sommes trouvés en désaccord.

— Tu te sens mieux ?

— Ne t'inquiète pas. Mon arrêt de travail n'est pas renouvelé.

— Lila... arrête. Là, n'est pas la question. Ton épaule ?

Arrête quoi ? D'être vilaine ? Franche ? Moins conciliante ?

— Ça va, rétorqué-je froidement.

Il ne prononce plus un mot. Seul son souffle parvient à mon oreille.

— Je suis occupée. Je te verrai demain au boulot.

— Je passerai en fin de journée.

— OK.

Avec le temps, je peux anticiper et imaginer les réactions de Loris. Je sais qu'il prend conscience que les mots employés lors de notre confrontation m'ont blessée.

— Bonne soirée.

Je m'apprête à raccrocher quand il ajoute :

— Je ne pensais pas ce que je t'ai dit la dernière fois. Ça n'excuse rien, mais j'étais sur les nerfs. Je n'aime pas nous savoir en froid.

— OK.

— Je suis dans une période de ma vie où chaque décision est une pierre qui consolide ou, au contraire, ébranle l'ouvrage que j'ai mis un temps fou à construire. Tu comptes pour moi et je ne veux pas que mes actes ou mes paroles te fassent croire le contraire.

Je m'assieds sur une chaise de bureau qui se trouve près de moi, un article d'exposition un peu bancal.

— Je... Je suis entouré et, malgré tout, j'ai l'impression d'être seul. Je ne suis pas le mari que j'ai toujours rêvé d'être. J'essaie de compenser en étant un père attentif aux besoins de son enfant. Je fais de mon mieux pour être un ami présent. Parfois, j'ai l'impression de tout rater.

La carapace de Loris se fissure.

— J'ai besoin de plus que d'une carrière professionnelle florissante. Je ne suis pas que mon boulot.

— Bien sûr. Tu es plus que cela et tu le sais.

Il s'isole. Je n'entends plus les klaxons et autres bruits liés aux rues d'un centre-ville.

— Depuis notre dispute, j'ai voulu t'appeler chaque jour. Ma mère, qui a pris de tes nouvelles, m'a dit que ta voix était moins enjouée qu'habituellement. J'ai préféré éviter de te mettre la pression.

— Loris. Tu es mon meilleur ami, oui ou non ?

J'ai peur de sa réponse.

— J'espère être plus que ton meilleur ami.

Mon cœur s'emballe. Attendant qu'il étoffe sa réponse, je m'appuie sur un bureau.

— Tu es...

Son hésitation fait cogner mon cœur dans ma poitrine.

— Tu es tout ce que j'ai toujours...

Il marque un long temps d'arrêt. L'intonation de sa voix change. Est-il peiné ?

— Tu es comme une sœur pour moi, reprend-il d'une traite.

L'emballement cesse. Le monde tourne au ralenti.

— Je... Je suis très touchée, balbutié-je alors que l'espoir d'un « nous » renaissait d'un tas de cendres presque froides.

« Touchée » ? Oui, certes. Toutefois, « dégoûtée » me semble plus approprié.

Alors que je tourne graduellement la page, lui l'arrache sans me ménager.

Sans doute est-ce mieux ainsi. J'ai besoin d'entendre les choses de sa bouche pour me forcer à avancer.

— C'est la vérité.

— Je te remercie pour ton honnêteté.

Pourquoi ai-je l'impression qu'il me ment ? Il réfléchit à ses réponses, ce qui ne lui ressemble pas. Loris est un être spontané et joyeux. Et là, au bout du fil comme depuis plusieurs jours, l'homme que j'apprécie pour ses qualités humaines est éteint.

L'émotion est immense. Enfin, il s'ouvre à moi. Il y a cette petite voix dans ma tête qui le remercie et une autre voix qui me souffle que rien n'est fini. Pourquoi, alors que toutes les portes se ferment, est-ce que je me permets d'y croire encore ? De m'imaginer qu'il me ment et se ment à lui-même.

L'homme est complexe et accepte difficilement l'échec. Oui, voilà, c'est un échec… Ce n'est pas moi l'échec. Je dois faire la part des choses. Ce n'est pas ma personnalité qui empêche Loris de m'aimer. C'est la vie qui nous oblige à prendre des chemins amoureux différents.

— Passe une bonne soirée, Lilou, et à demain.

La tête basse, je fixe mes bottes.

— Merci.

Je raccroche et lève lentement la tête. Remuer le couteau dans la plaie, noyer son chagrin durant des jours… Terminé. Je suis un être humain qui met du temps à digérer les choses, mais qui, un beau jour, décide d'être heureux pour de vrai. Rêver son bonheur est inutile. Chercher à l'atteindre est un bon début.

Me dirigeant vers la cafétéria de l'enseigne, je prends mon courage à deux mains. Je visualise ma check-list mentale.

Sapin, OK.

Voyante, OK.

Autant m'y rendre guidée par des pensées positives. Qui sait ? Je pourrais être surprise.

Draguer le docteur beau gosse ? ? ?

Centaine de gros points d'interrogation.

Je cogite. Et finalement, sur un coup de tête, lui écris un message.

Bonjour, peut-être pourriez-vous envisager de passer à la Maison Dorée…

Non.

Bonjour, pourquoi ne pas venir à la Maison Dorée demain ? Nos biscuits sont délicieux, nos bûches un plaisir pour les papilles… Et il y a moi.

Non plus.

J'étouffe. Me feriez-vous du bouche-à-bouche ? ? À très bite !

En relisant le SMS, je glousse de mon lapsus… Révélateur ?

Je suis fantaisiste et clairement en manque de sexe ! Jamais je n'oserais envoyer un message de ce genre au docteur Prévost. Enfin, ça… c'était compter sans l'intervention rapide de ma sœur – l'œil de Moscou – qui lisait mon texto par-dessus mon épaule.

J'ai cligné des yeux, il était déjà trop tard. Son doigt avait appuyé sur la touche « envoyer » de mon portable.

— Je vais faire un tour côté déco de salle de bains ! À très bite ! Ah non… À très vite ! s'exclame-t-elle hilare en s'éclipsant derrière des rayons.

Chapitre 16

La première journée de retour au travail se termine et je regrette déjà le calme et la douceur de mon chez-moi. Le rush d'une fin de service improbable m'achève.

L'arrivée surprise d'un car de visiteurs à l'heure de la fermeture est un supplice.

— Voyons le bon côté des choses, me dit Clark, les heures sup sont majorées.

— Je reviens, lui lancé-je en ruminant dans mon coin. Je vais réapprovisionner la vitrine.

— Tu as raison ! Un visiteur digne de ce nom ne peut pas quitter la Maison Dorée sans une de ces délicieuses gourmandises.

Mon collègue me sourit de toutes ses dents en remontant ses lunettes sur son nez. Aujourd'hui, pour la première fois en quatre ans et demi, je le regarde d'un œil nouveau. Est-il l'auteur des missives ? Peu probable… Sait-on jamais.

— Lila, chuchote-t-il en me balançant un coup de coude. Les éclairs.

Ah oui. Je m'éloigne à peine que je me cogne contre un corps athlétique. Replaçant mon tablier, je me cambre. Sans rien dire, Loris m'observe. Son regard glisse vers Clark en plein encaissement. Je le contourne, repositionne une décoration sur une étagère et entre dans la cuisine où mes collègues s'activent.

— Un plateau ?

— Oui, nous sommes en pénurie d'éclairs.

— Coco, café, chocolat, fraise, c'est tout ce qui nous reste ! prévient un pâtissier.

— Je prends.

— Je t'apporte ça !

Depuis mon retour, ce matin, je suis traitée comme une poupée de porcelaine, une petite chose fragile qu'il faut ménager.

Je tends les bras pour m'emparer des gourmandises. Loris, que je n'ai pas vu arriver, est plus rapide que moi. Le plateau entre les mains, il se fraye un chemin jusqu'à mon poste de travail sous les applaudissements des clients. Les flashs sont éblouissants. Je manque de trébucher. Clark me rattrape.

— Il ne faut pas que cela devienne une habitude, plaisante une voix dans mon dos.

Frisson.

Je me stabilise sur mes deux jambes et virevolte.

Double frisson.

— Vous ?

Lui ?

— Je ne suis pas le bienvenu ?

Le docteur beau gosse est trop craquant. L'assurance et le charme qu'il dégage sont sur le point de me mettre K-O. Heureusement, ma conscience professionnelle reprend le dessus.

— Bien sûr que si.

— Vous en êtes certaine ?

Planté derrière la vitrine, dans son manteau noir trois-quarts, il me regarde fixement.

— Je vous charrie, poursuit-il.

La chaleur me monte aux joues. Sa présence me trouble. Je songe à ce fameux message que Laurène lui a envoyé, hier. Il n'a pas daigné aborder le sujet lors de son appel dans la foulée. Il s'est focalisé sur mon épaule. Visiblement, me faire du bouche-à-bouche ne l'intéresse pas.

— Tu dois alterner les éclairs, m'indique Clark en papillonnant des cils.

— Oui.

Je replace les pâtisseries dans le bon ordre cette fois.

— Hum des éclairs, fait le médecin en salivant.

— Une préférence ? balbutié-je.

Les techniques de vente ne se limitent pas à deux pauvres mots. Les formules de politesse non plus. Impossible de l'ouvrir sans bredouiller. Le docteur Prévost ne me lâche pas de son sublime regard bleu azur.

Des prunelles d'une telle intensité ne devraient pas exister.

Reprends le dessus, Lila ! Imagine-le aux W—C.

Loris nous interrompt. Le regard sévère qu'il pose sur le docteur Prévost, aux cheveux d'un roux flamboyant sous la lumière, m'embarrasse. À quoi joue-t-il ? N'est-il pas censé faire le beau dans le but de voir le chiffre d'affaires de la journée exploser ?

— Loris, je te présente le docteur Prévost. Il a eu la gentillesse de me porter secours la semaine dernière lors de ma chute.

Le malaise. Loris et Clark dévisagent le client qui, malgré l'accueil qu'il reçoit, garde le sourire.

— Enchanté. Appelez-moi Arthur.

J'aurais préféré Harry, le prince. Mais Arthur, le roi, me convient… C'est un prénom sympa.

— Arthur, bafouillé-je.

Loris surveille mes réactions et mes gestes. Sa poignée de main avec Arthur me paraît musclée. C'est à celui qui serrera le plus fort.

— Loris ! s'exclame la mère Dorée. On a besoin de toi en cuisine.

Il ne percute pas. Il y a de l'électricité dans l'air, je dois détourner l'attention des deux hommes.

— Arthur, puis-je vous proposer notre délicieux mille-feuille ou quelques-uns de nos choux ? Vous n'en trouverez pas de meilleurs à dix kilomètres à la ronde.

Il se détourne de mon ami. Mais le combat de coqs ne prend pas fin pour autant.

— Je me fie à votre jugement.

Ma collègue à l'entrée, qui assiste à la scène, me lance un clin d'œil en tapotant ses joues avant de se remettre au boulot. Je me tourne et croise mon reflet dans une vitrine : je suis rouge comme une pivoine.

— En complément du mille-feuille et des choux, j'achèterai une part de forêt-noire.

Mon dessert préféré… Ce type est parfait.

— Juste une part ?

— Il serait appréciable de rentrer avec deux parts, mais que ferais-je de cette deuxième portion ?

— Je ne sais pas, marmonne Loris de façon à peine audible. Vous la mettre là où je pense…

— Euh… Votre compagne pourrait apprécier, dis-je aussitôt pour donner le change.

— Il n'y a pas de madame Prévost, lâche-t-il, tout sourires. Personne à qui faire du bouche-à-bouche.

Clark manque de se coincer un doigt dans le tiroir de la caisse. Je me liquéfie : allusion au message de la veille… Laurène me le paiera.

— Il se pourrait toutefois que la situation évolue, dit-il dans un sourire. Qu'en pensez-vous ?

Me drague-t-il ? Non ! Si ! Peut-être.

Ajout à ma check-list mentale :

Me procurer un livre de coaching en séduction.

Mes déceptions passées ont grillé mes radars.

L'expression sur le visage de Loris s'assombrit. Quant à moi, je minaude.

— Loris !

Il persévère à rester planté à mes côtés. Sa mère, endimanchée dans une robe à fleurs, le harponne par le bras.

— Mon chéri, nous avons besoin de toi en cuisine.

Oust.

Mon meilleur ami recule jusqu'à disparaître de mon champ de vision. Je place les pâtisseries dans une boîte aux couleurs de l'enseigne et m'occupe de l'encaissement. Pendant ce temps, Clark aiguille une cliente à la recherche de confiseries.

— Ça vous fera un total de vingt-trois euros.

Il sort sa carte de crédit.

— Vous pouvez utiliser le sans-contact, ça fonctionne normalement.

Le coup d'œil espiègle qu'il me jette me vole un sourire. Alors qu'il range son portefeuille, je lui tends ses achats et ses doigts effleurent les miens. Je lui apporte le sac et, sensuellement, replace une mèche de cheveux, qui s'échappe de ma queue-de-cheval, derrière mes oreilles.

Mon geste ne lui échappe pas.

— Je suis ravi de constater que vous vous portez mieux que la semaine dernière. Vous avez raccroché tellement vite hier soir. Je n'ai pas eu le temps de vous soumettre une solution pour cette vilaine épaule qui parfois fait des siennes. Nous avons aussi manqué une occasion d'aborder… Vous savez…

Il se penche.

— Votre message.

Il faut dire qu'au moment de mettre fin à notre conversation, j'étais stressée et pressée… Pressée de prendre mon pied de façon solitaire en visualisant sa tête de sexy premier de la classe.

Comme Clark, Arthur porte des lunettes qui démultiplient son sex-appeal. Les binocles sont accrochés au col de sa chemise blanche sous son manteau grand ouvert. Allez savoir pour quelle raison, les hommes à lunettes m'excitent.

— À l'occasion, venez à mon bureau pour récupérer votre ordonnance.

— Une ordonnance pour quoi ? demandé-je du haut de mon nuage.

— Pour consulter un masseur-kinésithérapeute.

— Et encore creuser le trou de la Sécu, marmonne Clark, de mauvaise foi.

Docteur beau gosse s'éloigne en me saluant d'un geste de la main.

— Arthur !

Il se retourne.

— À l'occasion, repassez par ici. J'ai d'autres recommandations gourmandes pour vous.

Son visage s'illumine.

— Je n'y manquerai pas, répond-il, réjoui, en quittant les lieux.

Il sort de la boutique. Je le suis du regard derrière les vitrines. Il s'arrête et me fait signe. « On s'appelle ? » réussis-je à lire sur ses lèvres avant qu'il ne s'éclipse.

Des papillons dans le ventre, je pivote. Je ne parviens pas à cacher ma joie. Loris, qui m'épiait de la cuisine, referme la porte. Quant à Clark, son agacement est perceptible. Il ne me décroche plus un mot avant un « bonne soirée » de courtoisie, peu sincère, lorsque nous fermons la pâtisserie.

Chapitre 17

— Après le boulot, nous allons manger et boire un verre avec les autres, ça te dit de venir ? me propose ma collègue Charlotte.

— Avec plaisir.

— Tu vas faire un heureux.

Son coup d'œil loin d'être discret vers Clark me prend au dépourvu.

— Je suppose qu'il va se joindre à nous…

— Tu supposes bien, dit-elle en jouant des sourcils.

Fin de service, nous entamons le nettoyage des lieux. Une heure plus tard, je retrouve certains de mes collègues dans les vestiaires.

— Le groupe va décompresser dans un bar, tu viens ? demande Charlotte à Loris alors qu'il troque sa veste de cuisine pour un cardigan en maille.

— Mon fils m'attend.

Sans en dire plus, il ferme son casier et nous salue avant de quitter les lieux.

— Il est bizarre ces derniers temps, chuchote Charlotte, comme s'il pouvait toujours l'entendre. Je ne reconnais plus le Loris des débuts, ambitieux, joueur, drôle.

— Si ta moitié te pourrissait l'existence, toi aussi tu perdrais de ta joie de vivre, glisse un commis.

Argument discutable.

— Je ne pensais pas à mal en disant qu'il n'était plus le même, fait ma collègue, agacée, en fourrant ses affaires dans son sac à main.

— Tu parles sans réfléchir, Charlotte. Tu agis trop souvent de la sorte.

— J'ai le droit de partager mon opinion.

— Partage-la directement avec le principal intéressé.

Ouh… Le ton monte.

— Tu te fous de moi ? On ne peut plus rien lui dire !

Clark s'approche pour mettre son grain de sel :

— Samedi, en fin de journée, j'étais en pénurie de mont-blanc. Je lui ai fait remarquer et il m'a envoyé balader.

Deux camps s'affrontent. Les membres de la *team* cuisine, et ceux de la *team* vente. Pour ma part, je préfère rester en dehors de leurs chamailleries.

— On a tous des jours *avec* et des jours *sans*. Loris n'est pas parfait, ce n'est pas un robot. Il a le droit d'aller mal. Quand ton dixième mec en dix semaines t'a larguée le mois dernier, personne ne t'a mise face à ton comportement exécrable au boulot.

Pas faux.

— N'importe quoi ! s'insurge Charlotte.

— Tu es la reine de la mauvaise foi, s'emporte alors un pâtissier, ami proche de Loris.

— C'est le patron. Tu lui obéis un point c'est tout, fait un autre.

— Oh ! Ça va, les relous ! balance-t-elle en quittant la pièce. Personne ne l'a obligé à épouser cette saleté de Barbie. Si mes souvenirs sont exacts, tout le monde l'avait mis en garde sur…

— Cléo, lui rappelle Clark.

— Oui, sur cette Cléo. Il a vu en cette fille une princesse qui pétait des paillettes après avoir mangé des gousses d'ail. Eh non ! Son côté précieux et son rapport dérangeant à l'argent ne sont un secret pour personne. Aujourd'hui, il s'en mord les doigts ! Il est coincé. Le gamin n'arrange rien ! Je ne suis pas bête et personne n'est dupe ! Son plus gros regret se balade chaque jour sous son nez ! s'exclame-t-elle en me dévisageant.

Nos collègues l'imitent alors.

En virevoltant dans le couloir, Charlotte se retrouve face à Loris.

Le malaise.

— J'ai oublié ma montre, signale-t-il quand nous faisons tous mine de reprendre nos occupations.

Charlotte ne traîne pas. Elle file au rez-de-chaussée pour s'épargner une engueulade avec mon meilleur ami. Et mes autres collègues s'éclipsent un à un.

L'embarras est palpable. Je me retrouve seule avec Loris. Ce dernier, plongé dans un mutisme complet, se contente de récupérer sa montre.

Alors qu'il est sur le point d'ouvrir la porte des vestiaires, il se rétracte et revient sur ses pas.

— Cet Arthur attend plus de toi qu'une simple relation bonjour-bonsoir.

— Je ne vois pas où est le problème.

Peut-être que, moi aussi, j'attends plus que cela.

— Il te plaît ?

De quoi je me mêle ?

— Je ne sais pas, je n'y ai pas réfléchi.

— Tu mens si mal, Lila.

Exaspérée, j'enfile mon manteau et attrape mon sac. Je rêve. De qui se moque-t-il ?

— Bonne soirée, Loris.

Il me retient par le bras. Je ne le regarde pas, il pourrait me déstabiliser.

— Bonne soirée.

Je claque la porte derrière moi, le laissant seul avec ses pensées. Si je suis vraiment comme sa petite sœur, au lieu de me reprocher de plaire, pourquoi ne m'encourage-t-il pas à faire connaissance avec Arthur, qui a tout du gendre idéal ? Loris et lui ne sont pas si différents. Je suis certaine que docteur beau gosse devrait plaire à ma mère qui voue un culte absolu à notre cher chef pâtissier. Personne n'est irremplaçable.

À l'étage du dessous, le groupe se scinde en deux. Dorian, le pâtissier, et Charlotte ne parviennent pas à trouver un terrain d'entente. Le premier reproche à la seconde sa grande gueule et la seconde reproche au premier sa mauvaise foi et son hypocrisie.

— Vous savez quoi, proposé-je, nous n'avons qu'à remettre cette sortie à demain ou après-demain.

— Non !

Charlotte bondit pour me barrer le passage.

— Allons au Bab ! Ça nous changera les idées !

Clark, Marie et André acquiescent et s'attellent à nous suivre dans les rues de Paris. La fraîcheur d'une nuit au ciel étoilé est roborative.

À peine ai-je mis un pied dans le bar que le besoin de décompresser me submerge. J'abandonne mes affaires dans le coin réservé par notre groupe et me déhanche sur la musique, en commandant à la serveuse un Coca ainsi qu'un burger et des frites. Charlotte m'imite.

— Clark ne te lâche pas du regard.

Assis avec André et Marie, il discute tout en ayant, effectivement, les yeux rivés sur moi.

— C'est un super collègue.

Mais ce n'est pas lui qui habite mes pensées.

— Loris aussi est un super collègue, répond Charlotte du tac au tac.

Autant ne pas réagir à cette affirmation. Je cale mes mouvements sur le rythme de la musique qui accélère.

— Je suis désolée pour tout à l'heure. Mon intention n'était pas de te mettre mal à l'aise. Tu es proche de Loris. Penses-tu que sa situation avec Cléo va s'arranger ?

Je rêve ou Charlotte m'extorque des informations ? Elle a le béguin pour Loris. Malheureusement pour elle, il lui a clairement signifié, l'année dernière, qu'il n'y aurait jamais rien de plus qu'une relation de travail entre eux.

— Excuse-moi, envie pressante.

Rien n'est jamais gratuit avec Charlotte. Elle ne m'a pas invitée par hasard. Je me faufile alors à travers la foule, agglutinée du côté bar, et accède aux toilettes. Quand j'en ressors, je tombe nez à nez avec Clark.

— Je te cherchais.

— Je suis partie à peine cinq minutes, dis-je en jetant dans une poubelle le papier avec lequel je m'essuyais les mains.

Il avale une gorgée de sa boisson. Le barman n'a pas lésiné sur l'alcool, dont le parfum parvient à mes narines quand Clark me plaque contre mur. Que lui arrive-t-il ?

Son regard gentillet s'estompe. Clark se mue en prédateur.

— Allons rejoindre les autres, proposé-je aussitôt.

— Tu me plais beaucoup, Lila.

Son verre tombe. Il colle maladroitement sa main sur ma cuisse. Le fracas de la musique qui s'échappe de la stéréo me perturbe. Je m'attendais à tout, sauf à ça. Je n'ai jamais envisagé plus qu'une simple camaraderie avec cet homme.

Les missives anonymes… Est-ce vraiment lui ?

Sans mon consentement, Clark pose ses lèvres sur les miennes.

— Non…

Quand sa langue chatouille mes lèvres, je ne peux plus prendre de pincettes et le repousse. Il en perd ses lunettes.

— C'est quoi ton problème ! s'écrie-t-il en ramassant ses binocles. Je ne suis pas à la hauteur ? Je n'ai pas le sourire de ton Loris ni les yeux bleus d'un Arthur !

— Quoi ?

— Je me démène depuis des mois pour attirer ton attention ! Tu vas me dire que tu n'y as rien vu ? Ou que je ne suis pas suffisant ? Hein ! C'est ça !

Je fuis hors du couloir et m'empresse de récupérer mes affaires.

— Lila ?

Devant l'entrée, Clark se rend compte de son erreur et se confond en excuses.

— J'y vais !

Je retire mon bras de sa poigne et décampe en direction de la station de métro la plus proche. Aucun homme ne s'est intéressé à ma personne ces derniers mois et, soudain, je retiens l'attention de deux d'entre eux ? Suis-je à un tournant de mon existence ?

Un couple s'étreint sur le trottoir devant la Maison Dorée. Les deux amants se redressent et je reconnais Cléo et Loris.

Ce dernier disait vrai. Il est prêt à vendre son âme au diable pour l'épanouissement des siens. Peut-être que, lui, consent à faire des concessions. Pour ma part, cette option n'est plus envisageable. Ras le bol de freiner mes ardeurs, de trop tergiverser.

Pour la première fois, je ne réfléchis pas pendant des lustres à la formulation de mon texto destiné au docteur beau gosse.

La part de forêt-noire achetée hier soir est-elle à votre goût ?

Loris fiche son bonheur en l'air… Ce n'est que mon opinion. Visiblement, il ne la partage pas.

J'ai l'impression d'être impuissante, de ne pas pouvoir arrêter le massacre, car il est certain qu'un jour ou l'autre quelqu'un devra le ramasser à la petite cuillère.

Chapitre 18

De retour dans mon cocon, je me jette sur le canapé sans prendre le temps de me déshabiller. Mon sac tombe sur le sol. Je me débats avec mon manteau, dont je parviens à me débarrasser. Il rejoint mes affaires sur le tapis.

Pourquoi Clark se décide-t-il à me déclarer sa flamme maintenant ? Plus de quatre ans que je le côtoie, plus de quatre ans que je n'écoute pas Marylin et Laurène qui le soupçonnent d'éprouver des sentiments à mon égard.

Dans l'obscurité, le bouton clignotant de la base du fixe attire mon attention. Le battement lumineux se reflète sur le plafond. Sur le même rythme, je bats des cils pendant plusieurs minutes. Après quoi, je tends le bras pour appuyer sur le bouton.

« Vous avez un nouveau message. Dites "un". »

— Un.

« Je n'ai pas compris votre demande. Répétez après le bip. »

Bip.

— Un !

« Je n'ai pas compris votre demande. Répétez après le bip. »

— Un ! Un ! UNNNNN !

« Votre demande ne peut aboutir… »

— Saleté de répondeur !

Je me contorsionne pour enfoncer ce satané bouton 1. La voix de ma mère s'élève alors.

— Lila, c'est maman ! J'espère que tu vas bien. Papa et moi n'avons pas pu te rendre visite pendant ton arrêt. Nous venons de rentrer de notre retraite spirituelle. Le Sud de la France à cette période de l'année est magnifique. Ton père et moi sommes comblés. Nous renouvellerons l'expérience l'année prochaine et les suivantes. Les membres du groupe s'en souviendront longtemps. Nous étions…

— Blablablabla. Et bla et bla et blablablablablablabla.

Ma mère ne m'appelait pas pour prendre de mes nouvelles. Plutôt pour me raconter sa énième évasion méditative dans une bourgade du côté de Menton. Mieux vaut être riche pour suivre mes parents dans leurs expéditions spirituelles.

Mon père est un gourou d'exception, un chouïa hors de l'espace-temps… et ma mère est sa boussole *déréglée*. Ils forment un tandem parfait dans le genre de personnages à côté de leurs pompes.

— Avec Maria, la maman de Loris, nous avons décidé d'organiser un repas de Noël le vendredi 19 décembre. Ce sera parfait étant donné que tu seras en week-end le soir même ou la veille d'après ce que j'ai compris. Ta sœur, même si ça lui brûle les entrailles, et James sont disponibles à cette date. Cléo, Loris et Gabin aussi. Soleil indien et Perle verte seront de la partie…

J'expire lourdement en m'imaginant attablée avec une personne que je déteste, une autre que j'ai embrassée, deux autres perchées haut dans les nuages, une sœur au bord du pétage de plomb - si un être vivant ne vient pas dans les plus brefs délais s'installer dans son utérus -, un James un tantinet transparent à cause d'invités aux personnalités extravagantes, un père Dorée aigri qui déteste les repas entre amis, une mère Dorée pipelette… Et blablabla et BLABLABLA.

— Rappelle-moi au plus vite. Je passe commande chez le traiteur demain après-midi. Ton père et moi avons hâte de te voir. Si tu le souhaites, tu peux venir accompagnée d'un gentil jeune homme que, peut-être, tu fréquenterais sans m'en avoir parlé…

Je coupe court. Ma mère est prévisible, tout autant que le laïus sur mon désert de vie amoureuse qui conclut le message en beauté.

Sur mon portable, le SMS que je reçois est on ne peut plus clair :

Lila, alcool fort et marijuana pour le 19 !

Laurène est au bout de sa vie. Nous sommes deux. L'invitation ne m'enchante pas.

Lila : Les parents ont tout ça dans leur cave… Procurons-nous un gaz hilarant pour arriver avec le sourire et glousser à toutes les âneries qui seront débitées d'un bout à l'autre de la table par Perle Verte, Saucisse bleue & Cie.

Laurène : Et un couteau. ON VA SE LA FAIRE CETTE CLÉO !

Je n'ai pas de copain à convier au dîner, mais j'ai Marylin qui ne refuse jamais une invitation. Il faut dire que les repas organisés par mes parents sont *mémorables.*

Marilyn : Je serai de la partie ! !

À défaut de rouler des patins dans un coin, Marylin sera le binôme parfait pour que je puisse me lamenter sur mon existence et confesser mes espoirs futurs.

J'ai besoin d'air pour trouver le courage de me doucher et de préparer le dîner. Affaissée contre le garde-corps du balcon, je me fiche de prendre froid. Sur le mobilier extérieur, composé d'une petite table et de deux chaises, je trouve le paquet de cigarettes de ma meilleure amie. Je suis à deux doigts de m'en griller une. Finalement, je rentre à l'intérieur pour me munir d'un gilet et m'enrouler d'un plaid et m'amarre de nouveau au balcon, râlant contre une force supérieure à laquelle je ne crois pas, excepté quand tout va mal.

— Vous là-bas ! grogné-je les yeux levés en direction

d'un ciel nimbé d'étoiles. Vous voyez ce que vous me faites faire ? Je suis stressée ! En temps normal, je ne fume pas ! Je ne supporte pas l'odeur de la cigarette et vous le savez ! Mais là… là… Je me retrouve au pied du mur ! Rien ne va ! Rien du tout ! Expliquez-moi ce que j'ai fait de mal pour que vous vous acharniez sur moi. Loris, Clark… Je recycle, je trie mes ordures ! Il n'y a que des bocaux dans mes placards, j'achète auprès de petits producteurs quand mon compte en banque me le permet. Je tiens compagnie à ma voisine âgée du dessous. Je nourris les chats de gouttière quand ils errent affamés dans la courette ! J'économise l'eau pour éviter une pénurie à la planète. Je donne mon sang deux fois par an, j'offre mes vêtements à des associations… Mal m'en a pris… J'ai gagné deux kilos en à peine six mois ! Oui ! Oui ! Je mérite un peu de reconnaissance ! Je mérite des câlins et des bisous ! Vous me devez dix secondes de bonheur ! Juste dix ! Au moins dix !

Debout, le doigt pointé en direction de la voûte céleste, je prends conscience des regards stupéfaits du voisin d'en face et du concierge dans la fameuse courette. Heureusement, le ridicule ne tue pas…

Je m'assieds. Mon portable vibre. Je bougonne. Qui va encore me déranger pour une broutille ? Il est 21 heures et je décide qu'il est temps de prendre congé des problèmes des autres ainsi que des miens. Il est l'heure de penser à docteur beau gosse. Cet homme est un peu comme une cuillerée de Nutella… il rend le quotidien plus doux.

Le portable vibre une seconde fois. Je le retourne en repoussant les clopes plus loin sur la table. Il se met à sonner. « Numéro inconnu ». Je m'interroge. Décrochera ? Décrochera pas ? Décrochera…

— Oui ?

— Lila ? Je vous prie de m'excuser du dérangement à une heure aussi tardive.

— Docteur Prévost… Arthur ?

— Je vous dérange ? Peut-être êtes-vous occupée ?

Je bondis en contenant difficilement mon enthousiasme. Réfléchis vite, vite ! Répondre que tu n'es occupée à rien est un aveu de faiblesse.

— Je termine une séance de yoga.

Le yoga est un sport sexy, non ? Peu importe.

— Je… Je…

Je ne rêve pas ? Il a pris l'initiative de m'appeler.

J'ai chaud soudainement.

— Vos recommandations ont été des succès. Il ne reste plus une miette des succulents desserts que je vous ai achetés. Lila ?

— Oui ?

— Pour être totalement transparent, appeler une patiente n'est pas dans mes habitudes. Vous…

— Oui, bredouillé-je, espérant qu'il m'invite à boire un verre.

Je frissonne de plaisir à l'écoute de sa voix grave et chaude. *Oui, parle-moi, docteur !*

Le plaisir est de courte durée.

Quelle est la probabilité pour que je sois attaquée par un pigeon sur mon balcon en pleine nuit ? Une sur mille, peut-être. Et pourtant… Je me débats et dans un geste brusque perds mon téléphone qui atterrit plus bas dans le char lumineux du Père Noël.

— Et crotte !

Le concierge lève la tête dans ma direction.

— Dix secondes de bonheur sont dix secondes de bonheur, conclut-il, hilare.

Chapitre 19

Est-ce que j'ai l'air d'une folle en grimpant dans le traîneau du Père Noël dans le seul but de retrouver mon portable ? Peu importe ! Les deux sabots en l'air, je me contorsionne entre les automates grandeur nature de monsieur Claus et de ses lutins aux bonnets verts à pompon blanc.

Mission sauvetage en cours.

— Maman, elle fait quoi la dame ?

Ça se voit, non ? La dame cherche un objet de la plus haute importance, catapulté de son balcon.

Qui a décidé de salir mon karma ? Qui ? Espérons que la voyante voit le visage de la personne qui bousille mes bonnes vibrations dans ses feuilles de thé. Marylin et Laurène se feront un plaisir de m'accompagner pour lui péter les rotules.

— La dame voit son rencard lui échapper, répond le gardien de mon immeuble dans un éclat de rire.

Tous les concierges sont-ils un canal à fake news ? Ou est-ce moi qui généralise à n'en plus finir sur les bonshommes porteurs de la fonction ? Existe-t-il des concierges qui se mêlent de leurs affaires ?

Trop occupée à retrouver mon portable dans les décorations, j'ignore la discussion des voisins.

— Ne cassez rien ! s'alarme M. Dubois.

Je briserai tout ce qui me plaira pour retrouver le lien qui m'unit à Arthur.

— Vous m'entendez !

Radoteur.

Je touche enfin au but ! Le Graal !

— Oui ! Oui ! Oui !

Je le soulève. Les rayons de la lune se reflètent sur l'écran.

Je me redresse et essaie de m'extirper du traîneau. C'était compter sans l'une des nombreuses guirlandes dans laquelle mon pied reste prisonnier. Je tire un coup sec et, bien sûr, la catastrophe se profile. Un craquement… un deuxième et deux des lutins se retrouvent décapités. Des cris de stupéfaction et des rires s'élèvent.

Dans le genre nana qui use de malchance, je suis unique.

Le concierge frôle la syncope. Un petit garçon d'à peine cinq ans n'en revient pas. La main sur la bouche, il braille à son père que j'ai tué les amis du Père Noël. À sa bouille choquée, j'imagine que la soirée ne va pas être de tout repos pour ses parents.

Je repose les têtes que j'enfonce sur des cous abîmés. C'est drôle, les corps des automates fonctionnent toujours…

— Et voilà.

Je rase les murs pour me claquemurer chez moi. Qui sait ? La brigade de Noël est peut-être à mes trousses.

Concentrée sur mon portable en parfait état – merci à l'entrejambe en mousse du lutin - j'attends, impatiente, que l'appareil se rallume. Quand enfin je tape mon code PIN, c'est la danse de la joie. Un appel en absence et un message vocal. Hourra !

Je déchante aussi rapidement que je m'enflamme. L'espace d'une minute, j'alterne ces deux phases avant de reprendre mes esprits.

Pas la peine de s'exciter pour un rien.

— Lila ? C'est une nouvelle fois moi… Arthur. Le « moi » supposerait que vous sachiez qui je suis… Vous savez qui je suis, non ? Enfin, ce n'est pas ce que je voulais dire… Bien sûr que vous savez qui je suis. Je suis médecin et l'homme qui vous a appelé il y a deux minutes… Euh…

Arthur est-il déstabilisé ?

— Vous avez raccroché subitement… Option numéro un, vous êtes occupée. Option numéro deux, vous ne voulez pas me parler… Je… Je comprends. Ma démarche peut vous sembler inconvenante… Euh… Je vous ai dit qu'on s'appellerait, alors j'ai fait ce que j'avais dit…

Ses grands et beaux yeux bleus me reviennent en tête. Puis j'imagine ses cheveux dans lesquels je me vois déjà glisser la main. Le souvenir de sa crinière rousse m'enchante. Et sa voix… Quelle voix !

— Je voulais vous remercier pour vos conseils. Les choux étaient délicieux, le gâteau, succulent. Lors de la dégustation, j'ai beaucoup pensé à vous… Pas que j'ai envie de vous goûter, non ! Si… Non… Enfin, vous comprenez…

Je souris à l'écoute de ce message maladroit.

— Tu t'enfonces, marmonne-t-il. Euh… Je ne vous dérange pas plus longtemps. Bonne nuit… non, bonne soirée.

Je l'entends soupirer une dernière fois, puis il raccroche.

Je lui plais ? Pas impossible. Serrant mon téléphone entre mes mains, je m'avance dans le salon. Je lui plais ? Non. Si. Non. Si. Si. Non. Peut-être ? Oh si !

La phase pré-drague est terminée. Nous entrons dans la phase drague de niveau 1, c'est-à-dire, l'approche qui se veut subtile… qui en fait est bancale mais tellement attendrissante.

Mes pensées fusent à tel point que le nœud formé par ces dernières me file un mal de crâne monumental. Je me sers un verre d'eau et avale une gélule de paracétamol.

Mon portable vibre sur la table.

Docteur beau gosse : SVP, pour mon amour-propre : n'écoutez pas mon message vocal.

Je ris.

Lila : Et pourquoi ça ?

Docteur beau gosse : Le ridicule.

Lila : Le ridicule ne tue pas.

Docteur beau gosse : Certaine ?

Je gagne en confiance.

Lila : C'est vous qui êtes le médecin, à vous de me le dire.

Les secondes défilent et toujours aucune réponse. Toutefois, les points de suspensions au bas de l'écran, indiquant que mon interlocuteur écrit, s'excitent.

Je lève la tête. Suis-je ce genre de fille ? Celui qui compte les secondes, les minutes et enfin les heures quand elle échange avec un charmant jeune homme ?

Je grimace.

Je dois me rendre à l'évidence : je suis ce genre de fille.

— Réponds, réponds, réponds.

Miracle !

Je prends une grande inspiration et ouvre le SMS qui vient d'arriver, l'air détaché.

Docteur beau gosse : Vous l'avez écouté ?

Autant de temps pour écrire un si petit message ? Il doit être comme moi, à taper son texte et l'effacer sans cesse.

Lila : Quoi ?

Docteur beau gosse : Le message vocal.

Lila : Possible.

Docteur beau gosse : Euh… Vraiment ?

Lila : Oui.

Docteur beau gosse : Je ne suis pas mort. Vous avez raison. Le ridicule ne tue pas.

Lila : Un diagnostic appréciable. Vous discutez avec madame maladresse…

Docteur beau gosse : C'est ce que j'ai cru comprendre en vous ramassant sur l'étal du fleuriste.

J'éclate de rire. Une émoticône, c'est bon signe.

Lila : Vous moquez-vous de moi, docteur ?

Je me couche sur le canapé et cale un oreiller derrière ma tête.

Docteur beau gosse : Ça se pourrait. Vous appréciez ?

Lila : J'en redemanderais presque…

Docteur beau gosse : J'en prends note.

Lila : Notez, docteur.

Docteur beau gosse : Vous pouvez m'appeler Arthur.

Lila : Docteur vous va à merveille.

Docteur beau gosse : Une question me taraude.

Lila : Je vous écoute… ou plutôt vous lis.

Docteur beau gosse : M'avez-vous sciemment raccroché au nez tout à l'heure ?

Lila : Ma batterie a lâché.

Oh la menteuse ! Elle est amoureuse ! Non, pas encore.

Docteur beau gosse : Tiens donc !

Mordillant le bout de mon index, je réfléchis à la manière de lui formuler une réponse, mais il me prend de court.

Docteur beau gosse : Vous devriez passer au cabinet pour une visite de contrôle.

Lila : Vous m'avez donné votre accord par téléphone pour une reprise.

Docteur beau gosse : C'est vrai.

Est-il en train de me tendre une perche ? Allez, je lui demande !

Lila : Auriez-vous envie de me revoir ?

Docteur beau gosse : Et vous ?

Lila : Vous d'abord.

Petite attente.

Docteur beau gosse : Suis-je si transparent ?

Lila : Un peu… Je ne devrais pas vous le dire, mais ça me plaît.

Docteur beau gosse : Un bon point pour moi.

Lila : Je vous le confirme.

Docteur beau gosse : Aurais-je droit à votre magnifique sourire lors de notre prochaine rencontre ?

Hum. Pas de plans sur la comète, mais j'ai l'impression qu'Arthur et moi sommes bien partis pour apprendre à nous *découvrir.*

Soudain, un nouveau message de sa part.

Désolé ! Une urgence ! Je suis de garde cette nuit. Je reviens vers vous au plus vite. Belle soirée Lila.

C'est la fête dans le salon. Échanger avec Arthur clôt ma journée en beauté. La situation peut évoluer… dans le bon sens.

Je ne suis pas compliquée, un rien me rend heureuse. Et ce rien, ce soir, a pris la forme d'un échange de textos qui me ravit et me permet de croire que tout n'est pas foutu. Je ne suis pas un cas désespéré et je peux plaire. Quelle meilleure conclusion pour regagner une confiance en soi perdue depuis des lustres ?

Chapitre 20

Loin d'être contrariante, j'ai toujours fait mon possible pour être la partenaire idéale. Je suis, par définition, le type d'individu consensuel qui s'évertuera dans quatre-vingt-dix pour cent des cas à aplanir les angles, à stopper un conflit. Je n'aime pas savoir les gens tristes. Les gens, eux, se fichent bien de ce que leur comportement et leurs réflexions me font éprouver. Je ne suis pas transparente, mais presque.

Mes peines, je les garde au plus profond de moi. Mes larmes, je les ravale en public. Et mon opinion, je ne la donne pas. J'ai l'impression de n'être jamais écoutée, excepté par ma sœur, Marylin et… Loris. Enfin, ça, c'était avant. Avant le morcellement de notre amitié.

La nuit qui a suivi mon échange de textos avec Arthur fut mouvementée. Je me suis tournée et retournée dans le lit. Enveloppée dans ma couette, j'ai cherché le sommeil sans succès. Un ange et un démon ont pris leurs quartiers dans ma tête. L'un, à l'auréole flamboyante, me chuchotait de me concentrer sur mon amitié avec Loris. L'autre, muni de son trident, me hurlait de mettre mon ami de côté au profit d'Arthur et de balancer un bon coup de pied à Clark.

Couchée à 22 heures, ce n'est qu'à 4 heures du matin que j'ai trouvé le sommeil. À 7 h 30, je me levais pour me préparer à aller travailler.

À la sortie du métro, le stress me gagne. Je n'ai aucune envie de faire équipe avec Clark aujourd'hui.

— Petite mine, me lance Charlotte quand je prends mes fonctions du côté de la confiserie.

— Tu travailles au premier ?

— Non, je suis rattachée au pôle pâtisserie.

Super. J'ai tout sauf envie de la supporter toute une journée.

— Hier soir, tu nous as quittés précipitamment.

— Mal de crâne.

— Ah bon ?

Mon agacement est perceptible.

— Je te trouve étrange. Où as-tu planqué le sourire qui ne quitte jamais tes lèvres ?

Il est au vestiaire avec mes affaires. *Tu devrais y ranger ta grande bouche de temps à autre.*

— Charlotte, je suis fatiguée.

J'inspecte les rayons un à un, avant l'ouverture de la boutique. Une dizaine de clients attend déjà en file indienne sur le trottoir.

Accrochée à mes basques, Charlotte me suit. Elle n'est pas décidée à me lâcher la grappe. En matière de collègue collante, on ne fait pas mieux.

— Je sais. Loris est la raison de tous tes tracas.

Je feins un sourire hypocrite. Ma collègue comprend qu'elle me tape sur le système avec ses questions. Pour autant, elle ne bouge pas. J'ai envie de lui crier de foutre le camp et de s'occuper de son boulot, mais rien ne sort.

— Charlotte, l'interpelle une voix au loin.

La charmante mère Dorée quitte la pièce de stockage au bout du premier étage. Charlotte se tourne. Je m'écarte en remerciant intérieurement l'arrivée de la patronne.

— Ne traîne pas, ma grande. Clark est absent aujourd'hui et demain. Une collègue du 11e arrondissement va nous apporter son aide. Je viens de la prévenir. Elle sera là d'ici une demi-heure. En attendant, rejoins ton poste s'il te plaît et prépare tes vitrines.

Charlotte ne bronche pas. De l'escalier, elle me lance un regard révélateur par-dessus son épaule. Elle reviendra à l'attaque plus tard dans la journée.

— Lila. Je peux te parler ?

Alors que ma patronne se poste à mes côtés, je termine de ranger les boîtes de biscuits secs sur un rayon.

— J'ai remarqué un changement de comportement chez mon fils.

Je hausse les épaules.

— Il y a de l'eau dans le gaz entre vous deux ?

Je replace correctement les étiquettes de prix pour ne pas avoir à croiser le regard de la mère Dorée.

— J'en déduis que oui, déclare-t-elle.

— Une broutille de rien du tout.

L'heure tourne et je suis loin d'avoir rangé tous les nouveaux produits en rayon. L'ouverture est imminente. Alors, Maria m'apporte son aide.

— Si Loris et toi entreteniez une relation autre que celle qui vous lie depuis plusieurs années, me le dirais-tu ?

— Oui, mais ce n'est pas le cas.

— La distance que vous instaurez ne me plaît pas.

À moi non plus, si elle savait…

— Tu es une bouffée d'air frais. Mon fils tient à toi comme à la prunelle de ses yeux.

Si c'est le cas, il n'a qu'à venir me le dire lui-même.

— Ce n'est un secret pour personne, le couple de Loris connaît des difficultés qui se répercutent sur son quotidien.

J'ai beau lui tourner le dos, je sens qu'elle me fixe et poursuit :

— Chaque jour est un combat.

À le voir embrasser Cléo tendrement en pleine rue, on ne le croirait pas.

— Lila.

— Oui ?

— S'il te plaît, m'implore-t-elle en plaçant sa main sur mon épaule. Regarde-moi.

Je pose sur un présentoir les produits entre mes mains

et me retourne vers Maria. Son regard est brillant, humide. Son sourire est entravé par ce que je perçois comme de la peine.

— Je n'aime pas savoir mon fils malheureux.

— Moi non plus, Maria.

— J'essaie de lui parler. Tu le connais, il ne m'écoute pas. Loris est persévérant. Il ne supporte pas l'échec. Son père et moi lui avons transmis à lui, ainsi qu'à ses frères, les valeurs familiales fondamentales à notre cœur. Il me répète qu'il veut protéger Gabin… Le problème est qu'il s'oublie. Tu pourrais essayer de lui faire entendre raison.

— Il ne veut rien savoir.

— Ce qui vous lie est puissant. Depuis l'accident, vous ne vous quittez plus. Il veille sur toi, tu veilles sur lui. Votre fonctionnement me rend admirative. Je suis rassurée par ta présence dans sa vie.

— Laissons-le souffler. Il reviendra vers nous quand il en ressentira le besoin.

— Il avait signé les papiers du divorce…

— Nous ne pouvons pas prendre de décisions à sa place. L'aiguiller dans ses choix est hors de question. Notre objectivité est biaisée. Cléo et moi, Cléo et vous… ce n'est pas la grande entente. Si nous insistons, Loris va se refermer comme une huître.

Maria se rembrunit. Ses inquiétudes sont fondées et puis, après tout, elle est sa mère. Elle connaît Loris mieux que personne.

— Elle n'a aucun respect pour lui !

Le premier coup de clochette retentit. Les stéréos sont activées à distance. Progressivement, des mélodies enchantées gagnent les étages.

— Cléo l'a trompé, déclare ma patronne d'un ton grave.

Ce n'est donc pas seulement une rumeur.

J'ai mal. Mal pour lui.

— Elle lui ment pour le récupérer. Elle joue sur sa corde sensible, Gabin.

La nouvelle me frappe de plein fouet. Jusqu'à présent,

cette information avait peu de crédibilité à mes yeux, je la considérais comme un ragot créé de toutes pièces pour anéantir le couple de Loris et de la « pieuse » Cléo, qui tous les dimanches se rend à l'église.

— Ce n'est pas un racontar ! Je l'ai vue de mes yeux ! De mes propres yeux !

Deuxième coup de clochette. Ouverture imminente !

— S'il te plaît, parle à mon garçon. Il n'écoute que toi.

Maria entoure mon visage de ses mains tièdes. Son regard n'est que supplique.

— Il a besoin de toi et tu as besoin de lui, me garantit-elle en s'éloignant, accablée par la situation.

Chapitre 21

Si je n'arrive pas à écouter et comprendre mes émotions, comment aider Loris à vaincre ses démons ? Il a tant fait pour moi, j'aimerais lui rendre la pareille.

Mon meilleur ami est une tête de mule, le soutenir malgré ses refus de se confier ne sera pas facile. Ai-je le choix ? M'abandonnerait-il à mes doutes et ma tristesse ? Non. Il m'a sortie d'une voiture en flammes alors qu'il aurait pu se contenter d'appeler les secours en observant la scène au loin, en contrebas de la route. À ses risques et périls, il a débloqué la ceinture qui m'entravait, m'a tirée du véhicule à la forte odeur d'essence et m'a maintenue éveillée jusqu'à l'arrivée des secours. Il n'a pas lâché ma main avant de me savoir en sécurité.

Ces souvenirs me font monter les larmes aux yeux. Je lui dois la vie. Il est mon rayon de soleil, ma boussole, mon gouvernail.

— Bonjour.

Je lâche un paquet de bonbons. Loris le ramasse. Il se relève à peine que je lui saute au cou.

— Eh, ça ne va pas ?

J'enfouis ma tête dans le creux de sa nuque. Les larmes coulent sur mon visage.

Il me caresse le dos, glisse l'une de ses mains dans mes cheveux. Je souffle et renâcle un peu, beaucoup, énormément.

Mon ami et patron me conduit dans la pièce de stockage, grande salle où sont entreposés du mobilier et les archives de l'entreprise. Je sèche mes larmes.

— Parle-moi, dit-il.

Nos regards se croisent. Le mien est affligé, le sien me signale une forte incompréhension.

— À quoi bon ?

— Tu te sentiras mieux après.

— Dire ce que j'ai sur le cœur ne me rendra pas service.

— Je suis certain du contraire.

Je craque.

— Arrête de te cacher derrière le déni. Je comprends que Gabin est tout pour toi. Tu l'aimes cet enfant… Je l'aime autant que toi, même si je ne suis pas sa mère. Son bonheur m'importe autant que le tien. Mais s'il te plaît, arrête ! Arrête de te cacher derrière des prétextes qui ne tiennent pas la route. Tu vaux mieux que ça !

Loris serre la mâchoire, son regard m'implore de me taire, de ne plus lui rappeler sa condition. J'ai envie de tenir ma langue pour lui, de lui éviter d'entendre des vérités blessantes. Je ne peux pas. Il est mon ami ! Il est précieux à mon cœur. Il compte, il comptera toujours.

— Je sais que je te déçois, dit-il tout bas.

— Quoi ?

— Je ne suis pas à la hauteur. Je suis responsable de ce qui m'arrive. Ne te lamente pas sur mon sort. Je dois assumer mes choix.

Je renifle. Il me tend un mouchoir qu'il tire d'une boîte posée sur un bureau.

— Je n'aime pas savoir que je suis à l'origine de tes larmes.

— Tu n'es pas le seul responsable, c'est une accumulation qui me met dans cet état. Tu préférerais que je pleure dans mon coin ?

— Non, dit-il en se rapprochant pour me prendre dans ses bras.

Loris m'étreint avec une tendresse singulière contre

lui. Je ne parviens pas à mettre des mots sur ce câlin qui a tout d'un aveu, à la fois de faiblesse et d'amour.

— Je ne veux pas te savoir malheureuse. J'ai besoin de toi, de ta bonne humeur et de ta confiance. Une confiance gratifiante. Chaque jour, je me demande pourquoi tu ne m'abandonnes pas. Je n'ai pas la réponse à cette question. Il n'y a pas meilleure personne que toi sur cette terre. Et sois-en certaine, je remercie le ciel tous les jours de t'avoir dans ma vie. Tu portes le nom d'une fleur, mais tu es un soleil. Ta présence réchauffe les cœurs. Elle rend la vie de tes proches plus agréable.

Les perles d'eau salée coulent de plus belle sur mes joues. Ce n'est pas une fontaine, mais plutôt un océan qui s'écoule à nos pieds.

J'ai besoin de m'asseoir. Je déniche alors un tabouret entre deux cartons et me pose dessus.

— Ton épaule va mieux ?

— Oui, j'ai la chance de ne plus ressentir de douleurs depuis plusieurs jours.

— Grâce au docteur Prévost ?

Je tapote un mouchoir sur mes joues. Je vais retourner travailler. Je dois être présentable, coller avec l'image de prestige de la Maison Dorée.

— En partie. J'aurais peut-être mieux fait de changer de médecin plus tôt.

— Le docteur Gaudé n'est plus ton médecin traitant ?

— Non.

Loris cache tant bien que mal son étonnement. Je suis le genre de patiente qui apprécie la stabilité. Mon médecin généraliste me suit depuis mon enfance. Je vais chez le même dentiste depuis plus de quinze ans. L'esthéticienne n'en parlons pas… Je suis routinière. Le changement très peu pour moi. Enfin, très peu pour l'ancienne Lila.

— Le docteur Prévost a pris sa place ?

— Non plus. Il m'a conseillé l'un de ses confrères qui reçoit pas loin de chez moi.

— Il t'a envoyée chez l'un de ses collègues ? Pour quel motif ?

— C'est mieux ainsi.

Mon visage est sec. Il ne me reste plus qu'à retrouver une once de sérénité. Je m'étire en ayant l'impression d'être plus légère. Je contourne Loris et jette les mouchoirs dans une poubelle.

— Tu sors avec ce type ?

Le ton dédaigneux qu'il emploie me refroidit.

— Non, Loris. Ce type, comme tu l'appelles, n'est ni mon ami ni mon amant. Il est un fidèle client de la chocolaterie.

— Pour combien de temps encore ?

— Il aime nos produits qui sont tes créations.

— Ne noie pas le poisson.

Je hausse les épaules en fuyant la salle de stockage. Loris est sur mes talons.

— Je ne veux que ton bonheur, lance-t-il.

— Tout comme moi pour toi.

— Lila… Certains hommes ne sont pas fiables. Tu le sais mieux que personne.

Son allusion me renvoie à mon passé et à Éric, cet ex que j'ai aimé, qui m'a tant aimée, mais qui a failli nous détruire.

— Si j'ai un problème, tu en seras toujours le premier averti.

— Il y a plus qu'un simple bonjour-bonsoir entre ce Prévost et toi ?

Le voilà qui recommence…

— Je ne sais pas de quoi demain sera fait, lui réponds-je. Je sais simplement qu'il est temps pour moi de déployer mes ailes. Je ne peux pas rester figée dans le passé ou transparente dans le présent. Tu es marié, tu as un enfant. J'aimerais moi aussi avoir ma petite famille d'ici quelques années.

Il secoue sensiblement la tête.

La tristesse de ses prunelles m'interpelle. Son sourire

ne parvient pas à rehausser la fadeur d'un visage fatigué, usé par les problèmes.

— Les collègues m'attendent, je descends, annonce-t-il.

La fuite, encore et toujours.

— D'accord.

— Nous pourrions manger ensemble ce midi, comme au bon vieux temps.

J'approuve puis le regarde s'éloigner sans parvenir à cesser de cogiter. Il n'en dit pas assez pour être aidé et, à la fois, il en dit trop. La situation est plus compliquée que prévu. Que faire ? Que dire ?

— Mademoiselle ?

Je sors de ma torpeur. Les émotions négatives s'estompent… pour une durée limitée ? Je suis une éponge, une tuyauterie cassée.

— Excusez-moi ?

On ne peut plus chouiner tranquille par ici ?

Changement d'expression. Après avoir tapoté mes joues, je grimace pour réveiller mon visage et retrouver des couleurs.

— Mademoiselle ?

Je virevolte et c'est avec plaisir que je tombe nez à nez avec Arthur. Son image ravive la lueur éteinte par ma conversation avec Loris.

— Je pourrais faire semblant d'être venu acheter des chocolats.

Enfin, je souris.

— Ce n'est pas le cas ?

Arthur, dans un manteau beige, s'allège d'une boîte de macarons qu'il remet en rayon. Il hésite et la récupère. Il n'est pas ici par hasard ou pour l'achat de l'un de nos produits.

— Autant y aller franco. Je vous achète une de ces boîtes voire une dizaine, si vous acceptez de dîner en ma compagnie cette semaine.

— Je n'en demande pas tant.

Lunatique, moi ?

Ma réponse est tout sauf chaleureuse. Arthur plisse le front et se détourne de moi.

— J'aurais dû me douter que vous n'étiez pas célibataire.

Docteur beau gosse fourre plusieurs boîtes dans un panier et me salue. J'ai du mal à réfléchir. J'ai beau clamer ce que je veux mon esprit est ailleurs.

— Arthur.

Il se retourne.

— Oui ?

— Je faisais référence aux boîtes pas à votre invitation que j'accepte avec plaisir.

Un sourire ourle le coin de ses lèvres. Ses yeux pétillent. Il s'approche.

— Je perçois de la fatigue. Je ne vous embête pas plus longtemps.

— Début de journée éreintant. J'ai besoin de me changer les idées. Quoi de mieux qu'une sortie en votre compagnie ?

— Vous acceptez, vraiment ? C'est un dîner… Un rendez-vous officiel… J'ai l'air un peu idiot, mais je le précise… On ne sait jamais.

— Vous me draguez ? réponds-je amusée.

Cet homme est un médicament contre la tristesse. Il vous illumine une pièce.

— Maladroitement, mais oui.

Bien malgré moi, je pivote. D'autres clients arrivent. Je recule sans le quitter du regard.

— Vendredi, 19 heures ?

Il sourit de plus belle, sa joie est contagieuse.

— Votre date sera la mienne. Je me donne pour mission de vous changer les idées. Je ne sais pas ce qui vous attriste. J'espère, l'espace d'une soirée au moins, réussir à effacer ce chagrin que je lis sur votre visage, conclut-il en me rejoignant pour déposer un baiser sur ma joue.

Touchée en plein cœur !

En bas des marches, Loris, qui a assisté à la scène, fulmine. Le regard dur, les joues rouges, il disparaît.

Chapitre 22

Levée à 7 heures du matin pour me rendre au travail à 8 h 30 : j'ai passé ma journée à vendre, encore vendre, toujours vendre. La mère Dorée m'a une nouvelle fois collée au premier, du côté des confiseries. Dès la semaine prochaine, je réintégrerai mon poste de travail au rez-de-chaussée. D'après les statistiques de la boutique, les ventes sont meilleures lorsque des jeunes femmes se trouvent derrière les vitrines donnant sur l'entrée…

Aux alentours de 18 heures, après un détour par une petite épicerie, je suis rentrée chez moi. J'ai tourné en rond sans savoir quoi faire.

À présent, il est 20 h 30 et j'essaie de me relaxer sur mon tapis de méditation devant les informations, entourée d'une assiette de fromage, de tranches de pain et d'un verre de limonade – la bouteille n'est pas loin. Je tire sur ma brassière et ferme les yeux pour méditer. Environ trois semaines que je ne parviens plus à me concentrer sur mon « moi profond ». Pour me donner bonne conscience, je répète le rituel initié depuis près de deux ans… La télé, le fromage et la boisson gazeuse en moins, habituellement.

Allez Lila ! Tu peux le faire.

Je pousse les assiettes, éloigne le verre, zappe sur la chaîne zen et essaie de me concentrer.

— Ahmmm sérénité. Ahmmm sérénité. Reconnectez votre esprit à votre corps. Ahmmm. Fermez les yeux, délestez-vous du poids de votre journée en inspirant et en soufflant longuement. Votre poitrine se remplit, vous bloquez votre respiration et vous soufflez. Sentez-vous toutes les ondes négatives quitter votre corps ? Ahmmm…

— Ahmmm sérénité. Je sens toutes les ondes quitter mon corps. Ahmmm, répété-je.

— Quelle connerie ! C'est ridicule !

Je sursaute et manque de me cogner la tête contre la table basse.

— Marylin ! Frapper à la porte ne signifie plus rien à tes yeux ?

— Premièrement, j'ai toqué plusieurs fois, mais tu ne m'as pas entendue.

Un bon point, cela signifie que j'ai enfin réussi à me concentrer pour franchir la limite de l'autre monde. Zen attitude et méditation, me voilà.

— Secondo…

— Deuxièmement. « Premièrement » va avec « deuxièmement ».

— Chez moi, premièrement va avec secondo. Bref. Secondo, vu que tu as rendez-vous avec docteur beau gosse demain à 19 heures, j'ai avancé notre entretien avec la voyante d'une journée. Grouille, elle nous attend pour 21 heures.

— Nous ne serons jamais à l'heure s'il faut traverser Paris.

— No problemo !

— Secondo, problemo… Toi, tu as rencontré un Italien ou un Espagnol.

— Nuance. J'ai couché avec un Italien, hier soir. Le sujet n'est pas là. Notre chère Gaia, voyante bon chic bon genre, est à une dizaine de minutes de ton appart. Dans une petite rue, pas loin de la place Vendôme.

— Une voyante BCBG, ça existe ?

— Tu as de ces préjugés !

Je me lève et ramène la vaisselle ainsi que la bouteille

de limonade en cuisine, suivie par Marylin qui se sert un verre.

— Cette Gaia, elle fait des heures sup ? Les trente-cinq heures ne lui disent rien ?

— Gaia consulte de 15 heures à 23 heures. C'est bien pour ça que l'heure de voyance va nous coûter bonbon. Grouille !

— Annulons !

Mon amie, dans son trench bleu, pose son verre, me prend par la main et m'entraîne dans la chambre. Sceptique, je la regarde ouvrir mon armoire et balancer sur le lit un sweat, un jean, un soutien-gorge et une paire de chaussettes.

— Tiens, ton pull moche de Noël !

— Je ne suis pas très enthousiaste !

— M'en fiche. Tu as promis de ramener ta fraise !

— Parfois, je devrais me taire.

Marylin fait le tour de la pièce le temps que je me change.

— On devrait rafraîchir l'endroit.

— J'aime mon chez-moi tel quel.

— Le blanc et le pastel sont désuets. On se croirait dans la baraque d'une youtubeuse beauté.

— Le maquillage en moins, ajouté-je, fière de ma décoration.

Marylin sourit. Le make-up n'est pas un domaine dans lequel je brille. Ma trousse de maquillage est minuscule : une BB crème, un fond de teint, un blush, un mascara, un liner noir, du Labello et trois rouges à lèvres.

Je préfère grappiller vingt minutes de sommeil que de « m'embellir ». Pourtant, je sais que me rendre plus « appréciable » me permettrait sans doute de plaire davantage. Mais la vie ne se résume-t-elle qu'à cela ?

C'est vieux jeu, mais je souhaiterais qu'un homme s'intéresse à moi pour ce que je suis. De toute façon, au réveil, je ne pourrais pas lui cacher la véritable forme de mon visage, mes cernes et mes petites rougeurs. Crème hydratante et BB crème sont bien assez… J'essaie de m'en convaincre, car souvent, il m'arrive de douter en voyant Marylin, Laurène ou encore Charlotte, toujours impeccables, parfaitement apprêtées.

Ma meilleure amie s'éclipse dans le cagibi, pièce adjacente à ma chambre, et réapparaît avec une paire de bottes.

— Tiens.

Je les enfile dans le vestibule.

— Encore et toujours une beauté qui s'ignore… marmonne-t-elle.

Elle réfléchit.

— Ou qui fait mine de s'ignorer, poursuit-elle. Peu importe ! Dans le genre habillé négligé, tu es canon ! Moi aussi, j'aimerais sortir de chez moi en mode « naturel » et être superbe.

— Arrête tes bêtises…

— Toi, arrête tes bêtises, lance Marylin en ouvrant la porte d'entrée pendant que je remonte la fermeture Eclair de mon manteau. Allez ! Passe la seconde !

Lorsqu'elle entreprend d'appeler l'ascenseur, sa queue-de-cheval valse dans son dos. Ses cheveux sont sa marque de fabrique. Je me damnerais pour avoir une telle chevelure, en pleine forme, brillante, ondulée et dense.

— En route ! Cette Gaia ne nous décevra pas. J'en suis sûre !

— Gaia ? l'interroge le concierge en sortant de l'ascenseur.

Pas lui…

— M. Dubois, bonsoir ! Vous connaissez Gaia ?

— Cette Gaia-là ? demande-t-il en nous tendant un prospectus. Je croule sous les prospectus que ses sbires apportent chaque semaine. Il faut être tombé bien bas pour croire à ces conneries.

Vexée, Marylin entre dans l'ascenseur. Je l'imite.

— Vous êtes à ce point désespérées ? La jeunesse d'aujourd'hui n'est plus ce qu'elle était.

— Votre avis me fait une belle jambe, Dubois.

Bam, prends ça !

— Ce n'est pas avec cette méthode que vous trouverez un bonhomme. Les femmes et leurs problèmes…

Il lâche la porte, Marylin la rouvre.

— Venant d'un indécrottable célibataire qui n'a pour occupation journalière que de colporter des ragots, c'est culotté !

La moue boudeuse, le concierge pousse la porte puis soudainement la rouvre. Ce n'est pas possible, ses joutes verbales quotidiennes avec Marylin ne lui servent toujours pas de leçon ?

Le sourcil levé très haut sur le front de mon amie indique son impatience. Elle va le terrasser.

— Vous avez raison ! s'écrie-t-il en se redressant.

Pressée, Marylin regarde l'heure sur sa montre.

— Ça y est. Une révélation est arrivée jusqu'à vous ? Noël va-t-il enfin vous auréoler de ses vibrations positives et bienveillantes ? Nous sommes en retard, nous reparlerons de nos vies amoureuses désertiques et désastreuses un autre jour.

Retournement de situation.

Le concierge nous pousse pour entrer dans la minuscule cabine métallique. C'est limite.

— Vous avez raison ! répète-t-il. Tant qu'à faire, je viens avec vous !

Je manque de m'étouffer. Marylin, dont la perplexité atteint son paroxysme, détaille le bonhomme de la tête aux pieds. Béret, écharpe *made in France* sur une veste en cuir usée… Ne manque plus que la baguette pour coller avec la parfaite image du français d'après-guerre.

— Qui sait ! Peut-être aurais-je une bonne nouvelle. La voyance est identique à la loterie, si on ne joue pas on ne peut pas gagner !

Marylin hausse les épaules avant d'ajouter :

— Plus on est de fous, plus on rit.

Chapitre 23

Nous prenons le métro, le cabinet de voyance se trouve à deux stations de mon appartement. En chemin, je ne prononce pas un mot. Marylin me raconte sa journée, puis c'est au tour du concierge de s'épancher sur sa vie millimétrée. Réveil à 6 heures, télévision pendant une heure, petit déjeuner à 7 h 30, douche à 8 heures puis rebelote, canapé et enfin boulot. Dodo à 22 heures.

Me retrouver à marcher à côté de mon gardien d'immeuble est étrange. Il n'est pas la personne avec qui j'entretiens les meilleurs rapports dans la copropriété. L'écouter raconter la vie de mes voisins est un chouïa dérangeant. Je ne les verrai plus du même œil. Pour le jardin secret, nous repasserons.

— Je pars du dernier étage, on ne nettoie jamais les escaliers par le bas.

Ah bon ? Sacrée révélation.

— La fille Pécrelle, madame mœurs légères, s'est pour la troisième fois fait livrer un carton de sex-toys. Le livreur a sonné à 8 h 33, matinal le type. Je lui ai proposé un café à emporter et il l'a pris… Tu m'étonnes qu'il l'ait accepté ! Les livraisons à cette période de l'année, c'est la course. Je sais de quoi je parle ! Il y a aussi le Klein qui reçoit des conneries tous les jours par courrier. D'après Mme Mimi…

Avec un tel monologue, j'ai l'impression d'écouter mon grand-père, un conteur à la langue bien pendue.

— Qui est Mme Mimi ? demande Marylin, avare de potins.

— La voisine du troisième. D'après elle, le jeune Klein élèverait dans son appartement des bestioles exotiques.

— Des bestioles exotiques ? répète mon amie en avançant d'un pas sûr.

— Oui, tarentules, serpents, ces trucs-là, importés en France d'Australie, d'Inde et d'Afrique. Moi, j'aime l'Afrique, mes deux premières femmes sont africaines.

Comment passer du coq à l'âne…

Marylin et moi échangeons un regard curieux. M. Dubois n'est pas un indécrottable célibataire puceau ? Le type a connu l'amour, la passion ?

— Ma troisième femme était russe. Ça ne collait pas. On ne s'aimait pas… J'ai fauté.

Il raconte sa vie, vraiment ? Encore un qui a besoin de compagnie.

— Comment ça, fauté ?

— Je suis un homme qui aime les dames ! Je les aime trop ! Je les aime toutes !

Je lève les yeux au ciel. Que ne faut-il pas entendre…

— Moi au moins, j'ai profité de ma jeunesse, fait-il non sans gonfler le torse.

— Nous aussi ! rétorque Marylin.

Le concierge pouffe de rire.

— Entre la première qui se désespère de rester célibataire et la deuxième qui saute sur tout ce qui bouge…

Marylin et moi nous arrêtons et fixons le bonhomme avec antipathie.

— Répétez un peu pour voir.

Qu'il fasse gaffe, Marylin est ceinture noire de judo.

M. Dubois presse le pas.

— Je vous entends pleurnicher et vous égosiller sur les musiques de Mariah Carey et de Whitney Houston. Vos peines de cœur sont quotidiennes.

Nous accélérons.

— Il me plaît, pourquoi ce n'est pas réciproque ? Entre les Loris, les Pierre-Henri et les Paul ! Jean-Louis ! Lorenzo ! Mamoud et compagnie… Je m'assure de sortir le pop-corn et de camper derrière votre porte au moins deux fois par mois. Plus besoin d'aller au cinéma.

— Eh oh ! Je ne vous permets pas de nous juger. Ça veut dire quoi ? Que vous collez votre oreille contre ma porte pour espionner ?

— On est bien sympathiques d'accepter de vous emmener ! Un peu de respect, dit Marylin, agacée. Il faut tester plusieurs paires de chaussures avant de trouver la bonne.

Et quand on en a testé aucune depuis des lustres ? songé-je.

Le concierge se racle la gorge.

— Vous savez que c'est passible de prison, ce genre de comportement de pervers taré ? Ces intrusions dans nos vies privées sont inacceptables ! continue-t-elle.

— Hein ? ! Je veille sur votre sécurité ! Vous en connaissez beaucoup, vous, des voisines qui font des rituels bizarres dans leur appartement ? La famille Desmarche a peur que tout pète pendant l'une de vos danses du feu !

Il nous a cloué le bec. Je me sens honteuse et pathétique.

— Eh oui, mesdames, les parois sont fines. Tout se sait dans l'immeuble.

— Oh que oui tout se sait, renchérit Marylin. Ce n'est pas la fille de joie que vous ramenez une fois toutes les semaines dans votre loge qui dira le contraire !

M. Dubois paraît stupéfait face à la révélation de la brunette qui, plus d'une fois, l'a surpris avec une coquine répondant au doux nom de Bianca.

— Autre chose à dire ? conclut-elle.

Renfrogné, le concierge se terre dans le silence jusqu'à notre arrivée rue Cambon.

— Nous sommes au bon endroit ? Tu en es certaine ?

Devant le magasin Chanel, j'imagine que cette Gaia

doit être une arnaque. Nous, des pigeons. Une voyante dans un quartier pareil ? Entre les boutiques luxueuses et des hôtels de prestige ? Mouais.

Marylin sort son portable de sa poche et vérifie l'adresse.

— C'est ici. En face, au 26.

Je retire mes gants et me prépare à prier pour ne pas y laisser ma paie. J'ai eu beau regarder sur le Net, impossible de déterminer une fourchette de prix pour une consultation avec une dame qui, en photo, a tout d'une commerciale de talent, non d'une devineresse.

— Trouves-tu la sonnette ? demande mon amie alors que le concierge enfonce ses mains dans ses poches.

Le pauvre est encore vexé. Marylin n'y a pas été de main morte. Lui ne nous a pas ménagées non plus. Il nous enquiquine depuis mon emménagement dans l'immeuble. Les gens solitaires sont des proies. Spéculer à notre sujet est facile autant que vexant…

— Oui. J'ai sonné à deux reprises. Si ça se trouve, il n'y a personne.

Nous scrutons la rue, puis je lève la tête. Je m'apprête à faire demi-tour quand la porte s'ouvre. Un courant d'air m'enveloppe et j'aperçois une lumière blanche. Rectification, la porte ne s'est pas ouverte, elle a été ouverte par une femme brune et élancée. Sa frange s'échappe du foulard noué autour de sa tête.

— Le rendez-vous de 21 heures, je présume ?

Tu parles d'une aura.

Marylin s'avance pour lui serrer la main. Gaia ne la lâche plus.

— Hum… intéressant, chuchote-t-elle comme si une simple poignée de main lui permettait de voir des choses.

C'est au tour du concierge. Hypnotisé par le charisme de la femme, l'homme me semble sur une autre planète. Des étincelles plein les yeux, il la dévore du regard. Il sourit. Elle lui lance un clin d'œil complice. Une connexion s'établit… Non, mais je rêve !

Mièvrerie, bonjour.

— À qui ai-je l'honneur ?

— Devinez, réponds-je.

Elle ne prend pas immédiatement ma main.

— Votre gant, s'il vous plaît.

— Mon gant ?

— Retirez-le, s'il vous plaît.

Marylin fronce les sourcils. Le message est clair : Retire ton foutu gant.

Je m'exécute. La poignée de main est franche. Je défie du regard cette femme qui m'a tout l'air d'une arnaqueuse.

— Enchantée, Lila.

Je ne bouge pas. La crédule Marylin écarquille les yeux. Des recherches sur le Net concernant ses clients ? Tactique de déstabilisation ? Je connais. Je visionne un tas de séries sur Netflix.

— Si j'en crois mes visions, nous avons des choses à nous dire. Certains faits de votre vie méritent d'être abordés, à commencer par votre « blocage ».

Parcourue par une sorte de frisson, je retire ma main. Les prunelles énigmatiques que pose cette Gaia sur moi m'interrogent. Que signifient ses insinuations ?

Elle traverse le hall fleuri de couronnes lumineuses et pénètre par une grande porte en fer forgé dans un bâtiment au fond d'une cour.

— Entrez et suivez-moi.

Qui aurait cru qu'un somptueux loft du 1er arrondissement abriterait la petite entreprise de Gaia « l'illuminée » ?

Je lève la tête et aperçois l'étage supérieur mis en valeur par de fins éclairages. Ce n'est pas là que nous nous dirigeons. Nous empruntons un escalier tournant, nous menant à un long couloir à l'ambiance feutrée et glauque. Non, j'exagère. « Glauque » n'est pas le mot approprié. J'éprouve une sensation dérangeante dans ce qui se révèle être l'antre de la voyante. Toiles artistiques sombres et dramatiques, voiles translucides ici et là, mélodie aux airs graves, étoiles rouges en mouvement sur le plafond… Mais où ai-je atterri ?

Chapitre 24

Que j'aime perdre mon temps ! Oui, il y a bien une touche d'ironie dans cette phrase…

J'étais installée au chaud chez moi, tranquillement. Mon esprit opérait un virage à cent à l'heure, et voilà que Marylin a débarqué pour me plonger dans un monde inconnu. Un monde sans crédibilité aucune à mes yeux.

— Ton pragmatisme est horripilant, Lila.

— Que dire de ta crédulité ? De quoi avons-nous l'air devant le concierge ?

Marylin s'installe sur le siège à côté du mien.

— Ne sois pas boudeuse. C'est l'occasion d'obtenir des informations sur notre avenir !

Autant jouer celui-ci avec une pièce à pile ou face.

Je m'enfonce dans mon siège. Une demi-heure que Dubois monopolise cette Gaia.

— Nous écrivons notre futur jour après jour, dis-je. Personne ne peut prévoir ce qui arrivera demain. Seuls nos choix donnent une direction à nos vies.

— Toi et ton esprit cartésien…

Mouais.

— Et pour moi, lance Marylin, notre avenir est écrit depuis des lustres. Donc, nous pouvons le modifier quand nous détenons par avance certaines informations.

— Je n'y crois pas.

— Moi, j'y crois.

— Tant mieux puisque tu paies la séance d'obscurantisme, lâché-je, contrariée.

Marylin lève les yeux au ciel puis tire sur mon écharpe.

— Je comprends que Loris ne résiste pas à cette bouille. Toutes tes mimiques sont mignonnes. Tu es la mignonnerie incarnée même quand tu boudes.

— Je ne veux pas être mignonne. Être mignonne signifie être reléguée au second plan. Je ne veux plus être le plan B, la copine, la sœur. Peu importe, je veux être en haut de la liste, le premier choix d'un homme. Il est nécessaire de mettre toutes les chances de mon côté. Méditer pourrait m'aider à me retrouver. Je dois avoir les idées claires pour mon rendez-vous avec Arthur. Là, je perds du temps.

— Ah ! Ce docteur beau gosse ! Combien de minettes ont lâché leur médecin traitant en espérant, plus ou moins secrètement, que le docteur Prévost les remarquerait ? Il a eu droit à tout : patientes hystériques, obsédées, à poil sous leur manteau… Et toi, tu te casses la figure et, en l'espace de dix minutes, tu retiens toute son attention. Il n'y a aucune justice sur cette terre, sourit Marylin. Tu sais, peu importent nos points de vue à propos d'un avenir tracé ou non. Il faut prendre en compte la beauté de l'instant présent. Il n'y a qu'avec toi que j'ai envie de vivre des aventures pareilles. Tu es ma meilleure amie, ma sœur… Quand je dis sœur, je ne me voile pas la face, moi. Tu n'es pas une sœur que j'aimerais sauter, hein.

Nous éclatons de rire toutes les deux. Sa référence à Loris n'est pas passée inaperçue. Le concierge, qui sortait tout juste du cabinet de Gaia, a lui aussi ri à gorge déployée.

— Moi, vous savez, je ne vous veux aucun mal. Je ne vous souhaite que du bonheur, mais je me désespère de vous voir enfermée dans votre coquille. Vous êtes bien trop jolie pour rater votre vie de jeune adulte.

Est-il tombé sur la tête ? Rembobinons.

— Moi, vous savez, je ne vous veux aucun mal. Je ne vous souhaite que du bonheur, mais je me désespère de vous voir enfermée dans votre coquille. Vous êtes bien trop jolie pour rater votre vie de jeune adulte.

Non, je n'interprète pas ses paroles correctement. Rembobinons une nouvelle fois.

— Moi, vous savez, je ne vous veux aucun mal. Je ne vous souhaite que du bonheur, mais je me désespère de vous voir enfermée dans votre coquille. Vous êtes bien trop jolie pour rater votre vie de jeune adulte.

Pas possible.

Stop. Arrête de rembobiner !

M. Dubois semble plus heureux qu'à notre arrivée. Il s'enracine sur un siège moelleux dans la salle d'attente qui a tout d'une pièce décorée pour Halloween.

Étonnées par son sourire et son changement de comportement soudain, Marylin et moi nous pressons d'entrer dans la tanière de la voyante. La pièce est sombre, éclairée à la bougie avec, accrochés au plafond, des voiles identiques à ceux pendouillant dans les couloirs.

La porte est brusquement refermée dernière nous. Le verrou est enclenché.

— Mesdames. Retirez vos chaussures et veuillez vous installer sous le chapiteau. Puis-je vous proposer une collation ? Un thé noir ? Un thé à la menthe ? De l'eau ?

Ni l'un, ni l'autre… ni le dernier. Rien. Qui sait ce que contiennent véritablement ses boissons. J'ai été à bonne école avec des parents *prédicateurs*, version 2.0, de relaxation et de bonheur, aussi perchés que cette Gaia.

Et puis, pourquoi verrouiller la porte ? Le danger est à l'intérieur dans tous les coins… *Chandeliers de malheur.*

Sous le chapiteau, sur un tapis paraissant d'une grande douceur, des dizaines d'oreillers aux tons sombres sont dispersés.

— Où as-tu mis tes chaussures ?

— À l'entrée de la tente.

J'imite Marylin. Je scrute la pièce grouillant de bibelots spirituels.

— Lila.

Je me tourne. Gaia est assise en tailleur face à Marylin.

— Vous pouvez prendre le temps de découvrir l'endroit ou nous rejoindre. Que préférez-vous ?

Je hausse les épaules. Marylin me fait signe d'approcher.

— Vous aviez choisi la lecture de l'avenir dans les feuilles de thé. La cartomancie est plus adaptée à vos situations.

Parce qu'il est possible de choisir des prestations ? Pipoteuse…

En route pour un tarot endiablé.

J'ai beau râler intérieurement, être de mauvaise foi, le lieu est calme, empreint d'une certaine sérénité. La lumière n'est pas excessive, juste ce qu'il faut.

Gaia bat les cartes de son tarot.

Elle s'arrête et se saisit d'un pot duquel émane une fumée. De l'encens, berk. Elle le fiche sous mon nez et, bien sûr, je tousse.

— Hum, vous.

Ah, on commence par moi, OK.

— Lila. Pensez à une question. Pensez-y avec puissance, en silence pour que les forces blanches y répondent.

J'obéis.

— Concentrez-vous. Détendez-vous.

Je me frotte le front. Je suis sur la défensive. Gaia pose les cartes sur un plateau.

— Séparez le jeu en deux paquets.

OK.

— À présent, sélectionnez quatre lames. La première sera à placer à votre gauche, la seconde à votre droite, la troisième en haut et la dernière en bas pour former une sorte de losange.

Je souffle. Un sentiment de stress tend à m'envahir.

— Retournez les cartes une à une, s'il vous plaît.

Le regard à la fois perçant et doux de Gaia me déstabilise. Marylin, d'une concentration totale, ne rate rien de mes actions. Gorgée par gorgée, son thé noir diminue dans sa longue tasse ornée d'une poignée à relief en forme de… phallus.

Une carte de retournée, puis une seconde et ainsi de suite. La tension est à son summum lorsque je révèle la face cachée de la dernière carte : le Bateleur.

À l'air surpris de Marylin, je comprends que sa curiosité la pousse à s'interroger sur mon jeu. Gaia sourit.

— Le Diable, l'Impératrice, l'Étoile, le Bateleur.

— Je n'aime pas trop cette carte, chuchote Marylin en désignant le Diable. Elle représente Cléo… Laurène a raison, on va la finir à la hache…

— Lila, chère Lila, reprend Gaia qui attrape ma main et touche une carte en fermant les yeux.

Tandis que ma meilleure amie s'accroche à mon bras, je frémis.

— Je vois un choc. Une destruction et un homme. Il est arrivé dans votre vie tel un cheveu sur la soupe. Du jaune, de l'orange… De la chaleur ? Oh ! cette chaleur me brûle.

Elle débite, tremble, débite encore. Son emprise se resserre, j'essaie de retirer ma main sans y parvenir.

— Elle n'est plus avec nous, glisse Marylin, inquiète. Est-elle en transe ?

— Je vois du vert, de l'herbe. Des gens en cercle vêtus de blanc. Ils parlent, non. Ils chantent. Une confrérie ? Une secte ? Non, je ne perçois rien de malsain. Il y a autre chose. Je vous vois, vous avec une autre enfant, blonde aux cheveux bouclés. Très blonde, elle tient votre main. Vous contournez un puits et entrez beaucoup plus loin dans une maison aux volets bleus. Vous éprouvez un sentiment de sécurité dans cette maison. Vous ne lâchez pas la main de l'autre enfant. Elle vous rassure, vous soutient.

Marylin manque de s'étouffer. Gaia décrit ma sœur et la maison de mes grands-parents.

— Cette enfant grandit. Oui, je vois son évolution… rebelle. Et je vois l'ombre de cet homme qui ne la quitte plus.

Parle-t-elle de James ? Le mari de ma sœur ?

Gaia prend une grande inspiration, ses narines se dilatent.

— Je vois Hansel et Gretel !

Elle est folle.

— Une odeur sucrée. Une maison en sucre ?

— Ça veut dire que tu manges trop de conneries, murmure Marylin.

— Il y a un trio dans votre vie. Une zone d'ombre. Une interrogation persiste. Vous ne vous sentez pas accomplie. Vous avez peur. Peur à cause de votre passé et de la chaleur. Il y a cette image jaune et orangé qui persiste. Je m'en rapproche et je m'y brûle les doigts. Et lui, il est là. Danger, noirceur. Vous avez mal, vous souffrez le martyre… entravée par… par un homme. Il s'accroche au volant en jurant…

Mon accident de voiture, mon ex, les flammes, Loris, la ceinture coincée.

Je retire ma main et je suis parcourue d'une sensation désagréable.

Frappée par une image, je frissonne.

Gaia sursaute et ouvre les yeux.

— Vous l'avez vu n'est-ce pas ?

— Vu quoi ? demande Marylin en me dévisageant.

La robe de mariée… et la bague. Je me suis vue, marchant dans une allée bordée de fleurs, habillée d'une magnifique robe de mariée. Et j'ai aussi entraperçu un homme de dos devant l'autel. Aveuglée par le soleil, je n'ai malheureusement pas distingué grand-chose mis à part son costume.

Mes flux sont au plus bas. J'ai l'impression d'avoir couru un marathon. Gaia tente de me toucher, mais je recule et, gagnée par la fatigue, je n'écoute pas l'avenir qu'elle prédit à Marylin.

Chapitre 25

Je dois avouer que la séance de voyance de la veille me trouble depuis que j'ai quitté le cabinet de cette Gaia. J'ai beau ne pas croire au spiritisme et à tous ces trucs concernant la magie, je n'arrête pas de me poser des questions sur toutes les informations liées à mon passé que m'a relatées la devineresse… *En carton ?*

Les heures défilent et ma curiosité s'amplifie. Rien que pour cela, je serais capable de retourner dans sa tanière.

Et puis mon prénom, comment connaissait-elle mon prénom ? Et cette image qui a clos ma séance, où je me voyais sur le point de me marier, que signifie-t-elle ?

Mon côté rationnel reprend le dessus. Je me convaincs que tout n'était que mise en scène.

Quelques minutes plus tard, la sonnerie de l'Interphone résonne. Je m'agite dans la chambre et file ouvrir. Sur l'écran, j'aperçois le docteur beau gosse, un bouquet de fleurs à la main, et m'attendris face à une telle image. Je lui ouvre prestement la porte de l'immeuble pour éviter qu'il ne meure de froid dehors.

Ce soir, j'ai misé sur la simplicité : une robe-pull grise sur des collants opaques et une paire de talons. Le maquillage n'est pas ma tasse de thé. Toutefois, j'ai fait l'effort de me pomponner. Pas le choix. Pendant la journée, Laurène avait déposé sur la table du salon un vanity, tout beau tout neuf, de la marque Dior, comportant le nécessaire pour me transformer en bombasse badass. Marylin, elle, a eu la gentillesse de me maquiller avant de repartir dans la foulée. Le résultat de son « coup de pinceau » est splendide. Vive le *nude*.

L'appréhension est à son paroxysme. Suis-je belle ? Pas trop ceci, pas assez cela ? La robe n'est-elle pas trop courte ? Le temps qu'Arthur se plante derrière ma porte, je m'entraîne à marcher dans le vestibule.

Il toque. Je me secoue comme une bouteille de Fanta pour me relaxer puis me fige et souffle : mon premier rencard depuis des années.

— Bonjour, Lila.

Ce sourire ! Je fonds en ouvrant la porte.

— Arthur.

Je le regarde, il me regarde. L'un comme l'autre ressentons la joie que nous procure ce rencard.

— Vous êtes magnifique.

— Merci.

Dire que je rougis est un euphémisme. Et voilà, plus gnangnan, je meurs.

— Nous pourrions peut-être nous tutoyer ? Qu'en pensez-vous ?

— J'en serais ravi.

Nous nous dévisageons, encore. Le temps se fige, les grains de sable ne s'écoulent plus dans le sablier.

— Je suis bête ! Tenez… Tiens.

Il m'offre un bouquet de fleurs, travaillé dans une palette de blanc, de vert et de rouge, que je hume avec un plaisir non dissimulé.

— Un bouquet spécial « Noël authentique ». Je l'ai aperçu dans une vitrine, il m'a immédiatement fait penser à vous… toi.

Je m'avance pour l'embrasser sur la joue. L'initiative lui plaît, il ne s'y attendait pas et vire au cramoisi. Ce qu'il sent bon !

— Entre. Je vais les placer dans un vase avant que nous partions.

Je me dépêche et le retrouve dans l'entrée de l'appartement. Il observe l'environnement et fixe notamment le sapin aux guirlandes lumineuses dans le salon.

— J'adore Noël, avoué-je sans qu'il ait rien demandé.

— Encore un point commun ! Forêt-noire, les fleurs et maintenant Noël… Nous apprécions les mêmes choses.

Forêt-noire ? Je ne me souviens pas de lui avoir dévoilé ce péché mignon. Ma mémoire et moi…

Je sors mon manteau du placard. Arthur s'avance et m'aide à l'enfiler. Intelligent, beau et gentleman. Aurais-je enfin tiré le gros lot ?

Ses mains traînent sur mes épaules. Ses gestes d'une délicatesse extrême me mettent à l'aise. Le stress s'évapore. J'ai l'impression d'être choyée, écoutée, en sécurité.

J'attrape mon sac posé sur une tablette ainsi que les clés et nous partons.

Arthur, ou devrais-je dire le gendre idéal, pousse les portes et me tient par la main jusqu'à son Audi pour m'éviter de glisser.

En cette fin de journée, la circulation est dense à Paris. À 19 heures, les gens sortent du travail et dînent avant de se lâcher sur les pistes de danse. Me retrouver coincée dans une voiture avec Arthur pour seule compagnie est un plaisir. Calme, proximité… Je ne l'ai que pour moi.

Me voyant me frotter les mains, il augmente le chauffage.

— Nous allons arriver d'ici cinq minutes, m'indique-t-il. J'ai réservé dans un charmant restaurant italien.

— La cuisine italienne est l'une de mes préférées.

Il fait mine de s'essuyer le front.

— Ouf ! Me voilà rassuré, lâche-t-il en caressant la paume de ma main.

Mon cœur fait des bonds. Sa peau est si douce, ses mains, parfaites. *Oui, caresse-moi.*

Je m'enflamme.

— J'ai hésité pour la réservation avec un restaurant grec.

Le romantisme à l'italienne est une valeur sûre. Cependant, la prochaine fois, nous pourrions essayer le grec.

— La prochaine fois ? pensé-je à haute voix. Oui ! Non ! Si ! La prochaine fois ! me rattrapé-je laborieusement.

— Sauf si un seul rendez-vous avec moi te suffit.

— Non, ce n'est pas ce que je voulais insinuer.

Je m'empourpre. Arthur ne me laisse pas plonger tête la première dans le malaise. Il caresse mon visage avant d'entreprendre un créneau.

Roi de la médecine et de la conduite. J'aime.

Il éteint le moteur, contourne le véhicule et me présente son bras auquel je m'accroche.

— Ta conduite est à ton image, d'une grande douceur.

À son expression surprise, je comprends qu'il ne s'attendait pas à un compliment aussi tôt dans la soirée.

Je dois agir, prendre mon avenir amoureux en main. Si je suis à ses côtés ce soir, c'est avant tout parce qu'il me plaît et que j'en ai envie. Je ne peux pas me contenter d'espérer le séduire avec mes silences et ma discrétion. Non. Il doit savoir qui je suis. Certes, je ne vais pas lui parler de mes parents, de ma consultation chez madame Irma ou du rituel du big plateau de la déprime qui tue. J'ai envie d'emballer. Oui, oui !

Enfin, j'ai envie de conclure, mais pas que ! Je ne veux pas seulement me retrouver dans son lit. J'ai la certitude que lui comme moi attendons plus de notre rencontre. Pour cette première soirée, je veux du rire, des échanges, des regards complices… et un baiser, songé-je en souriant.

— Tu sais, j'ai l'impression que nous sommes sur la même longueur d'onde.

J'évite les plaques d'égout. Ce n'est pas le bon timing pour y coincer mon talon. D'ailleurs, petit aparté avec moi-même, mes petons souffrent dans les échasses qui leur servent de prison. J'ai mal aux pieds : bonjour aux ampoules et, surtout, vive les chaussures plates !

— Tes patientes sont pour la plupart des femmes,

toutes très différentes, cultivées, belles à leur façon. Elles n'attendent que ça… un rendez-vous avec toi.

— Certaines quittent leur médecin pour venir consulter chez moi.

— Ce rapport qu'elles instaurent ne te gêne pas ?

— Non. Mon cabinet n'est pas un site de rencontres. Je ne cherche pas l'amour auprès de mes patientes.

Le sourire crispé sur mon visage le pousse à approfondir son propos.

— Je m'explique afin d'éviter tout malentendu. Mes patientes restent des patientes. J'ai un devoir moral. Céder à leurs avances est impensable. Je pourrais être exclu de l'ordre des médecins. Songer au fait de ne plus pouvoir exercer me rend malade. Si certaines dépassent les limites, je les recadre. Et c'est aussi pour cette raison que je t'ai transmis les coordonnées d'un confrère. Je ne peux pas, je ne veux pas être ton médecin. Je préfère lier une relation différente avec toi. Et cette différence implique une notion de durée.

Il freine ses ardeurs et peine à trouver ses mots. Il craint que je lui échappe.

— Tu ne perds pas de temps.

— J'ai constaté qu'il y avait des hommes dans ta vie qui…

Je pouffe de rire dans mon écharpe. Il fait certainement référence à Loris et Clark. S'il savait…

— J'essaie de me positionner pour…

À deux pas du restaurant, nous nous immobilisons.

— Pour ?

— Pour avoir une chance d'attirer ton attention.

Il recule d'un pas et fait son possible pour garder toute sa contenance.

— Tu me plais… vraiment.

— Poisson de décembre ?

Il rit.

— Ça ne s'explique pas. Certaines personnes dégagent

une aura incroyable, tu fais partie de ces gens-là. C'est un sourire, une attitude, une parole.

Nous sommes sur la même longueur d'onde. Un sourire, une attitude, une parole… C'est ainsi qu'il m'a charmée lors de notre première rencontre.

Sans oublier son popotin ravageur.

Chapitre 26

Depuis près d'une heure, dans un cadre idyllique, Arthur et moi échangeons à propos de nos vies respectives, entourés de guirlandes et de plantes délicatement parfumées.

— Tu as des frères et sœurs ?

— Une grande sœur. Laurène. Et toi ?

— Trois frères.

Je termine ma délicieuse escalope milanaise et avale quelques gorgées de vin rouge.

— Ils vivent à Paris ?

— Nicolas, oui. Il est plombier. C'est l'aîné de la fratrie. Jean est le suivant, il s'épanouit dans le Sud de la France. Et il y a Julien, le benjamin, qui travaille à l'étranger dans l'associatif.

Si ses frères sont tous à son image, je dis : hum… Appelez les pompiers !

— Quatre garçons !

— La plus grande déception de ma mère. Nous avons été choyés et aimés. Nous le sommes toujours, mais une fille aurait été la cerise sur le gâteau pour mes parents.

— J'imagine.

— Laurène et toi êtes proches ?

— Très. Petite, j'étais tout le temps fourrée dans ses pattes. Ma sœur est très protectrice avec moi.

— Sous-entendu, Arthur marche droit. Sinon…

L'étincelle dans son regard m'éblouit. Son sourire est

tel que j'entrevois ses belles dents blanches et alignées. Il sourit de plus belle et je me rends doucement compte, en apercevant mon reflet dans une glace, que l'expression sur son visage est de mon fait. Près d'une bonne minute que je le dévisage la bave aux lèvres avec un air niais, qui ferait fuir le premier venu – sauf lui – et rire les clients derrière le paravent s'ils me voyaient.

Il est vraiment temps que je me reprenne. Je me redresse sur mon siège et saisis le morceau de pain italien traditionnel posé à côté de mon verre. Je m'apprête à saucer mon assiette. Finalement, je ne vais pas au bout de mon geste.

— Pas de ça entre nous.

Pas de chichi… Vraiment ? Face à Arthur, j'ai l'impression d'être une adolescente à son premier rencard. Ce n'est qu'une impression, car je me sens femme, assise ainsi, non loin de lui. Ce n'est pas seulement le maquillage et les vêtements qui me rendent plus sûre de moi. C'est un état d'esprit que je suis prête à adopter au quotidien, s'il me permet chaque jour d'accéder à des bonheurs simples tels que sortir m'amuser au bras d'un parfait gentleman.

C'est étrange, mais j'ai l'impression que docteur beau gosse m'aide à rayonner. Un peu comme si je m'imprégnais de toutes les ondes positives et bienveillantes qu'il renvoie.

— Ce n'est pas correct pendant un rendez-vous. Je dois me montrer sous mon meilleur jour. Non ?

— Tu dois être naturelle et moi aussi, alors…

Il se saisit d'une tranche de pain et sauce son assiette. Il l'astique de droite à gauche, de gauche à droite, de haut en bas et de bas en haut.

À la limite de l'émerveillement, je l'imite avec entrain.

Rayonner et se sentir libre de ses mouvements sans avoir peur du regard de l'autre : fait !

— Je n'ai pas choisi ce restaurant par hasard.

— Ah bon ?

— Il nous fallait un lieu où les desserts rivalisent avec ceux de la Maison Dorée. Ton palais de gourmet devrait adorer !

En plus, il se soucie de mon palais !

Je recule sur mon siège. Affichant une moue pincée, je détaille la partie supérieure de son corps. Je cherche un défaut physique, une faute de goût. *Nada*, je ne trouve rien à redire. Sa voix est posée, il articule comme il faut. Il est à l'écoute, observateur, drôle.

ALERTE.

Quelque chose cloche. Un homme parfait, ça n'existe pas. J'aurais pu y croire si Brad n'avait pas quitté Jen pour Angelina. Mec au top, épouse au top, filmographie au top ! Sur papier glacé, tout était génial. Problème, il y a eu cette faille qui s'est transformée en une dizaine d'autres. Le mec au top est devenu le mec moins top. Ses défauts ont explosé aux yeux du monde. Bref… Trop beau pour être vrai.

L'espace d'un quart de seconde, la déception se lit sur mon visage.

— Il y a un problème ?

— Non.

Évasive, je détourne le regard.

Le démon et le petit ange font leur apparition. L'un sur mon épaule droite, l'autre sur la gauche.

« C'est un parfait crétin, vire-le. Choisis-le danger, sois aventurière. Tu vas t'emmerder avec ce pitre ! Loris est beaucoup mieux… »

Le diablotin s'éclipse. L'ange, lui, me chatouille l'épaule.

« Non. Écoute la raison. Rien n'est pire que les indécis. Arthur est le meilleur choix dans cette situation. »

Dans un nuage blanc, le chérubin s'éclipse. Perdue dans d'intenses pensées, je sursaute lorsque docteur beau gosse approche son siège du mien.

Je tourne la tête et aperçois nos desserts sur la table. Deux panna cottas, une à la framboise et l'autre au chocolat, nous font les yeux doux dans des assiettes noires.

— Fatiguée ?

— Non, ça va.

Arthur plonge sa fourchette dans son dessert.

— Sans doute ne sais-je pas m'y prendre. J'ai du mal à trouver le curseur.

— Quel curseur ?

Il grimace, il est adorable. Mal à l'aise, il tire sur son pull.

— Je…

Sa gêne éveille ma curiosité.

— Tu ?

Il fourre un morceau de panna cotta dans sa bouche.

— Comment te dire… Ce que je vais t'avouer est gênant.

— Je peux tout entendre.

— N'en sois pas si certaine.

Pour ne plus seulement le regarder du coin de l'œil, je pivote sur ma chaise. Afin de lui permettre de se sentir aussi libre que moi à ses côtés, je décide de détendre l'atmosphère.

Je n'en ai pas le temps.

Le diablotin surgit sur l'épaule d'Arthur et chuchote « looser ». Il s'évapore quand une voix angélique me souffle d'embrasser mon partenaire. Elle me révèle qu'il est temps de briser la malédiction de la fille coincée seule chez elle avec ses poissons rouges.

— Arthur.

— Je suis célibataire depuis un an.

Il me coupe l'herbe sous le pied. Quoi ? Lui ? Pour de vrai ? Non ? Rien de gênant là-dedans, au contraire… Ses bijoux de famille sont au repos, ils m'attendaient.

Marylin dirait : *Du cul ! Du cul ! Du cul… DU CUL !*

— J'ai perdu la main avec les femmes. Mes frères me raillent chaque semaine à ce sujet. Ils m'appellent l'homme des cavernes. Non pas que je drague à tous les coins de rue…

— Mes copines m'appellent le troglodyte !

Ses yeux brillent autant que les miens. Aurais-je trouvé mon double ? Encore un point commun – pas le meilleur.

— Et s'ils me voyaient là, tout de suite, avec toi, ils me surnommeraient le rameur. La soirée avait pourtant bien commencé, ajoute-t-il, amusé.

Je contiens difficilement l'enthousiasme qui m'anime.

Un rameur et une rameuse...

— Confidence pour confidence, être en ta compagnie m'est agréable. Je regretterais...

À mon tour, j'en perds mon français.

Docteur beau gosse plonge une nouvelle fois sa cuillère dans son dessert et l'approche de ma bouche. Je rougis, secoue la tête et finis par ne plus le quitter des yeux. Je ne parviens pas à mettre de mots sur la sensation qui m'enveloppe. Je peux juste affirmer que je me sens délestée du poids sur mes épaules.

Ce que j'apprécie sa compagnie !

J'ouvre la bouche et savoure cette gourmandise qu'Arthur place sur ma langue. La cuillère froide me donne des frissons. Des étoiles plein les yeux, je ris.

— Je valide !

— Attends une seconde.

Il essuie la commissure de mes lèvres où une goutte de chocolat s'est nichée.

— Je voudrais partager d'autres moments comme celui-ci avec toi, si tu nous le permets.

J'acquiesce.

— Je n'arrive pas à décrypter tes mimiques. Je ne sais pas si je suis sur la bonne voie. Tu restes sur la retenue sans l'être. Je ne veux pas précipiter...

C'est moi qui le brusque et sors de ma retenue en repoussant la serviette sur mes cuisses pour l'embrasser. Un simple et furtif baiser qui me fait autant d'effet qu'à Arthur.

Déstabilisée par des émotions qui me submergent, je recule sur mon siège, ma main effleurant mes lèvres. Je n'ai jamais pris de telles initiatives auparavant.

C'est officiel. La Lila d'hier et des cinq dernières années n'est plus.

Avec tendresse, Arthur promène son bras autour de mes épaules et dépose un bisou prude sur ma joue qui dévie sur ma bouche.

Enfin, le vent tourne en ma faveur.

Chapitre 27

Une semaine s'est écoulée.

Je me prépare à cheminer en direction de la propriété de mes parents du côté de Palaiseau. La maison de mon enfance. Et alors que je ne suis pas encore partie, je n'ai qu'une hâte : être de retour chez moi. C'est dire avec quel enthousiasme je compte me rendre au joyeux bordel initié par ma famille et des invités hauts en couleur.

— Je t'aurais convié à cette petite réception avec plaisir, mais c'est précipité.

— Aucun problème. Je comprends. Nous n'en sommes qu'aux prémices, rétorque Arthur en jouant des sourcils. Je ne vais pas m'attarder. Je t'apportais seulement cette peluche pour laquelle tu as craqué.

En effet. Vendredi dernier, lorsque nous avons quitté le restaurant italien, j'ai eu besoin de me dégourdir les jambes. Arthur et moi avons profité des rues désertes pour contempler les vitrines de Noël. Derrière les vitres où se conjuguaient beauté et féerie, j'ai entraperçu un ours blanc en peluche, un ruban couleur or autour du cou. Je l'ai trouvé très mignon. Jamais je n'aurais envisagé qu'Arthur me l'offre.

— Tu n'aurais pas dû !

— Je ne me suis pas forcé. Il me tardait de te l'offrir depuis plusieurs jours.

— Merci.

Tandis que je m'émerveille devant l'ours, le docteur beau gosse caresse ma joue. Je recouvre sa main de la mienne.

— Prête pour ta soirée ?

— Pas le choix, avoué-je en plaçant la peluche sur le canapé.

— Tu vas t'amuser.

Avec Marylin… Il ne peut en être autrement.

— Vivement janvier.

Arthur s'égaie.

— Assieds-toi, lui proposé-je. Je suis en avance.

Il s'installe en biais sur une chaise.

— Tu sais, tu peux retirer ta veste.

— Il fait une chaleur terrible chez toi, dit-il en soupirant de soulagement.

Pas faux. Passer d'un moins trois dehors à un vingt-quatre degrés dans mon appartement peut être une épreuve. J'ai l'habitude, les invités pas vraiment.

— Puis-je te proposer un rafraîchissement ? J'ai des glaçons et tout ce qu'il faut dans le frigo pour t'éviter de fondre.

— Si je tombe et simule d'être inanimé sur le sol, me feras-tu du bouche-à-bouche ?

Et plus si affinités ?

Je ne lui réponds pas. Cependant, l'air malicieux que j'affiche avant de tourner les talons pour me rendre dans la cuisine semble l'intriguer.

— Ton appartement est très mignon.

— Mignon pour « moche » ? Ou mignon pour : « Tu vis dans une maison de poupée » ?

Je l'entends se lever et me rejoindre. Il s'arrête dans l'encadrement de la porte et observe la pièce récemment rénovée. Cuisine design, épurée, et meubles gris.

— Ni l'un ni l'autre, dit-il finalement. Le style est sympathique. Il te correspond. Simple et recherché à la fois. J'adhère.

— Tu ne te moques pas ?

— Pourquoi cette question ?

— Mes amies ont tendance à plaisanter sur la décoration de mon logement, soi-disant trop girly et cocooning.

— Le but n'est-il pas de se sentir à l'aise chez soi ?

J'opine. Sa réponse est parfaite.

— Ton lieu de vie est agréable.

Et encore, tu n'as pas vu la chambre…

— Je te remercie pour ce compliment, dis-je en lui servant un verre de limonade rempli de glaçons.

Au contact de ses doigts sur les miens, je ne suis plus embarrassée. Embarrassée par quoi ? Bonne question. Peut-être la honte d'être restée célibataire pendant des années. Je n'ai jamais été du genre à enchaîner les coups d'un soir, impossible : trop timide. Avec le recul, je me dis que j'ai perdu un temps précieux. Je ne retire aucun bénéfice des jours, des semaines et des mois durant lesquels je me levais, me rendais au travail et rentrais chez moi. Une routine de solitaire monotone.

L'arrivée de docteur beau gosse dans ma vie a été une sorte de remise à niveau, la distance instaurée avec Loris aussi. Mon état d'esprit évolue. Contrairement à ce que soutient ma sœur, concernant ce qu'elle nomme « ma mentalité éphémère », j'engage une nouvelle dynamique sur la durée. La pérennité de mes projets est mon nouveau mot d'ordre. Je ne compte pas rester vendeuse toute ma vie. Le vent doit tourner, je vais l'y aider. La révolution tant au niveau personnel que professionnel s'esquisse.

— Tu es libre après-demain ou dimanche ?

Voyons un peu… Non, non… Si !

— Il se pourrait que je parvienne à t'intégrer à mon emploi du temps de ministre, entre deux programmes télé.

Il ingurgite le contenu de son verre à la vitesse de l'éclair.

— Quel honneur, je suis un privilégié !

Je nous prépare une assiette de cigarettes russes et y ajoute une touche de crème chantilly faite maison que j'accompagne de fruits rouges.

— Tu es sûre que je ne m'incruste pas ?

— Certaine.

— Je ne voudrais pas tomber sur Loris, que je semble avoir contrarié avant-hier.

Il est vrai que Loris et Arthur se sont livrés à une véritable partie de ping-pong devant les employés de la Maison Dorée et ses clients, l'autre jour. Clark en a quitté précipitamment sa caisse. Peut-être sous le poids de la jalousie…

— Il s'en remettra. Sers-toi. Je ne pars pas avant 17 heures.

J'évite le sujet Loris. Le énième accueil glacial auquel Arthur a eu droit mercredi en début de matinée est un mauvais souvenir que je préfère oublier. Loris et moi réglerons nos comptes ce soir.

— Si ça ne te dérange pas, j'ai besoin de savoir où je mets les pieds. Loris…

— Tu sors avec mon patron, ou avec moi ?

— Il tient à toi, Lila. Tu n'es pas qu'une simple amie pour lui, ça saute aux yeux.

Non, ça ne saute pas aux yeux.

— Loris est mon meilleur ami. Il lui arrive d'être protecteur, ça ne veut pas dire qu'il ressent de quelconques sentiments amoureux à mon égard. En ce moment, un rien l'énerve. Sa situation familiale est compliquée.

L'enthousiasme d'Arthur s'évapore. Il croque dans un gâteau qu'il plonge dans la chantilly. Je vois qu'il attend une réponse claire et honnête de ma part. Et je pense la lui avoir donnée.

— Tu ne sais pas à quel point j'ai envie d'apprendre à te connaître, lui dis-je pour temporiser.

— J'ai aussi envie de passer du temps en ta compagnie, mais je ne veux pas m'immiscer dans une relation qui peut-être, dans un avenir proche, va renaître de ses cendres.

— Pour renaître, il faut naître. Rien de cela n'a eu lieu entre Loris et moi. Il a toujours été mon ami et ce n'est pas demain que ça changera. Bien sûr, il m'est cher. Lui et moi avons tissé un lien que peu de personnes comprennent. Il est plus que le mec qui m'a sortie d'une voiture sur le point de s'enflammer. Je serais prête à me plier en quatre pour lui, à traverser des mers déchaînées pour le sauver. Ce que j'éprouve, il le ressent aussi. Ça n'a rien à voir avec de l'amour.

— Il ne serait pas un peu jaloux ?

— Loris est protecteur. Il se méfie, car il ne te connaît pas.

Il te faudra plus que ça pour le convaincre, ma vieille !

— Tu sais quoi ? dis-je en savourant mon goûter bien mérité, après une journée de boulot qui s'est achevée à 15 heures. Demain, nous irons patiner !

D'abord surpris, Arthur, finit par se lever, l'air amusé.

— J'en conclus que je n'ai pas grillé mes cartes après mon altercation avec Loris ?

Je tapote le bout de son nez en songeant que, non, il n'a pas grillé ses cartes. Au contraire, sa persévérance à se rapprocher de moi consolide l'opinion que je me fais de lui. Il se pourrait qu'Arthur ne soit pas que de passage dans ma vie. Et ça, Loris devra l'accepter.

Chapitre 28

La sonnerie de l'Interphone retentit.

— Déjà 17 heures !

Arthur enfile sa veste. Je n'ai pas envie de le quitter.

— J'espère que ta soirée sera sympathique.

— Et toi, quoi de prévu ?

— Je suis de garde ce soir.

— Monsieur va sauver des vies, dis-je en me rapprochant de la porte d'entrée.

Sur l'écran de l'Interphone, je remarque la présence du concierge. Que fait-il ? Je me penche et l'entraperçois papotant avec Marylin. Ces deux-là vont-ils finir par s'entendre ? Je ne suis plus à un miracle près cette année.

— Ton métier est l'un des plus beaux au monde.

— Hémorroïdes, furoncles, gastros, épidémie de grippe et j'en passe. Tu es certaine de ton affirmation ? Mon métier est loin d'être aussi glamour que le tien.

Cet homme est une bouffée d'air frais. Il rend des banalités attrayantes à la limite du merveilleux. Et surtout, sa positivité m'a l'air à toute épreuve. Tiendra-t-il le coup face à la bourrasque Marylin ?

— On s'envoie des messages ?

— On s'envoie des messages, assure-t-il en se penchant pour m'embrasser.

Notre deuxième baiser a lieu dans mon entrée sous le gui. Est-ce romantique ou bien pathétiquement fleur bleue ?

Le moment est venu de nous séparer. Arthur pose une dernière fois ses douces lèvres sur les miennes. J'en redemande et me hisse sur la pointe des pieds pour prolonger un moment exquis.

— Je ne veux pas te mettre en retard. Je file.

— Bonne soirée.

Il ouvre la porte.

— Bonne soirée, lancé-je alors que Marylin sort de l'ascenseur dans son manteau rouge flashy recouvrant un ensemble de vêtements noirs, dont des gants en fausse fourrure.

— Arthur ! Quelle surprise ! s'écrie-t-elle.

Elle lui serre la main et poursuit :

— Je n'ai plus le choix, je vais consulter chez votre associé pour éviter les conflits d'intérêts !

Arthur lui sourit poliment et s'éclipse tel un fantôme dans la cage d'escalier après m'avoir saluée d'un signe de la main.

— Il est trop craquant ! s'exclame Marylin en entrant dans mon appartement. Dis donc ! Vous avez fait l'amour ? Ça pue le sexe par ici !

À peine la porte refermée, elle s'empresse de me coller.

— Non, nous avons discuté.

— Et par discuter, tu entends faire l'amour ?

— Qui a fait l'amour avec qui ? demande ma sœur que nous n'avons pas entendue arriver.

La tête dans l'armoire, je me redresse.

— Personne.

Laurène hausse les épaules, un chouïa déçue.

— Eh non ! Aucun potin à se mettre sous la dent, ce soir. Je n'ai pas couché avec Arthur. De toute façon, je ne suis pas prête pour des galipettes.

— Mauvaise réponse, fait Marylin en savourant une papillote de Noël.

— Le moment n'est pas encore venu pour que lui et moi partagions le même lit.

— Sois imaginative, glisse ma sœur.

— C'est vrai ! Laurène à raison. Contre un mur, sur une table…

— Sous la table, à côté de la machine à laver, dans une voiture…, reprend mon aînée.

— Sur une plage de sable fin, dans une forêt… Mais il faut éviter les orties, les cailloux ou encore les fourmilières, explique Marylin.

En voilà une qui parle en connaissance de cause.

— Dans une baignoire, une cabine d'essayage…

— Je crois qu'on a compris.

Ma meilleure amie et ma sœur sont de grandes nymphomanes. La première aime le sexe plus que de raison, la seconde aime le sexe… plus que de raison. Je suis la seule de ce trio haut en couleur à ne pas s'épanouir pleinement dans ce domaine. Les orgasmes, je les compte sur les doigts d'une main depuis cinq ans. Les parties de jambes en l'air, elles, se comptent sur deux mains. Ce n'est pas folichon.

— Tu as croisé Arthur ? demande Marylin à ma sœur.

— Non. J'ai échangé deux ou trois mots avec le concierge dans l'ascenseur. Votre sortie chez la voyante l'a transformé. Sa bonne humeur est effrayante. Son légendaire sarcasme me manque.

— Une semaine qu'il chante en faisant le ménage, précisé-je. Les voisins n'en reviennent pas. Ils se demandent tous ce qui a bien pu arriver à notre cher M. Dubois. Moi aussi. J'aurais aimé être une petite souris pour entendre ce que Gaia lui a révélé concernant son avenir.

— Chacun son jardin secret, conclut ma sœur.

Nous acquiesçons avec Marylin, qui s'absente ensuite quelques minutes pour parfaire son maquillage dans la salle de bains.

— Tu ne devais pas te rendre à la soirée avec James ? demandé-je à ma sœur.

— Les plans ont changé. Papa l'a appelé en début d'après-midi pour qu'il lui file un coup de main avec les décorations de Noël.

— Celles de la façade ?

Laurène grimace.

— Prépare-toi sœurette. H-1 avant notre arrivée dans la maison horripilante de la félicité.

Lasses et découragées, nous sortons de la chambre et attendons Marylin dans le vestibule.

— Il y a une forte odeur masculine qui flotte dans ton appartement. J'en déduis que le gars ne s'est pas contenté de rester sur le palier…

Comment prêcher le faux pour savoir le vrai…

— Arthur est venu me saluer.

— Un simple bonjour ?

— Je n'ai pas été plus loin avec lui qu'un simple baiser. D'ailleurs, je n'ai pas à me justifier.

Sous le poids de la chaleur, Laurène retire son écharpe en secouant la tête. Elle n'y peut rien, s'inquiéter pour moi est plus fort qu'elle. Il y a cinq ans, elle a frôlé la syncope en apprenant que mon ex-copain avait lancé la voiture à pleine vitesse sur une route en périphérie de Paris. Il n'acceptait pas la rupture. « Si tu n'es pas avec moi, tu ne seras avec personne d'autre. » Je n'ai rien vu venir.

Il était d'un naturel calme et posé, et rien ne prédisait un tel geste de sa part. Selon les psys, il a pété un plomb et, sur un coup de folie, a voulu nous donner la mort pour que nous restions réunis à jamais. J'ai eu beaucoup de chance de m'en sortir avec des égratignures, des bleus et deux fractures. Laurène a veillé sur moi à l'hôpital, jour et nuit, pendant trois semaines. À ma sortie, je me suis installée pendant quatre mois chez James et elle. Ils m'ont soutenue et dorlotée.

Ma sœur et moi étions très proches avant cette épreuve. Après, nous sommes devenues fusionnelles.

— Quand pourrais-je le rencontrer ?

— Ne mettons pas la charrue avant les bœufs.

Laurène fourre ses mains dans ses poches puis s'accote au mur.

— J'aimerais papoter avec le type qui fait tant piailler Marylin.

— Ce n'est pas un *type*. C'est l'homme que je fréquente actuellement. Je ne veux pas brûler les étapes. Nous apprenons à nous découvrir. Si notre relation doit évoluer, tu seras la première au courant.

— Promis ?

— Je te le promets, assuré-je en m'emparant des clés sur la tablette.

— En route, mauvaise troupe ! s'exclame Marylin, plus pimpante que jamais. Ce soir, on se shoote à l'encens et on médit sur Cléo, assez fort pour qu'elle l'entende.

— La seule perspective de lui arracher une touffe de cheveux égaie ma sombre soirée, révèle ma sœur.

Génial...

Chapitre 29

Céline Dion, Hélène Ségara, Mylène Farmer… J'ai droit à toute la panoplie de chansons d'amour durant le trajet en voiture nous menant, Marylin, Laurène et moi, chez mes parents.

— Le meilleur pour la fin ! clame la brunette en sautillant sur son siège à l'arrière de ma voiture.

Lorsque son iPhone se connecte par Bluetooth à l'enceinte, un tintement résonne. Silence, puis Marylin se met à entonner les premières paroles d'une chanson qui résonne chaque année à tous les coins de rue, entre novembre et décembre.

— *All I want for Christmas…*

— *Is youuuuuuuuuuuu*, poursuit ma sœur qui secoue sa bouteille d'eau au rythme de la musique.

C'est qu'elle tient la note !

— Deux chanteuses inépuisables.

La nostalgie s'estompe au profit d'une ambiance plus joyeuse et festive. Tandis que je conduis, ma sœur et ma meilleure amie s'époumonent sur le titre de Mariah Carey, qui semble ne pas vieillir. Le temps file et ce titre gravite toujours en tête de mon application musicale année après année à Noël.

Comment ne pas craquer ? Je sifflote et ensuite chante à tue-tête avec les deux folles qui se préparent comme elles le peuvent à la soirée qui nous attend.

Je n'ai pas hâte de me retrouver chez mes parents. Laurène est carrément dégoûtée. Il faut dire qu'elle n'est liée à ma mère que par une entente cordiale, rien de plus.

— Heureusement que nous sommes parties en avance. Avec ce monde sur la route, nous en avons encore pour vingt bonnes minutes.

— Pas grave ! Les parents savent se faire désirer quand ils sont invités… Les chiens ne font pas des chats, déclare ma sœur.

Marylin s'avance sur son siège et attrape les appuis-tête.

— Tu rigoles, dit-elle en me pointant du doigt. Les chiens *font* des chats !

— Je t'en prie ! Lila est d'un calme à toute épreuve. Elle n'a pas besoin de fumer le calumet ou je ne sais quoi d'autre. C'est une rêveuse sur pattes qui médite, quand elle ne se cale pas sur son canapé pour lire.

— Pas faux, concède mon amie. Lila a un petit côté grand-mère avec son châle sur les épaules, son plateau de biscuits secs et ses thés aux saveurs exotiques.

— Oui ! Elle se pelotonne dans un coin du sofa et lit à la lueur de ses loupiotes.

— Et ses bougies ! N'oublions pas les bougies parfumées ! ajoute Marylin.

Mes deux alliées, moqueuses ? *À peine.*

Je ne sais pas quoi penser de la description que ma sœur et ma meilleure amie font de moi. Description qui, soit dit en passant, n'est pas si éloignée que cela de la réalité.

— Oh oui ! Après la lecture du soir, elle allume la télé pour regarder son petit programme.

— Mais ça, c'était avant, glousse ma sœur.

— Je vous rappelle que vous n'êtes pas seules ! dis-je en haussant subitement le ton.

— Les absents ont toujours tort, lance Marylin.

— Je suis là !

— Pas faux, dit-elle en se calant sur son siège. Maintenant que tu as un bonhomme, ta routine va changer. Adieu vieux pulls d'intérieur moches et chaussettes en laine qui montent jusqu'aux cuisses.

— Révolution !

— Vous en faites un peu trop, répliqué-je en levant les yeux au ciel.

— Quoi ? s'exclame Marylin. Nous ? Jamais !

— Oui, j'ai un côté mémé. J'aime ma routine, et Arthur ne pourra rien y changer.

— Je savais que ta nouvelle mentalité n'était que du vent, sœurette !

— Non ! J'évolue, mais j'ai le droit de rester moi-même. Tu as fait des concessions pour James. Tu as accepté de prendre un chien alors que tu détestais ça… Pour ce qui est du sale caractère en revanche…

— On doit tous s'en accommoder, fait Marylin pour taquiner ma sœur, qui rit à gorge déployée.

L'autodérision, il n'y a rien de mieux pour garder les pieds sur terre sans perdre de vue ses objectifs.

Au bout d'un quart d'heure à m'épuiser à démolir les arguments de la partie adverse, je m'engage dans les rues de Palaiseau.

Nous approchons de notre point de chute. Au fur à mesure que les mètres nous séparant de la maison des parents volent en éclats, un silence de plomb s'empare du véhicule. Et très vite, plus un mot n'est prononcé.

Une boule au ventre me torture. J'espère que, cette fois, ma sœur et ma mère éviteront toute confrontation. La dernière date du mois de septembre. Laurène n'a pas épargné maman qui, sans le vouloir, a eu le malheur de lui rappeler une possible infertilité. Il n'en fallait pas plus à mon aînée pour dégainer ses rancœurs envers une mère démissionnaire et un père trop occupé par la gestion de sa société spirituelle.

Tiens, maintenant que j'y pense, peut-être aurais-je dû convier Gaia à notre joyeux bordel.

— Nous pouvons encore reculer, dis-je en ralentissant devant le portail blanc qui cache la propriété aux mille et un secrets.

Une pointe de déception gagne Marylin qui secoue les épaules, l'air de dire « je ne suis qu'une simple convive ».

— Et donner raison aux parents ? fait ma sœur, près de moi. Manquerait plus que ça !

Je sors le bip de la boîte à gants et ouvre ce satané portail à distance.

Je suis éblouie par les lumières qui se reflètent partout autour de moi. Mon père n'a pas lésiné sur les moyens pour que sa demeure devienne une véritable vitrine de Noël.

— La vache ! lâche Marylin en sortant du véhicule. Printemps, les Galeries Lafayette et la Maison Dorée ne sont rien en comparaison de ce spectacle.

Je l'accompagne et tourne sur moi-même dans l'allée. La compétition entre voisins est à son summum. C'est à celui qui aura les décorations les plus imposantes et les plus clinquantes.

Pendant que Marylin et Laurène progressent en direction du perron, je sors du coffre deux bouteilles de champagne.

En le refermant, je suis surprise par l'apparition inattendue de mamie Luce, emmitouflée dans le gros gilet qu'elle ne quitte plus depuis au moins une décennie.

— Ma petite chérie d'amour !

— Mamie !

L'amour que je lui porte est aussi puissant que celui que j'ai pour ma sœur. Mamie Luce est une lumière dans l'obscurité. Son regard rieur, sa bouille espiègle et ce sourire qui ourle toujours ses lèvres sont une bouffée d'air frais dans un monde où tirer la gueule est d'une banalité sans pareille. Et dans lequel sourire est une extravagance qui vaut trop souvent d'être pointé du doigt.

Les retrouvailles sont chaleureuses. Elle me serre dans ses bras et je renifle l'odeur de son parfum l'Occitane, qu'elle porte depuis des lustres. Il me rappelle les beaux souvenirs de mon enfance.

— Coucou, Lila ! m'interpelle une voix fluette sortie de nulle part.

Mon regard se pose sur un bonhomme haut comme trois pommes. Il sautille à côté de ma grand-mère, qui replace correctement un bonnet sur son crâne.

— Gabin !

Je m'accroupis pour le saluer comme il se doit. J'ai droit à une tonne de bisous. À défaut d'en recevoir avec une telle fougue de la part de Loris, je me contente volontiers de ceux de son fils. Un amour de garçon !

— Bonsoir.

Cette voix grave…

— Bonsoir, Loris, dis-je en me relevant alors qu'il soulève Gabin qui se loge avec plaisir dans ses bras.

Le silence gênant auquel mamie Luce assiste n'est brisé qu'à l'initiative de cette dernière, transie de froid.

— Rentrons, il fait meilleur dedans que dehors.

Je verrouille le véhicule, traverse l'allée, monte les marches du perron et franchis le pas de la porte pour me retrouver nez à nez avec Cléo.

Désagréable surprise à laquelle je m'attendais.

— Lila ! s'écrie-t-elle en tentant de m'étreindre.

L'ancienne Lila aurait accepté ce câlin forcé. La nouvelle, bien que courtoise, le refuse. Mon action jette un froid dans l'entrée où mes parents et ceux de Loris conversent. Peu importe, je me fiche de la bienséance et je me contrefiche du qu'en-dira-t-on.

Chapitre 30

Après avoir salué les autres convives présents, avec plus ou moins d'enthousiasme, je file en direction de la salle à manger. Y est dressée une magnifique table, nappée d'un tissu blanc nacré, sur laquelle des décorations aux couleurs pastel sont posées ainsi que la vaisselle et des bouteilles de vin et de champagne. Au total, nous allons être seize à nous remplir la panse.

Je m'approche et saisis une étiquette portant mon nom, déposée dans une jolie assiette. Je suis en bout de table, à côté de mamie Luce et de Maria, la mère de Loris. Laurène et Marylin sont, elles, placées au centre de la tablée. L'une à côté de mon père, l'autre à côté de Brigitte, alias Petit Nuage blanc, la meilleure amie de ma mère.

Je traverse la pièce et m'aperçois que Cléo est positionnée à mon extrême opposé face à Loris et Gabin.

— Lilou ! Donne-moi tes affaires et mets-toi à l'aise !

Ma mère, dans sa tunique rouge, me débarrasse de mon manteau et des bouteilles de champagne.

— Laurène est de bonne humeur aujourd'hui ?

Je souffle. Je n'ai pas la moindre envie d'arbitrer un énième match de boxe verbal entre les deux femmes.

— Je te serais reconnaissante d'éviter les sujets qui fâchent.

— Quels sujets ne fâchent pas ta sœur ? demande ma mère le plus sérieusement du monde.

— Son travail qui lui tient très à cœur. Son futur voyage en Irlande avec James, qu'elle aime plus que tout au monde. Les bouquins de Lisa Gardner, son autrice préférée. Tu peux aussi lui parler de cuisine ou de sport, ses deux loisirs favoris. Il y a tant à « échanger » sans la froisser.

Ma mère met les bouteilles sur un meuble du salon et place mon manteau sur le dossier d'un fauteuil. Il faut être honnête, il n'y a que sa mauvaise foi qui l'empêche de communiquer avec sa fille. Elle a beau clamer le contraire, elle est responsable de la situation chaotique qui a poussé Laurène à s'éloigner du nid familial.

— Tout ce que je dis exaspère ta sœur.

— Pèse tes mots.

— Comment dois-je lui parler ?

— En français et gentiment, l'interrompt Laurène les bras croisés sous la poitrine.

Bim bam boum !

— Non, Laurène. Ne commence pas.

— Pourquoi ressens-tu le besoin de questionner Lila à mon sujet alors que je me trouve dans la pièce d'à côté ? Je suis un monstre ? Je te fais peur ?

— Tu sais que ce n'est pas la vérité. Tu es une sorte d'arbuste replié sur lui-même. Je ne parviens pas à anticiper tes réactions. Transforme-toi en chêne et ouvre tes branches.

Tous aux abris…

— Quel culot ! À qui la faute ? Je me le demande…

Il est nécessaire que j'intervienne.

— Nous n'allons pas nous donner en spectacle ce soir. Pourrions-nous passer ne serait-ce qu'une soirée ensemble sans bisbilles ?

— Lila a raison, intervient mon père pendant que mamie Luce observe la scène du salon.

— Tiens, le gendarme de la famille, lâche Laurène, railleuse, en tournant les talons.

— Juste une soirée, marmonne mon père à l'oreille de ma mère. Nous n'avons pas souvent l'occasion d'avoir Laurène à la maison. S'il te plaît, un effort est de circonstance.

La phrase de mon père tient plus de l'injonction que de la demande.

Ma mère reprend mon manteau qu'elle s'empresse de ranger dans le placard de l'entrée tout en donnant le change devant les convives. Les faux-semblants et les non-dits gangrènent notre famille qui, sur papier, a tout de superbe… Mais sur papier seulement.

En passant au salon, je ne peux pas m'empêcher de caresser le dos de ma sœur qui vocifère auprès de James, oreille attentive, sur le comportement de notre mère. Comment le lui reprocher ? L'accueil qui lui a été réservé n'a pas été des plus chaleureux. Pour apaiser la situation, l'adorable mamie Luce lui apporte une fournée de ses délicieux biscuits en pain d'épice. Des étoiles, des boules, des cloches, des oursons, des bonhommes de neige : les Dorée ont de la concurrence.

— Des merveilles gustatives ! s'exclame justement Maria, ma patronne, en croquant dans la tête d'un lutin.

Gabin, dans les bras de sa grand-mère, dévore les gâteaux qui le font sourire. Il est innocent, pur, délicat, et ne comprend pas encore les problèmes des grands. Je lui souhaite de garder le plus longtemps possible sa fraîcheur et son âme d'enfant. Son entrée dans le monde des adultes le fera déchanter.

— Le pitit bébé chat !

Posé sur le sol, Gabin entreprend de courir après le chaton adopté récemment par mes parents qui hébergent dans leur demeure et leur jardin autant de créatures que l'arche de Noé.

Nous rions à la vision du bambin qui cavale après l'animal. Il disparaît derrière une banquette. Je n'aperçois plus que ses cheveux bruns parfaitement peignés.

En attendant les retardataires, les invités conversent dans le salon. Ma mère et mamie Luce s'occupent des derniers préparatifs en cuisine avec le traiteur. Les petits plats ont été mis dans les grands, ce soir.

— Est-ce une illusion ou cherches-tu à m'éviter ? me demande Loris, posté derrière moi.

Il ne manquait plus que ça.

Désinvolte, je me tourne face à l'adonis chef pâtissier.

— Pourquoi voudrais-je t'éviter ?

Cléo, l'inquisitrice, s'immisce dans la conversation.

— Oui, pourquoi ?

Elle fait mine d'ajuster le col du pull de Loris. Le message est clair : ne touche pas à mon mec.

— On a décidé de jouer à la sangsue ce soir ? l'interroge Marylin, sa coupe de champagne à la main.

Aucun préliminaire. Telle une tigresse, ma meilleure amie attaque. Ses rancœurs contre Cléo sont nombreuses.

— Je ne vois pas de quoi tu parles, répond cette dernière en lançant d'un mouvement de visage sa chevelure blonde dans son dos.

Tout cela, avec un mépris non dissimulé, bien sûr.

— Peut-être que Loris et Lila pourraient s'entretenir sans être perturbés par tes apparitions aussi soudaines que désagréables.

— Loris et Lila ont des langues leur permettant de s'exprimer par eux-mêmes, rétorque la sorcière.

Pourquoi je ne réponds pas aux attaques de cette garce, moi aussi ? Histoire qu'elle sorte de ses gonds. Un jour ou l'autre, la dame dévoilera son vrai visage, j'en suis sûre.

— Espérons qu'ils s'en servent lorsque tu as le dos tourné.

Ah, carrément.

La repartie de Marylin est… tranchante.

Cléo retient son souffle en dévisageant son mari qui n'essaie pas de prendre son parti.

— Loris.

— Oui.

— Tu lui permets de me parler sur ce ton, sans rien dire ?

— Pour la ramener, faudrait-il encore que Loris balance

ses couilles sur la table. Il semblerait que je les lui ai piquées pour la soirée. Si tant est qu'il en ait eu.

Mon meilleur ami lève les yeux au ciel.

Du Marylin qui fait du Marylin dans toute sa splendeur. Et moi qui imaginais stupidement qu'elle ne ferait qu'observer le spectacle que nous allions tous lui offrir.

— Les faux-semblants sont terminés, Lilith[1].

Le champagne lui monte au nez. Les bulles attaquent sa patience.

— Han !

Outrée, Cléo recule sur ses splendides godasses de créateur. Pour le coup, je l'envie.

— Marylin…

— Tiens, Loris a une langue. Impressionnant ! Je t'écoute, ce n'est pas souvent que j'ai l'occasion d'entendre le son de ta voix.

— Je ne t'autorise pas à t'adresser à moi sur ce ton.

Et à Cléo ?

— Stop, on se calme, interviens-je alors.

Personne ne m'écoute, pour autant.

— Tu m'as entendu te demander une quelconque autorisation ?

— Non, mais à l'avenir tu ferais bien de ne plus intervenir sans maîtriser ton sujet de A à Z. Je ne consacre pas mon temps à m'épancher en public sur tes déboires sentimentaux. Merci d'en faire autant.

Au moins, il avoue, même si ce n'est qu'à demi-mot, que son mariage est un échec. Une avancée majeure dans la psychologie du charmant brun.

— Ne commencez pas tous les deux, soufflé-je. Pas de ça entre vous.

Il le cache, mais je le sais, Loris est déstabilisé par la prise de parole de Marylin aussi soudaine qu'inattendue. Tout à l'heure, elle m'a clairement assuré dans la voiture que, dorénavant, elle prenait le parti du docteur beau gosse.

1. Démon féminin.

— Allons rejoindre les invités à table, proposé-je pour éviter que la confrontation s'envenime.

— Qu'est-ce qui te prend ? murmuré-je à ma meilleure amie.

— Je lance les hostilités. Il faut que quelqu'un réveille cet imbécile qui va droit dans le mur avec sa connasse.

— Elle n'a pas tort, nous glisse Maria comme si de rien n'était.

Chapitre 31

Attablée avec les autres invités, je donne le change. En cette soirée particulière, censée signifier aux yeux de tous joie et bonheur, je me sens de trop : je ne suis pas la seule. Laurène, assise aux côtés de James, se retient de bâiller.

— J'aimerais être partout sauf dans cette baraque, souffle-t-elle à son mari.

Enfant, je lisais sur les lèvres. Adulte, ça n'a pas changé.

— Chérie, voyons, essaie de profiter de ce moment.

— Si je suis ici, c'est avant tout pour Lila. Nous devons être solidaires face à l'adversité. Par adversité, j'entends Cléo. Habituellement, elle n'assiste jamais à ce repas de fin d'année. Comme par hasard, aujourd'hui elle est présente. Donc moi aussi, je suis là.

— Peut-être que Cléo a envie que sa relation avec Loris reparte du bon pied.

— Dis, chéri, tu crois encore au Père Noël ? Elle a le démon dans la culotte et des euros à la place des yeux… Je me fiche de son comportement moral, tant que ça n'atteint pas ma sœur. Quand ça la touche, c'est une autre histoire.

Ils ne sont pas très discrets tous les deux.

James se retient de rire. Heureusement, d'ailleurs, car il a un rire tonitruant. Bien sûr, il ne croit plus au Père Noël depuis longtemps. Envisager que Cléo ait pu changer en un laps de temps si court lui paraît une aberration. Il faut le dire, Cléo a beau être une beauté fatale, elle est tout ce que James déteste. Cette femme semble fausse. Son regard, loin d'être authentique, le chiffonne au plus haut point.

En bout de table, j'observe les expressions sur les visages des convives. Les gens ont l'air de profiter de l'instant présent sur fond de musique jazzy.

Perdue dans mes pensées, voilées par la fine fumée d'un encens, je ne remarque pas la présence de Loris à mes côtés. Lorsqu'il me tend un plat de crudités, je constate notre proximité.

— Loris ? dis-je étonnée. Il me semblait que cette place était attribuée à ta mère.

— Ah bon ?

L'air crédule qu'il affiche me pousse à douter.

— Je suis sûre d'avoir vu une étiquette avec le nom de ta mère.

Il pousse son verre et s'empare de l'étiquette. Il la tourne dans ma direction.

— Mon nom est écrit sur ce papier. Je n'ai rien inventé !

Je cache tant bien que mal ma surprise, encore une.

— J'étais pourtant certaine d'avoir vu le nom de ta mère.

— Tu as sans doute halluciné.

— On va dire ça, dis-je sans en être convaincue.

Ma réponse déçoit Loris. Il pivote sur son siège pour regarder Gabin puis se tourne une nouvelle fois vers moi.

— Si ma présence te gêne, je peux changer de place.

Je lève la tête. Cléo me dévisage.

— J'ai peut-être mal regardé tout à l'heure, ce qui expliquerait mon erreur.

— En effet, ajoute Maria un large sourire aux lèvres.

Marylin, positionnée devant la mère de Loris, découvre le pot aux roses et me le fait savoir d'un regard appuyé.

Non, non, non, non, non, pensé-je en ajustant mon foulard autour de mon cou. La mère Dorée doit rester à sa place et ne pas se mêler de la relation que j'entretiens avec son fils.

À bien y réfléchir, pourquoi s'offusquer d'être assise à ses côtés. Il est mon meilleur ami, non ? Autant prendre les choses avec positivité et remettre notre relation amicale sur de bons rails. Pour cela, Gabin est un entremetteur de talent. Qui résiste à sa petite bouille ? L'étincelle dans ses yeux est un vrai bonheur. Ce gamin est à croquer, très beau comme son papa. Les deux font la paire.

— Il a grandi, fais-je remarquer à Loris.

— À cet âge-là, les enfants poussent vite. Deux semaines que Gabin n'arrête pas de demander de tes nouvelles. Il s'interroge sur tes activités.

Se servir de son fils pour m'appâter… Drôle de technique. Une technique à laquelle je ne résiste pas lorsque Gabin me lance un regard mielleux.

Je me reprends. Interdiction de brûler les étapes. Penser bébé avant même d'avoir construit quoi que ce soit avec son partenaire est complètement fou.

— Regarde, Lilou.

Gabin dévoile la montre Marvel offerte par son père à l'occasion de son anniversaire.

— Elle est très jolie.

Je l'ai choisie avec Loris début novembre.

— Qu'il est craquant, dit mamie Luce. Il ressemble comme deux gouttes d'eau à son papa.

— En effet, renchérit Maria. Gabin est un Dorée et ça se voit.

— Il ressemble aussi à sa maman, lance Cléo.

Ses oreilles traînent.

— Mouais, ne peut s'empêcher d'intervenir Marylin, perplexe.

Peu convaincue, ma sœur penche la tête en direction de Gabin pour finalement terminer par détailler Cléo.

— Ce n'est pas flagrant, ajoute-t-elle.

— Un peu quand même, lâche ma mère, fusillée du regard par son aînée et par mon père.

James serre la main de ma sœur. Ne devait-il pas être placé face à elle ? Quelqu'un a changé le plan de table ni vu ni connu. Encore un mystère.

— Chère mère, intervient Laurène en mâchant une

mie de pain, il est vrai que la génétique, ça te connaît. Je me passe volontiers de l'avis d'une femme shootée à la lavande et à l'eau de rose.

Gros blanc. Il n'y a plus que les chuchotements de Gabin qui s'élèvent dans la pièce. Le petit chantonne une comptine apprise à la maternelle.

— Pourquoi es-tu perpétuellement obligée de me contredire ou de me rabaisser ?

— Moi, moi, moi, ce n'est pas bientôt fini ? Tu n'en as pas marre de penser à ta petite personne matin, midi et soir ? Au bout de cinquante ans, tu n'en as pas ras le bol de te considérer comme le nombril du monde ?

— Et que penser de ton comportement ?

Maman, maman, maman. « Le silence est d'or quand la parole est d'argent. »

Mamie Luce jette un coup d'œil à l'horloge murale en bois accrochée au-dessus du buffet.

— Elles sont chaudes, ce soir. Elles ont vingt minutes d'avance par rapport au repas du mois de septembre, fait-elle, amusée, en mangeant son entrée, un croustillant au foie gras.

— Tu vois, dit Maria à son mari, aucune famille n'est parfaite.

Tu m'étonnes…

— Maman, la reprend Loris.

— Quoi ? Tu voudrais insinuer le contraire ? Affirmer que nous vivons dans le meilleur des mondes ? Que le ciel est toujours bleu ? Que la vie est rose tous les jours ? Tu es bien placé pour savoir que c'est faux !

Je tourne la tête pour suivre ce match de ping-pong. Où regarder ? Qui écouter ? Personne n'est synchro. Un à la fois, s'il vous plaît.

— Maria, marmonne son mari, la vie n'est pas un long fleuve tranquille, Loris et ses frères le savent.

La tablée est divisée en trois. D'un côté, les Bourgeois qui se picorent le bec. De l'autre, les Dorée en plein *drama*.

Au centre, les spectateurs. La tournure que prend le dîner m'échappe. À quel moment a-t-il dérapé ?

— Maman, je ne te permets pas de juger mes choix, dit Loris, agacé.

— Ta mère a besoin de ta permission pour te prévenir que tu vas droit dans le mur ? lancé-je en perdant totalement le contrôle de ma bouche. Tu permets peu de chose à peu de personne, Loris.

Soufflé par ma réplique, il se redresse sur son siège et lance la serviette placée sur ses cuisses sur la table. Il se tourne de façon à ce que ses propos ne parviennent pas aux oreilles de sa femme.

— Tu ne vas pas recommencer !

Mamie Luce se lève et sort Gabin de sa chaise haute, puis l'emmène à l'autre bout de l'étage pour lui éviter un dîner de fous… Ou de cons, à voir.

— Pour recommencer, il faudrait avoir commencé.

Exaspérée par ses paroles et sa simple présence, je quitte la table. Je me serais passée d'une proximité non désirée qui ne pouvait engendrer que de pathétiques querelles.

— Lila ! Je ne te comprends plus !

Il me suit, en plus !

— Loris, je n'ai pas envie de m'engueuler avec toi, ce soir, à propos de tous tes choix de vie plus foireux les uns que les autres, ces derniers temps !

— Vide ton sac.

— Je te connais. Tu attends que je te balance tes quatre vérités à la figure pour répliquer que je ne communique pas assez. Comment communiquer avec un mur ? C'est le chat qui se mord la queue. J'en ai marre !

— Je ne sais pas. Tu devrais te renseigner auprès d'Arthur, il fait dans le social, non ?

Jaloux.

Je m'arrête dans le couloir.

— Tu as raison ! Chez toi, les silences sont pathologiques et anxiogènes. Je vais lui demander le numéro d'un de ses confrères pour que tu commences une thérapie. Ça ne serait pas du luxe.

Le ton monte dans le salon, le brouhaha qui s'en échappe est assourdissant. Et moi, je ne parviens pas à m'extraire des pattes d'un Loris qui me reproche, à base de non-dits, une multitude de choses. Par exemple, celle de reconstruire ma vie.

— S'il te plaît Loris, va voir ailleurs si j'y suis.

Il me saisit par le bras. Je virevolte et il m'embrasse. Je ne le repousse pas.

Notre baiser prend fin et nous nous dévisageons.

Troublée, je parviens enfin à la cuisine et m'enfile un verre d'eau fraîche. Surprise par le son aigu provenant du minuteur du four, je renverse la carafe de jus de pomme sur Loris… qui ne me quitte pas d'une semelle. Par réflexe, j'attrape du Sopalin et tapote le pull et le pantalon de mon ami.

— Lila, arrête.

Il gesticule et, moi, je m'obstine à vouloir l'aider en tapotant encore et encore.

— Lila !

Alors que son jean et le papier font barrière sur sa peau, je sens la rigidité de son sexe sous mes doigts.

Il s'écarte. Ne sachant plus où me mettre, je l'imite. Je ne rêve pas, il a une érection.

Cléo déboule et se fige en apercevant la bosse sous le pantalon de son mari, qui essaie de la dissimuler en se plaçant derrière le bar.

Chapitre 32

Dire que nous vivons un moment gênant est un euphémisme. Je tente de retrouver ma contenance.

— Que mijotez-vous ?

Contrairement à Loris et son « rien », je ne réponds pas et jette le Sopalin dans la poubelle.

— Vous me prenez pour une idiote ?

Répondre par l'affirmative me brûle les lèvres.

— Rien ? Tu en es certain ? insiste Cléo en contournant le bar alors que Loris essaie de rattraper les dégâts sur ses vêtements.

— Va rejoindre Gabin, s'il te plaît.

— Pour que Lila et toi puissiez magouiller tranquillement dans la cuisine ? Elle allait te faire une gâterie ? !

Ridicule. Loris, de ses prunelles d'une exceptionnelle froideur, incendie Cléo. Cette dernière, les bras croisés, n'en démord pas.

— Tu crois pouvoir jouer le père parfait et fricoter avec elle derrière mon dos ! s'exclame-t-elle en me pointant du doigt.

Le culot.

Nous a-t-elle aperçus dans le couloir ?

— Que fais-tu encore dans cette pièce ?

Il est flagrant que ces deux-là ne se supportent plus.

— Vous pensez que je ne vois rien à votre petit manège ? Loris… Couches-tu avec Lila ?

Je manque de m'étouffer. Loris n'en croit pas ses oreilles.

— C'est l'hôpital qui se fout de la charité.

Cléo l'empoigne par le bras. Son regard assassine l'entrejambe de Loris. Fort heureusement, tout est revenu à la normale.

— Ma question attend une réponse.

— Notre fils t'attend dans la bibliothèque, rétorque Loris, le visage gagné par des rougeurs.

— Tu as aussi peu d'estime pour moi ?

La *drama queen* lui sort le grand jeu. La Cléo offensive disparaît au profit de la Cléo déboussolée, la Cléo triste, la Cléo que l'on a envie de câliner, de réconforter. J'observe la scène avec dégoût. Comment Loris peut-il être mené en bateau par ce type de comportement ? Madame n'obtient pas gain de cause avec la force ou l'agressivité, alors elle se replie derrière les pleurnicheries.

J'en ai assez vu.

— Lila, reviens ! Nous n'avons pas terminé !

Je n'accède pas à la demande de Loris. Ce n'est ni l'endroit ni le moment pour discuter sans être interrompus par un tiers ou sans se faire attaquer par des carafes renversées par des lutins sadiques invisibles.

Je souffle lourdement en me dirigeant du côté de l'entrée. Je sors mes affaires du placard et me décide à me dégourdir les jambes dehors. J'en ai grand besoin. La situation est telle que je manque de prendre une coupe en pleine figure. Je me suis écartée à temps. L'objet en verre lancé par un invité a éclaté contre le mur. Quand je me tourne, Laurène s'excuse de loin. Il faut dire que ses nerfs sont mis à rude épreuve. Les soirées chez les Bourgeois sont animées.

Du côté de l'allée, devant la maison, je marche les mains dans les poches. Je m'immobilise un instant pour observer les ombres s'agiter derrière les rideaux de la propriété de mes parents. Puis mon regard se perd sur les décorations. Je m'avance devant le garage, contourne la maison et prends place sur l'une des deux balançoires en me demandant pourquoi ma famille est confrontée à tant de problèmes relationnels.

Mes parents ont plus d'affection pour les membres de leur communauté que pour leurs propres enfants. Le savoir est une chose, l'admettre en est une autre. J'ai fait le deuil de mon enfance, contrairement à Laurène, qui vit avec une rancœur permanente. Elle se demande souvent si elle sera une « bonne » mère. Mes réponses ne l'apaisent qu'en surface. Je sais qu'il ne lui suffirait que de quelques mots de la part de notre mère pour la rassurer. Cette dernière en est incapable. Plus égoïste que maman, il n'y a pas sur cette terre.

Je me balance en observant le ciel nimbé d'étoiles. Je ne m'aperçois pas immédiatement de la présence de mamie Luce venue s'installer sur la seconde balançoire.

— Ne reste pas dehors, mamie, tu vas attraper froid.

— Si rester avec toi signifie me confronter à la fraîcheur d'une nuit d'hiver, très bien.

Ces quelques mots m'attendrissent. La tête basse, je fixe mes chaussures.

— Gabin est un très beau petit garçon, dit mamie Luce. Souriant, espiègle, un amour.

— Où est-il ?

— Il joue avec son grand-père dans la bibliothèque, à l'abri des disputes entre adultes… si l'on peut les appeler ainsi.

— Et Laurène ? Et maman ?

— Elles s'écharpent dans le salon sous l'arbitrage de certains invités.

— La situation empire avec le temps.

Mamie Luce caresse ma main.

— Comment vas-tu ? J'ai remarqué les tensions entre Loris et toi. Je n'aime pas vous savoir en désaccord.

— Nous évoluons et empruntons des chemins différents.

— Le terme « différent » ne signifie pas *opposé*. Vos chemins sont susceptibles de se croiser à chaque instant.

— Ne t'évertue pas à chercher des éléments positifs,

il n'y en a pas. Il n'y en a plus. Me retrouver face à Loris me crispe. Je ne parle même pas de l'effet qu'a la présence de Cléo sur moi.

— Tu es mal à l'aise.

— Avant, oui. Aujourd'hui, ce n'est plus le cas. J'ai envie de l'attraper par les épaules et de la secouer très fort ou de claquer des doigts et, pouf, qu'elle disparaisse à tout jamais de ma vie. Je ne la supporte plus.

— C'est elle que tu ne supportes plus ou les sentiments qu'elle génère en toi ?

Bonne question.

— Je ne supporte plus les nombrilistes et leur égoïsme. Je n'attends qu'une chose des gens que je côtoie, leur honnêteté. Je ne leur demande rien de plus si ce n'est de ne pas me mentir. Le mensonge ne mène à rien.

— Ce sont des paroles sensées, je te reconnais bien là. Honnêteté et respect sont les bases de relations saines.

— Des paroles utopistes dans un monde pourri.

— Viens, allons nous asseoir sur la terrasse chauffée. J'ai mal aux fesses sur cette balançoire.

Elle entoure mon bras du sien et je l'accompagne. Nous nous asseyons sur une banquette.

— Comme tu le sais, quand j'ai rencontré ton grand-père, il était marié et avait consommé son mariage. Je savais où je mettais les pieds. Ou plutôt, je savais où je ne mettrais pas les pieds. Je n'envisageais pas de fréquenter un homme marié. Je me suis laissé happer par une amitié incroyable. De fil en aiguille, j'ai compris que ton grand-père et moi étions faits pour être ensemble. Mais que voulais-tu que je fasse ? J'ai refréné mes sentiments. Je me suis éloignée de l'homme que j'aimais et nos chemins se sont séparés.

J'enfonce mes pieds dans le sable.

— Regarde-moi aujourd'hui. Quarante-cinq années d'un mariage heureux, quatre enfants, quinze petits-enfants.

Les yeux remplis d'étoiles, mamie Luce se hisse au plus près de moi.

— Tout n'est pas perdu entre Loris et toi. La vie n'est pas binaire, votre relation non plus.

— Pourquoi tout le monde s'imagine qu'il y a plus qu'un lien amical entre lui et moi ?

— Vos gestes l'un pour l'autre. Votre façon d'être quand vous êtes dans la même pièce. Les regards que vous vous lancez. Parfois, il n'y a pas besoin de mots.

J'ai l'impression d'être un microbe que les gens étudient au microscope. Chacun y va de son petit commentaire.

— Ce n'est qu'une mauvaise passe, ajoute-t-elle. Ce jeune homme est du calibre de ton grand-père. Il veut être compris sans se dévoiler. Toi, tu n'es pas magicienne. Je ne l'étais pas non plus. Mais j'ai fini par coincer ton papi dans un coin et je lui ai ordonné de me dire qu'il était heureux dans son couple. Nous savions tous les deux que ce n'était pas le cas.

Je finis par cracher le morceau.

— J'ai rencontré quelqu'un.

Ma grand-mère se redresse. Visiblement, elle ne s'attendait pas à cette annonce.

— Et ce quelqu'un est gentil avec toi ? Il te rend heureuse ?

— Il me redonne le sourire, avoué-je en levant les yeux vers le ciel. C'est un bon début, non ?

Mamie Luce se lève et s'avance dans l'herbe humide.

— Je comprends mieux le comportement de Loris.

— C'est-à-dire ?

— Non… Rien. Tu es jeune, profite de ce que la vie t'offre. Si ce quelqu'un panse tes plaies, c'est le principal.

Je me redresse pour la rejoindre.

— Comment s'appelle ce garçon ?

— Arthur.

— Tu es sûre qu'il est gentil ? Il est stable dans sa tête ? Sain d'esprit ? Est-ce…

— Mamie, mamie.

Je pose mes mains sur ses épaules. Ma première et seule réelle histoire d'amour l'a marquée à jamais au fer rouge. Ses craintes sont justifiées et je vais répondre à ses questions. Il est primordial pour moi qu'elle sache que, non, je n'accorderai pas ma confiance à Arthur du jour au lendemain.

— Arthur est le prototype du gentleman. Il est respectueux, courtois, très à l'écoute.

— Tu es bien entourée ma bibiche.

Je l'étreins.

— Loris est mon ami, mais jamais il ne sera l'homme de ma vie.

Une porte claque. Je me retourne, il n'y a personne.

— Il ne faut jamais dire « Fontaine je ne boirai pas de ton eau », conclut mamie Luce en rentrant se mettre au chaud, tandis que mes doigts effleurent ma bouche, imbibée de l'odeur mentholée déposée par les lèvres de Loris.

Chapitre 33

Quand je réintègre le salon, une dizaine de minutes plus tard, les esprits échauffés semblent s'être apaisés.

Pressés de voir le dîner se terminer, les invités préfèrent éviter de nouveaux remous ; ce qui en soi est un exploit au vu du cyclone qui a tout emporté sur son passage.

Le plat principal, un filet mignon aux champignons, terminé, nous passons aux desserts. Une nuée de macarons, de choux à la crème et de bûches, certaines colorées d'autres plus sobres, viennent orner la table. Les créations sont signées par la Maison Dorée. Le prodige qu'est Loris a réalisé des pièces de toute beauté. S'il n'est pas primé – une nouvelle fois – l'année prochaine, à l'un des concours qui récompensent les meilleurs pâtissiers, alors je n'y comprends plus rien.

— Je suis désolé pour tout à l'heure, me chuchote-t-il en se levant de son siège pour positionner correctement la montagne de macarons hissée sur une pièce en cristal.

Autour de la table, les jeunes ont tous le même réflexe, sortir leur téléphone pour prendre des photos du dîner. D'un point de vue relationnel, le repas est catastrophique. Ce qui est loin d'être le cas côté goût. Nos papilles en redemandent.

— Je crois que j'ai dû mal à accepter la distance instaurée entre nous.

Sur la table, mon portable vibre : Arthur vient aux nouvelles.

Loris regarde fixement le nom de l'homme qu'il estime peu, voire pas du tout. Il jette un coup d'œil en direction de Cléo, qui bavarde avec ma mère comme si de rien n'était.

— Nos discussions me manquent.

Non, ne joue pas à cela.

— À moi aussi, elles me manquent. Si seulement tu m'avais accordé ta confiance…

Il serre les poings puis les desserre quand son fils tend les bras dans sa direction. Il soulève l'enfant qu'il positionne sur ses genoux. Immédiatement, son regard s'illumine. L'espoir renaît. Loris semble de nouveau heureux.

Il se penche pour susurrer à mon oreille :

— Je ne suis pas prêt à tirer une croix sur nous.

J'opine en me servant une part de bûche au beurre, fébrile. Gabin agite sa cuillère sous mon nez. Je lui permets de piocher dans mon assiette.

— Sur notre amitié, tu veux dire.

— Sur nous, murmure-t-il.

Une vague de chaleur me submerge. La main réconfortante de Loris sur ma cuisse me coupe le sifflet.

Mon portable vibre. Cette fois, une photo d'Arthur apparaît sur l'écran. Il pose à côté d'un ours de Noël format XXL. Il est identique à celui qu'il m'a offert il y a quelques heures, en trente fois plus grand. À cette vision, j'esquisse un sourire.

Loris retourne le portable pour ne plus avoir à se confronter à la tournure que prend ma vie. Il va devoir accepter d'intégrer un « étranger » à son quotidien s'il veut garder de bonnes relations avec moi, comme je l'ai fait quand Cléo est entrée dans sa vie. Ma loyauté et mon amitié pour Loris n'ont jamais failli et, pourtant, combien de fois ai-je songé à renoncer à ce que nous avions construit ? Je ne m'y suis jamais résolue, car je tiens à lui comme à la prunelle de mes yeux. Aujourd'hui, c'est à son tour de faire preuve d'une loyauté à toute épreuve.

Le dîner se termine et les invités se déplacent dans le salon au son de la musique sur laquelle ils se dandinent. Seule à table, je les observe en train de s'amuser. Enfin, les gens rient. Enfin, Laurène se détend dans les bras de James.

— Tu ne vas pas danser ? m'interroge Marylin en s'appuyant sur le dossier d'une chaise.

— Je suis fatiguée.

Sans conviction, je grignote les desserts restant sur la table. Mon amie s'installe près de moi et m'imite. Son front plissé et ses mordillements de lèvres n'annoncent rien qui vaille. Elle se retient avant de se libérer des mots qui lui chatouillent la gorge.

— Ça saute aux yeux qu'il y a plus que de l'amitié entre Loris et toi.

— Mais…

— Laisse-moi finir, m'interrompt-elle.

Accoudée à la table, je me prépare à écouter ma meilleure amie.

— Je suis pro Arthur et tu le sais. Je te le dis depuis un bail et je te l'ai répété dans la voiture.

Un bail… *Tout est relatif.*

— Mais il est flagrant qu'un sentiment plus fort qu'un copinage vous unit avec Loris. Ça m'a brûlé la rétine pendant tout le repas. On les connaît, les mecs avec leur « Tu es une sœur pour moi ». Les sœurs imaginaires, ils finissent toujours par les culbuter.

Je m'affaisse un peu plus sur la table. Il est vrai que les échanges entre Loris et moi ont dépassé un cadre « cordial ».

— Nous nous sommes embrassés dans le couloir, lui avoué-je. Je ne sais pas si Cléo nous a surpris.

— Elle, non. Moi, oui, révèle Marylin. Vous ne pouvez pas continuer ainsi. Lila, franchement. Tu penses réellement qu'il te considère comme sa sœurette ? Il y a anguille sous roche, je te le dis ! Soit tu creuses, soit tu tires un trait sur lui pour ne plus souffrir.

Avant de répondre, je scrute les alentours pour m'assurer

qu'aucune oreille indiscrète ne traîne dans les parages. Marylin reprend :

— La remise en question de son divorce est un leurre. Il fait ça pour étouffer les sentiments qu'il a à ton égard. Il pue l'amour pour toi.

— Sa priorité est de remettre son couple sur les rails pour offrir à Gabin un foyer soudé.

— Les gosses sont des éponges à cet âge-là. Le gamin ressent le désamour entre ses parents. Cléo est une fille à papa qui a vu en Loris le bon parti lui permettant de garder un style de vie bourgeois. Il y a des gens bien et des gens sans scrupule. Il y a des enfoirés au masculin et au féminin sur cette terre. Soyons clairs, je ne remets pas en question la manière dont elle gère sa vie de femme ou de maman. Je lui reproche son comportement avec les autres.

Marylin parvient à mettre des mots sur mon ressenti.

— Loris est un pion pour Cléo. Il lui ouvre des portes. Son mariage lui permet de graviter dans un monde de luxe et de paillettes.

— Loris n'est pas superficiel.

— Je le sais. Il est simple, naturel, spontané. Cléo l'emprisonne, elle l'empêche de s'épanouir. Tu as vu les regards qu'elle lui a jetés durant l'ensemble du dîner ? Il n'est pas bête. Il sait qu'une énorme épée de Damoclès flotte au-dessus de sa tête. Épée ou guillotine, tu choisis.

— Tu n'y as pas été avec le dos de la cuillère quand tu l'as mis devant le fait accompli à notre arrivée.

— Il lui fallait un électrochoc. S'il tient au bien-être de Gabin, il doit faire le nécessaire pour lui construire un environnement stable. Le divorce et la garde partagée n'ont pas été inventés pour les cons, si ? Il n'a pas réussi la première partie de sa vie, et alors ? Tout le monde commet des erreurs. Loris a juste trop d'orgueil pour se l'avouer. Ta première ou troisième vie commence quand tu comprends que tu n'en as qu'une ou que tu n'en as plus… Un truc du genre, réfléchit-elle à haute voix.

Marylin m'arrache un sourire avec sa référence à peine

voilée au roman exposé sur ma table de nuit. Je réfléchis et songe que oui, pourquoi pas ? Peut-être que sa théorie est juste.

Je m'enfonce un peu plus dans la confusion.

— Et toi, tu as trop d'orgueil pour admettre que tu as le béguin pour deux hommes. Tu es dans le pétrin.

— Alléluia, il y a bien quelqu'un de sensé dans cette foutue baraque !

Laurène se juche au bord de la table.

— Je viens aux nouvelles.

— Et quelles nouvelles ! lance Marylin en se goinfrant.

— Il n'y a pas grand-chose à dire, avoué-je en répondant à Arthur par un selfie devant l'immense sapin de Noël enveloppé de nombreuses guirlandes lumineuses.

— À qui est adressé ton plus beau sourire ?

Je joue des sourcils en envoyant le MMS.

— Il faut que je le rencontre.

— Lequel ? l'interroge Marylin.

— Comment ça lequel ?

— Oui, lequel de ses prétendants ?

— Parce qu'il y en a plusieurs ? fait ma sœur.

Elle feint de ne pas savoir.

— *Number one*, docteur beau gosse. *Number two*, le pâtissier sexy.

— Sexy et marié, rétorque ma sœur, l'air sévère.

— J'avais omis ce détail. *Number three*, l'admirateur secret.

— Il n'est plus de la partie celui-là, réplique Laurène.

Marylin grimace en s'apercevant qu'elle en a trop dévoilé.

— Ne me dis pas que tu reçois encore des lettres de ce tordu ? Bordel ! Lila !

Je m'attendais à cette réaction. C'est d'ailleurs pour cette raison que je n'en parlais plus à ma sœur.

— Le gars derrière les lettres est peut-être un taré. Peut-être ton ex, pervers narcissique ! Tu sais, le gars qui a failli vous tuer tous les deux, grogne-t-elle entre ses dents.

— Pas d'ondes négatives dans ma maison, lance notre

mère en passant par là. Le mot « T.U.E.R » est banni, en ces lieux.

Laurène lève les yeux au ciel.

— Je vais être obligée de te coller une puce GPS sous la peau et de t'implanter une caméra frontale pour être certaine que tu ne me caches plus rien.

Elle en est capable.

— Ça, la voyante ne l'a pas vu venir, me chuchote Marylin.

— Je tais certains faits pour t'éviter de vivre un grand huit émotionnel, protesté-je en regardant Laurène.

— Pour cela, il aurait tout simplement fallu me garder loin des parents. Je vais mettre un mois à m'en remettre.

— Pense aux vacances qui arrivent et à notre séjour en Normandie chez mamie Luce et papi André. L'espace de quelques jours, nous oublierons tous nos problèmes.

— J'ai déjà hâte d'y être, assure mon aînée en nous faussant compagnie pour rejoindre James en pleine discussion avec… Loris.

Je m'effondre dans un fauteuil. Manquait plus que ça, me mettre ma sœur à dos. Laurène est un vrai pitbull. Elle aboie et mord. J'imagine qu'elle va ruminer toute la nuit et m'attraper demain matin, au saut du lit.

Les minutes défilent sur le cadran numérique du vestibule. Minuit sonne. Il est l'heure de rentrer. N'ayant bu qu'un seul verre d'alcool, je suis opérationnelle pour reprendre la route. Je salue un à un tout le monde. Vient le tour de Loris, assis sous la véranda, en pleine réflexion. Pour ne pas le déranger ou pour m'épargner une tristesse inutile, je reviens sur mes pas et m'éloigne.

Accompagnée de Marylin, je quitte la propriété de mes parents le cœur lourd.

Et si, pour une fois, je m'apprêtais à faire le bon choix ?

Chapitre 34

Couchée dans mon lit entre un drap parfumé d'adoucissant et une couverture soyeuse, je m'endors épuisée par une journée à cent à l'heure.

Je n'ai pas eu la force de répondre aux derniers messages d'Arthur. Ce n'est que le lendemain que j'en prends connaissance.

Il est maintenant 11 h 30. Je m'extirpe difficilement du lit pour me rendre aux W-C. Ma routine est bien huilée. Vider ma vessie est la première action que j'effectue chaque matin au réveil. Intéressant, non ? Je sors du lit, me soulage en soufflant sur la mèche de cheveux qui s'échappe de ma queue-de-cheval et je ferme les yeux sur le trône. Je ne vois pas le temps défiler. Ensuite, je me dirige vers la salle de bains où je me lave les mains. Les yeux entrouverts, je tâtonne pour trouver la serviette avant de m'écraser contre le mur en me jurant d'aller me recoucher.

Mon ventre gargouille. Devant la porte de la chambre, je recule pour me rendre dans la cuisine.

— Y a-t-il un mec pour me préparer mon café ?

Personne ne répond.

Mon ventre attendra, je repars dormir.

À 16 heures, je m'échappe enfin d'un profond sommeil réparateur : la nuit est tombée.

— Une journée de perdue, marmonné-je en me dirigeant dans la cuisine. Un mec pour me faire mon café ?

Non, toujours personne. Dosette, machine activée. J'attrape une tasse, y lance deux sucres et croque dans une pomme qui traîne dans le saladier au centre de la table, quand le son de la sonnette me fait sursauter.

— Qui peut bien venir me déranger ?

— Je ne sais pas, devine.

Derrière la porte, je bondis.

— Arthur ?

Verrou un, verrou deux, j'ouvre la porte et la repousse pour me planquer.

— Le T-shirt large est une valeur sûre, me lance docteur beau gosse, un sourire dans la voix.

— Moqueur.

— Me moquer, moi ? Jamais. Cet accoutrement est très sexy.

— Ne t'enfonce pas.

— Si, si, je t'assure. Ça l'est plus qu'une combinaison panda, qu'un pyjama en pilou ou qu'une robe de chambre. Si tu savais à quelles tenues je peux être confronté, parfois, tu ne rougirais pas. Et puis, tu as de bien jolies guiboles.

— Vraiment ? Tu aimes mes jambes ?

— Je les adore.

La porte entrouverte, je dévoile mon pied puis ma cheville.

— J'en veux encore.

Sous la lumière du palier, j'exécute un parfait jeu de jambes, façon pin-up. Arthur apprécie. Il en redemande, mais je me vois dans l'obligation de cesser le spectacle pour cause de crampe à la fesse.

— Aïe !

— Attends, je vais t'aider. Je peux entrer ?

— Ouille !

Je titube dans l'entrée. Arthur entre. Je manque de tomber comme une mouche lorsque son parfum caresse mes narines. Il me rattrape et profite d'une proximité désirée pour m'embrasser. Un vrai baiser de cinéma. J'en tomberais presque à la renverse.

Quand, enfin, je pose les pieds sur le sol, je me tourne,

faisant mine d'avoir froid. Ce n'est pas le cas, je suis aussi chaude qu'une chaudière en plein hiver. Pour garder un tantinet de dignité, je planque mes seins qui se baladent librement sous mon T-shirt derrière un châle dans lequel je m'enveloppe.

— Ne fais pas attention à ma tête.

— La phrase que les demoiselles aiment prononcer. Docteur, ne faites pas attention à ma tête, répète-t-il, railleur.

— Ce n'est pas une blague. Je viens de me lever. La soirée d'hier a été compliquée. J'ai eu besoin de quatorze heures de sommeil pour m'en remettre.

Dans la cuisine, je remarque l'absence d'Arthur. Je reviens sur mes pas.

— Permission d'entrer ?

Ses manières me clouent sur place.

— Permission accordée.

Il avance. Il retire son manteau, et je m'en saisis pour le déposer dans un fauteuil dans le salon, où il s'installe.

— Je me préparais un café, tu en veux un ?

— Et si nous allions nous détendre dans une brasserie avant d'aller patiner ?

— J'en déduis que tu ne veux pas de mon café ?

Dans mes rêves, il répondrait : « Non, je te veux toi. » Dans la réalité, il me répond :

— Je t'avoue que je ne veux pas empiéter sur ton espace vital de manière forcée. C'est la deuxième fois que je m'incruste.

Le message est subtil mais clair : Lila, montre-moi que ma compagnie n'est pas dérangeante.

— Pourquoi dis-tu cela ? Mes actions…

Je me stoppe. La victimisation : terminé. La passivité aussi. Je me décide à m'asseoir sur ses genoux. Arthur paraît surpris puis enjoué par le baiser que nous échangeons. Histoire d'avancer mes pions, ma langue part à la rencontre de la sienne. Il me serre contre lui quand je prends place à cheval sur ses cuisses. L'envie de « plus » me dévore. Son contact est un véritable appel au sexe. Sa peau est douce, il sent terriblement bon. Ses gestes sont mesurés. La charge sexuelle au-dessus de nos têtes n'est pas un mirage.

De fil en aiguille, nos mains dévient des zones « courtoises » pour se rapprocher des parties plus intimes de nos corps. Étonnamment, nous reprenons le contrôle et nous contentons d'échanger de longs et passionnés baisers.

— Je pourrais passer tout l'après-midi à t'embrasser, me souffle Arthur.

Il presse mes cuisses entre ses longs doigts.

— Lila, si nous continuons, je vais avoir envie de plus.

Il dépose un baiser à la naissance de ma poitrine.

— Dans ce cas, ne jouons pas avec le feu, murmuré-je.

Nous nous sourions.

— Coucher avec toi au bout de quelques semaines me ferait baisser dans ton estime ?

— Pas le moins du monde, répond-il. Je ne veux pas que tu regrettes ton choix.

Ma langue se balade sur mes lèvres, je ne suis pas sûre de le suivre.

— Pourquoi cette moue ?

Loris s'immisce dans mes pensées. Déconcertée, je m'écrase sur le canapé.

— Je ne sais pas. Tu me vois au naturel et tu te dis que, peut-être, je ne représente pas un certain idéal.

— Lila, je suis médecin ! Des hommes et des femmes en petite forme, j'en vois tous les jours. Je croise des mannequins qui, loin des magazines, ne vendent pas ou peu de rêve. Tu es belle au naturel. Tous les individus n'ont pas cette chance.

J'ai l'impression d'entendre Loris me redonner confiance en moi.

Arthur s'enfonce sur le canapé.

— Il n'y a pas un jour sans que j'aie envie de toi.

Ses paroles retiennent toute mon attention. Je ne vois pas mon reflet dans une glace, pourtant je sens que je rougis.

— Mais ?

— J'aimerais que, pour une fois, le sexe n'entre pas en ligne de compte dès le début de la relation.

Du bout des doigts, j'effleure son visage.

— J'aime beaucoup cette façon de penser. J'ai très envie d'aller plus loin avec toi, mais je crois que je ne suis pas encore prête.

— Quelque chose te retient ou peut-être quelqu'un, déclare-t-il en jetant un rapide coup d'œil à la photo posée en évidence sur le meuble verni proche du canapé. Gabin ressemble à son père, ajoute Arthur.

— Gabin ?

— Oui, le fils de Loris.

L'étonnement se lit sur mon visage.

— Je n'ai pas le souvenir d'avoir cité le petit lors de nos précédentes discussions.

— Tu en as parlé pendant notre premier rendez-vous.

— Ah oui, sûrement, dis-je sans pouvoir me le rappeler.

Chapitre 35

Le patin à glace ? Ce n'est pas mon truc. J'aurais dû me taire plutôt que de proposer cette activité.

— Les sports de glisse en général ne m'attirent pas, lancé-je à Arthur, sur le chemin du retour.

Alors que nous marchons l'un à côté de l'autre, un bref silence s'installe avant que nous éclations de rire.

— Je pense m'être mal exprimée.

— On ne s'ennuie jamais avec toi !

— Comment dois-je l'interpréter ?

Il ne répond pas et lie ses doigts aux miens.

Explosion de joie intérieure.

Il se pourrait que, pour une fois, je débute la nouvelle année en couple et non célibataire, à observer les amoureux s'embrasser, lorsque minuit sonnera durant le réveillon de la Saint-Sylvestre.

— Ça te dirait de dîner chez moi la semaine prochaine ?

Un pas de plus en avant.

— Avec plaisir ! Je rapporterai le dessert. Je rapporte toujours les desserts.

— Non, belle demoiselle ! Je vais me mettre derrière les fourneaux de l'entrée en passant par le plat principal jusqu'au dessert. Je te prouverai que, moi aussi, j'ai des talents de cuistot.

— Toi aussi ?

Arthur évite une borne d'incendie. Le regard en coin

qu'il me lance me fait littéralement fondre. Et je ne fais pas que fondre… Je prends de plein fouet, *bim* dans la poire, le poteau qui trône au beau milieu du trottoir.

— Houla ! Je pensais que tu l'avais vu !

Je vire au cramoisi. Pourquoi ? Mais pourquoi ? Je frotte douloureusement mon visage. Décidément, les contes de fées ne sont pas taillés pour moi.

— Ne touche pas, me dit-il d'une voix calme. Viens sous la lumière et laisse-moi regarder ton minois de plus près.

Je tombe de mon petit nuage. Après la chute sur l'étal du fleuriste, le poteau. C'est bien ma veine !

Sous la lueur du lampadaire, Arthur effleure mon visage du bout des doigts. La sensation aurait pu être agréable si mon front ne me lançait pas.

— C'est douloureux ?

— Un peu, bafouillé-je en évitant de croiser son regard.

Il retient un éclat de rire. Ses yeux pétillent. Ses lèvres se tordent. Il les mord en m'examinant avec attention. L'examen médical ? Un bon prétexte pour s'approcher et me toucher plus qu'il ne le faudrait.

Arthur semble apprécier le contact, il a adoré me sentir tout contre lui à la patinoire. Étant maladroite, je n'avais pas d'autre choix que de me cramponner à lui pour éviter les chutes.

— Tu as du Synthol à la maison ?

— Oui, monsieur. Tu as pu constater que je suis une personne d'une grande maladresse. Synthol, paracétamol, crèmes apaisantes, compresses, pansements : j'ai la totale. Les placards de ma salle de bains sont identiques à ceux d'une pharmacie, plaisanté-je.

Le mal diminuant, Arthur dépose un baiser sur mon front. Nous nous dirigeons jusqu'à sa voiture et il me ramène chez moi en début de soirée pour filer dîner chez sa mère, dont il semble très proche.

Lila : Je crois que j'ai un méga ticket !

En attendant la réponse de Marylin, je grignote deux tranches de pain, debout devant la fenêtre du salon. Le copieux goûter tardif pris en compagnie de mon *partenaire* dans une sympathique brasserie quelques heures plus tôt m'a, en partie, rempli l'estomac.

Ne pouvant résister à l'envie de me repasser le film de cette fin d'après-midi en boucle, mes iris se perdent sur les décorations de la courette. Je rêvasse quand je prends conscience que l'homme qui la traverse n'est autre que Loris. Il me salue d'un signe de la main.

Oh non, songé-je. Je ne suis pas prête à m'engueuler avec qui que ce soit ce soir. J'aimerais terminer la journée sur une note positive.

Je tire le rideau, allume une lampe et vais ouvrir à mon ami. Des bruits de pas s'élèvent du côté de la cage d'escalier.

— Bonsoir, dit-il en apparaissant.

Son air est doux, son regard, énigmatique.

— Salut.

— Je ne te dérange pas ?

— Tu ne me déranges jamais.

— Je voulais m'excuser pour la soirée d'hier.

— OK.

Il entre et je me dirige dans le salon quand Loris referme la porte.

— C'est pour toi.

Je me tourne tandis qu'il me tend un splendide bouquet de roses blanches. L'intention est louable, mais qu'il ne croit pas m'appâter pour mieux me faire changer d'avis à propos de la situation compliquée que nous vivons. Je suis la gentille petite Lila, pas la stupide petite Lila.

— Merci, mais il ne fallait pas.

Tandis qu'il se met à l'aise, je vais remplir un vase d'eau pour y placer les fleurs. Lorsque je rejoins Loris, je le surprends avec l'écharpe d'Arthur entre les mains.

— Ce n'est pas à moi, déclare mon ami, un tantinet excédé.

— Tu n'es pas le seul homme dans ma vie.

— Et depuis quand ? demande-t-il, froissé par ma réponse.

Je lève les yeux au ciel tellement la situation est absurde. Vraiment ? Vient-il de se placer au centre de ma vie ?

— Il est rare que ton père passe par ici, poursuit-il. Je suppose donc que ce truc est à l'autre imbécile.

Je lui retire l'écharpe des mains. Pour qui se prend-il ?

— Tu es culotté… Cléo et toi vous êtes bien trouvés.

Mes paroles ont dépassé mes pensées.

— Je ne te reconnais plus, Lilou.

— Et moi ? Que devrais-je dire ? Tu m'embrasses et tu me fuis et à nouveau tu m'embrasses.

Il me dévisage. Je suis démunie, encore une fois.

— C'est le chat qui se mord la queue. Nos discussions ne mènent à rien. Tu campes sur tes positions et je campe sur les miennes. Je ne céderai pas, Loris.

— Tu sais tout ce que tu représentes pour moi ! Cet Arthur, je ne peux pas le blairer ! Vous êtes mal accordés !

— Parce que tu sais quel homme est fait pour moi ?

— Bien sûr !

— Alors je t'en prie, partage tes idées… Puisque tu me connais mieux que moi-même, vas-y !

— Il ne t'arrive pas à la cheville ! Tu mérites tellement mieux qu'un coureur de jupons !

Je m'agite.

— Tes jugements ne sont pas fondés.

— Il suffit de le regarder.

Ses paroles blessantes me compriment la poitrine.

— Tu penses qu'un homme comme lui ne peut pas s'intéresser à une femme comme moi ? Eh ben, sache que tu as tort !

— Ce n'est pas ce que j'ai voulu dire ! rétorque Loris, agacé. Tu interprètes ! Tu ne comprends rien ! Tu as des œillères énormes devant les yeux !

— Tu ne débites que des conneries ces derniers temps !

— Ne sois pas vulgaire ! Ce n'est pas toi ! s'exclame-t-il en empoignant sa veste sur le canapé.

Qu'il m'énerve !

— Je t'interdis de partir ! Je n'en ai pas fini avec toi ! Loris !

Il ne m'écoute pas et quitte l'appartement. Que croit-il celui-là ? Qu'il peut se pointer chez moi l'air de rien avec son bouquet à la main et se barrer quand les choses se compliquent !

S'il vient pour s'excuser… Il s'excuse !

Chapitre 36

J'enfile mes godasses, saisis les clés dans l'entrée de l'appartement et me lance à la poursuite de Loris.

Dans la cage d'escalier, le bruit de mes pas résonne. Le concierge n'en revient pas en me voyant débouler sur la rampe, histoire de ne pas me ramasser sur les marches qu'il lave.

Arrivée au rez-de-chaussée, je m'élance dans la courette et bondis sur le dos de Loris.

— Tu ne peux plus fuir ! Je te l'interdis !

À croire que je suis un poids plume. Loris me porte sur son dos sans aucun problème. Je m'accroche à la grille qu'il tente d'ouvrir.

— Lila !

La scène est insensée. Le concierge hilare et les voisins à leurs fenêtres sont stupéfaits.

— Tu ne vas plus t'en sortir, mon petit père ! Les pirouettes pour te barrer… *Finito !*

— Lila !

— Arrête d'essayer d'ouvrir le portail !

— Lâche la grille ! Tu es folle !

Alors qu'il s'apprête à réussir à s'échapper, je hurle de toutes mes tripes. L'ampoule au-dessus de nos têtes explose.

Grand silence. Seules les illuminations de Noël donnent vie à l'endroit où le temps s'est figé.

— Très bien. Calme-toi, m'enjoint Loris en levant les mains. Je me rends. Je me rends.

— Écarte-toi de la porte. Immédiatement, grogné-je.

Il recule d'un pas.

— Encore.

Il s'éloigne sous l'air désabusé du concierge.

— Maintenant, ramène-nous au chaud, s'il te plaît.

J'aperçois le reflet de Loris dans l'une des vitres de l'entrée, il sourit en me découvrant en train de humer la senteur parfumée de ses cheveux. Son shampoing est un délice pour les narines et son eau de Cologne un véritable piège à nanas.

Devant l'ascenseur, je me décroche de mon ami. Difficile de nous regarder droit dans les yeux sans être embarrassés. Je le concède, il m'arrive de péter les plombs.

Après la gêne viennent les regards complices, puis ensuite les rires. Des rires francs et spontanés. Des rires que nous n'avions plus partagés depuis de longues semaines.

— Tu ne cesseras jamais de m'étonner, Lila Bourgeois.

Je les étonne tous.

La bonne humeur retombe. Loris et moi nous retrouvons confrontés à nos problèmes, à nos démons.

Les portes de l'ascenseur coulissent.

— Je t'en prie.

Je pénètre dans la cabine.

Loris se positionne à mes côtés. L'ascenseur s'active quand soudainement mon meilleur ami presse le gros bouton rouge qui bloque la cabine entre deux étages.

— Loris, fais-je, surprise. Qu'est-ce que tu…

— J'ai commis des erreurs, un paquet d'erreurs. Je m'en mords les doigts souvent. Aujourd'hui plus que jamais. Toi, tu as la possibilité de faire les bons choix. Je ne t'apprends rien, tu le sais. Tu es intéressante, amusante, joyeuse, astucieuse, gentille, intelligente, d'une grande douceur. Je n'ai pas assez de qualificatifs pour te décrire. Tu resplendis, tu es lunaire et tellement belle.

Je n'ai pas de mots. Je le dévisage, les lèvres tremblantes.

— Tu mérites un homme qui saura t'apprécier pour ce que tu es. Pas un type pour qui tu ne seras qu'un trophée de plus.

— Tu ne le connais pas.

— Toi non plus, Lilou. Je ne veux pas qu'il te fasse souffrir. Je ne veux plus qu'un homme te fasse souffrir comme ça a été le cas auparavant.

— Et toi ? l'interrogé-je d'une petite voix.

— Et moi ?

— Tu n'as pas conscience de la douleur que tu m'infliges ?

Il détourne son regard en enfonçant sa main dans ses cheveux, qu'il ébouriffe.

Il souffle.

Et souffle encore.

Ses magnifiques yeux tristes se posent sur moi. J'ai beau me répéter que Loris n'est qu'un ami, il n'en est rien. Je crois que je craque pour lui depuis le premier jour. Et que, durant toutes ces années, c'est sa présence qui m'a permis de tenir le coup.

— Il est hors de question que tu souffres par ma faute.

Lila ne pleure pas. Ne pleure pas.

Je lutte pour que mes mirettes ne se transforment pas en deux petites fontaines.

— Non, pas ce regard.

Mes yeux sont embués de larmes. À mon tour, j'appuie sur le bouton rouge qui permet à l'ascenseur de redémarrer.

— Lilou, s'il te plaît.

Ce qui devait arriver arriva. Je fonds en larmes et trouve du réconfort dans les bras de celui qui est à l'origine de mes peines.

— J'ai merdé quand j'ai choisi Cléo.

Ses bras forts m'étreignent avec plus de puissance contre son corps athlétique.

— J'ai cru que jamais tu ne m'aimerais de la façon dont je t'aimais, confesse-t-il.

Allez, brise-moi le cœur en mille morceaux.

— Pourquoi parles-tu au passé ?

— Parce que tu me détestes, Lilou.

Je l'aime autant que je le hais. Je lui en veux de parasiter ma relation avec Arthur. Pourquoi me chambouler quand enfin je m'apprête à tourner la page ?

— Quel est l'homme qu'il me faut selon toi ? demandé-je la voix cassée sous le poids de l'émotion.

Loris a du mal à répondre. Il cherche ses mots en caressant mes cheveux. J'ai le cœur en miettes et, pourtant, je ne me suis jamais sentie aussi bien que dans ses bras.

Sacré paradoxe.

— Peu d'hommes t'arrivent à la cheville.

Ses mots sont troublants. J'aurais aimé qu'il me confesse : « Moi. *Moi*, je suis l'homme qu'il te faut. »

— Il te faut un partenaire qui prenne soin de toi. Qui apprécie ta délicatesse et qui sache faire preuve d'une grande tendresse. Un être à l'écoute, qui d'un seul regard sache détecter tes moindres besoins. Avec toi, tout se joue dans le regard. Tes sublimes iris méritent de se poser sur un homme qui te rendra heureuse. Un homme qui, lorsqu'il se couchera à tes côtés, collera ses pieds aux tiens pour les réchauffer. Un homme qui saura que tu pleures devant les comédies romantiques autant que devant les films dramatiques. Un homme qui saura que la forêt-noire est ton gâteau préféré et qui te concoctera de bons petits plats les soirs et de savoureux desserts les midis. Un homme qui appréciera d'admirer à tes côtés, dans une nature apaisante, de merveilleux couchers de soleil.

Doucement, je m'extrais de ses bras.

Loris caresse à présent mon visage en plantant son doux regard chocolat dans le mien.

Nous avons définitivement atteint le point de non-retour. Dur dur d'imaginer que la fin est proche. Qu'il va falloir briser le lien qui nous unit.

J'ai envie de vomir.

— Toi et moi savons qui est cet homme, n'est-ce pas ?

— Je crois que oui, répond-il.

Le cœur lourd, je le repousse.

— Tu n'es pas prêt à la quitter ? Quant à moi, je ne peux pas mettre ma vie en pause avec le minime espoir que tu te décides à divorcer un jour, déclaré-je en ouvrant la porte de l'ascenseur.

Je le dévisage en sachant pertinemment qu'il n'y a et n'y aura plus de « nous ».

— Je t'aime et je t'aimerai toujours, avoué-je en me mordant les lèvres et en essuyant mon visage du dos de ma main.

— Si…

Je n'ai plus la force de l'écouter.

Je referme la porte de l'ascenseur. Comme je ferme définitivement la porte de mon cœur à Loris.

Chapitre 37

— Il n'a rien compris, il est paumé.

Je hoche la tête, Marylin a sans doute raison.

— On aurait pu croire qu'un chef pâtissier de l'envergure de Loris aurait su faire les bons choix, mais non. Encore un va-nu-pieds. Tu vaux tellement mieux, Lila, assure ma sœur en terminant sa salade César. Tu vas pouvoir souffler un peu en Normandie !

— Quand partez-vous ? demande Marylin en dévorant sa pizza.

— Demain après-midi. Nous fêterons le réveillon en petit comité avec mamie Luce et papi André, réponds-je.

— Ça ne sera pas la même chanson concernant le repas de Noël, ajoute Laurène. Nos parents y sont conviés. Ils nous ont avertis de leur présence à la dernière minute.

— Je vois déjà l'orage se profiler, dis-je.

— Heureusement, ils restent moins de deux jours. Je n'aurai pas à écouter trop longtemps les inepties de notre mère et son baratin constant sur la relaxation. Je me fiche de tout ce qui sort de sa bouche.

Laurène est à la fois tranchante et intransigeante. Entre le rush de fin d'année à son boulot et la grossesse qui tarde à venir, elle ne réussit plus à maîtriser ses émotions. Elle est une boule de nerfs quand je suis une boule de larmes. Quatre-vingt-seize heures que je chouine comme une madeleine en repensant à ma dernière conversation avec

Loris. Ce dernier prend de mes nouvelles tous les jours par message.

Pendant que je réponds aux SMS d'Arthur, Marylin hèle une serveuse, accoutrée d'un costume mignon aux couleurs de la saison, pour obtenir un peu de sauce piquante.

— Il faut couper le cordon avec Loris, ordonne ma sœur.

— Il est coupé.

— Dans ce cas, lâche ce foutu téléphone.

Je n'obéis pas.

— Elle ne répond pas à Loris, mais à Arthur. Ai-je tort ? m'interroge Marylin en ayant la main lourde sur la sauce piquante.

Son palais est loin d'être délicat.

— Ton plan B ? fait ma sœur. Je te rappelle que tu ne me l'as toujours pas présenté officiellement. Il m'évite ? Jusqu'à preuve du contraire, je ne mords pas.

Je plonge ma fourchette dans mon burger, que je coupe sans grande conviction. Mon moral est au plus bas. Je souris sans parvenir à faire illusion. La seule joie qui anime mon quotidien en ce moment est la présence réconfortante d'Arthur chez qui j'ai dîné hier soir et qui est loin d'être un simple plan B. Bel appartement, jolie voiture, gentleman, physique de rêve, Arthur a tout pour lui. Il est une sorte d'idéal dont j'ai souvent rêvé. Pourtant, je ne me l'explique pas, l'une de mes barrières ne veut pas céder. Ma méfiance m'enquiquine, elle ne s'éclipse pas en sa présence.

— Hier soir, Arthur m'a invitée chez lui.

— Il ne t'a pas découpée en morceaux… Bonne nouvelle, ironise ma sœur.

Je me renferme dans ma coquille.

— Laurène blaguait.

— Non, Laurène ne blaguait pas, marmonné-je en balançant mes couverts. Vous savez quoi ? J'en ai ras le bol ! Marre de tes jugements constants !

Prise de court, Laurène reste bouche bée. Marylin ne sait pas comment réagir non plus.

— Parfois, tu n'es pas sympa ! ajouté-je, irritée. Moi, je suis toujours là pour toi, dans les bons et les mauvais moments. Je t'épaule, je te soutiens parce que tu es ma sœur et que je t'aime.

Je balance deux tickets restaurant sur la table.

— Parfois, j'ai l'impression que c'est à sens unique.

— Non, non ! se récrie Laurène, désabusée. Lila, ce n'est pas…

Je file sans lui permettre de trouver des excuses expliquant son comportement. Elle n'est pas la seule à aller mal. Il est temps qu'elle s'en rende compte.

Devant la station de métro, je ne réponds pas aux multiples coups de fil de ma sœur et de ma meilleure amie. Et une fois dans la rame, je ne capte plus : je suis tranquille.

Déterminée, je me rends sur mon lieu de travail. En montant au premier étage, du côté de la salle des archives où se trouve la mère Dorée, je ne suis qu'un courant d'air qui salue ses collègues à la va-vite.

Pour une fois, je suis sûre de mon choix et il est hors de question que je fasse marche arrière.

— Bonjour, Lila !

— Bonjour.

— Ma belle, ça n'a pas l'air d'aller.

Prenant une grande inspiration, je lui présente ma lettre de démission écrite la veille. Maria n'en croit pas ses yeux. Elle nous enferme dans la salle des archives et essaie de me retenir par tous les moyens. Elle me propose une augmentation de salaire, un changement de poste, une diminution du temps de travail. Je campe sur mes positions.

— C'est à cause de moi ? J'ai dit ou fait quelque chose de mal ?

— Non, vous êtes une patronne exemplaire. J'ai adoré travailler pour vous.

— Quelles sont tes motivations pour partir ? Je ne comprends pas, je croyais que tu t'épanouissais ici.

Maria réchauffe mes mains dans les siennes.

— J'ai apprécié de travailler dans une chocolaterie

d'une telle renommée. Je vous dois beaucoup et j'en suis consciente.

— Ne dis pas de bêtises. Tu ne me dois rien. Tu es l'un de nos meilleurs éléments.

Elle se fige un instant.

— On t'a débauchée ?

— Non.

Son regard perd de ses lueurs. L'incompréhension se lit sur son visage. Impossible pour elle de me voir partir sans avoir le fin mot de cette histoire.

— J'ai des projets. Il est temps que je m'y consacre.

Elle me sonde.

— Tu n'es pas honnête avec moi.

Je me détache d'elle. Je dois partir.

— Lila ! S'il te plaît.

— J'ai encore pas mal de choses à préparer avant mon départ pour la Normandie.

— Loris est la raison de ta décision ?

À mon tour de m'immobiliser. Ça peut paraître absurde pour certains, mais oui, je quitte mon travail pour ne plus être confrontée à l'homme dont je suis folle amoureuse. Pourquoi se faire mal inutilement ? Le jeu n'en vaut pas la chandelle. Changer de boulot m'apportera de nouveaux objectifs. Le secteur recrute, je rebondirai !

— Tu es consciente que je n'accepterai pas ta démission.

— Vous savez que lui et moi ne pouvons pas travailler ensemble.

La mère Dorée froisse ma lettre qu'elle envoie dans une poubelle avant de se laisser tomber sur un siège.

— Il y a d'autres solutions. Je ne peux pas me résoudre à voir partir un des joyaux de cette maison.

Je lui souris.

— La clientèle t'adore. Certains clients ne viennent que pour te voir. Les mamies raffolent de l'attention que tu leur portes, elles se sentent uniques et appréciées. Tu es respectée pour ton travail et pour la personne formidable que tu es. Te voir partir me brisera le cœur. Tu es la fille que je n'ai jamais eue, annonce-t-elle en attrapant la photo sur laquelle ses fils posent fièrement. L'effectif de notre nouvelle pâtisserie dans le 7e arrondissement n'est pas au complet. Nous recherchons encore un manager d'équipe en boutique. Une belle évolution.

— Est-ce que…

— Non, tu n'y croiseras pas Loris. Cette nouvelle pâtisserie se verra diriger par une brillante et jeune cheffe pâtissière, qui a atterri sur le podium de la coupe du monde de pâtisserie cette année. Créations innovantes, goût prononcé pour l'esthétique. Tu verras, tu ne seras pas déçue si tu acceptes ma proposition.

Maria se lève.

— Je te donne jusqu'à demain pour y réfléchir. J'ai besoin d'une réponse rapide pour maintenir ou annuler les entretiens d'embauche censés débuter après Noël.

Tout en approuvant, je tourne les talons. Je contemple une dernière fois la magnifique pâtisserie-chocolaterie dans laquelle j'ai travaillé pendant plus de quatre années. La nostalgie m'envahit et, tout en souriant à mes collègues, dont Clark, je quitte un endroit dans lequel je ne remettrai plus les pieds. Trop de souvenirs. Trop d'émotions.

Sur le trottoir, je respire et me décide à saisir une occasion qui ne se présentera peut-être pas deux fois.

Lila : C'est OK, Maria. Je prends le poste.

Chapitre 38

De retour chez moi, je décide qu'il est temps de rejoindre la Normandie. Après un rapide coup de fil à une grand-mère enthousiaste, je termine mes bagages et fonce en direction de la gare Saint-Lazare pour intercepter le dernier train de la journée menant sans correspondance à Deauville.

De justesse, je réussis à obtenir une place assise dans le wagon-bar. Tranquillement installée, je préviens Laurène de mes changements de plans, histoire qu'elle ne m'attende pas.

Au bout d'un trajet de deux heures trente, j'arrive dans la petite gare de Deauville classée monument historique. Mamie Luce m'attend à l'entrée. Elle ne cache pas sa joie en m'apercevant dans la foule.

— Ma petite chérie ! Hou hou !

Les retrouvailles sont tendres et chaleureuses. Complices, nous avançons dans les rues enneigées.

— Tes bagages t'embarrassent. Nous pouvons prendre un taxi.

— Ça va aller, assuré-je en passant mon bras autour de celui de ma grand-mère, toujours aussi distinguée avec son chignon banane et son long manteau noir.

Ses grosses bottes fourrées détonnent avec l'ensemble.

L'euphorie de Noël est à son comble. Les gens courent d'une boutique à une autre, des sacs pleins les mains.

Au bout d'une vingtaine de minutes, nous arrivons dans une impasse et nous arrêtons devant un imposant portail que mamie Luce pousse et referme à notre passage. Enfin, je suis chez moi, dans le calme d'un endroit où personne ne viendra me déranger.

La maison de mes grands-parents, aux allures de chaumière, est édifiée sur un terrain de verdure recouvert aujourd'hui d'un manteau blanc. Il y a une dizaine d'années, quand mon grand-père a pris sa retraite, la propriété et son immense jardin ont été rénovés. Ancien fonctionnaire parisien, il était impensable pour lui de continuer à évoluer dans la capitale. Trop de pollution, trop de cons…

— Il fait meilleur à l'intérieur, dit mamie Luce, souriante.

Séjourner chez mes grands-parents est un peu comme séjourner au Ritz à Paris, l'opulence en moins.

En franchissant le pas de la porte, je suis saisie par la douce odeur gourmande qui émane du couloir en pierre.

— Lila !

Papi André, dans son polo rouge, son pantalon à pinces et ses patins, vient me saluer. Toujours aussi élégant, la moustache taillée au millimètre près.

— S'il te plaît, débarrasse-la de ses affaires et porte la valise dans sa chambre, le somme mamie.

— Je vais porter ma valise à l'étage.

Mes grands-parents me contemplent. Je suis la huitième merveille du monde à leurs yeux, ex aequo avec Laurène.

— Nous ne t'attendions pas si tôt. C'est un plaisir de t'avoir à la maison, déclare papi André en tirant la valise qu'il me prend des mains tandis que mamie Luce sort d'un placard une paire de pantoufles.

Un renne à chaque pied et je ne suis plus une adulte. Je suis redevenue l'enfant que mes grands-parents ont toujours chouchoutée.

— J'espère que mon arrivée précipitée…

— Tut tut tut, nous sommes ravis de ta présence à la

maison, m'interrompt mamie Luce. Tu vas te reposer, prendre le temps de bouquiner et rêvasser. Nous nous occupons de tout.

Je n'ai pas mon mot à dire. Entraînée dans la chambre que j'occupe à chacune de mes visites, j'obéis à deux des personnes que j'aime le plus sur cette terre. J'apprécie de pouvoir lâcher prise et de réfléchir en pesant tous les tenants et les aboutissants des situations dans lesquelles je m'embourbe.

— Poulet, haricots et salade verte, ça te va ? Nous terminerons avec une bûche.

— En parlant de bûche…

Je tire de ma boîte à pique-nique la bûche au beurre récupérée la veille à la Maison Dorée.

— Comme promis pour le repas de Noël.

— C'est adorable, ma chérie ! Tu as vu ça, André ?

Mon grand-père n'est plus là, il est déjà redescendu nous préparer un festin.

— Cet homme est un courant d'air, glisse mamie Luce.

— Encore un.

Je n'ai pas envie de m'épancher à propos de mes problèmes de cœur ou de mes non-problèmes de cœur. Sous l'air curieux de ma grand-mère, je range mes affaires dans une commode.

— Il y a un malaise avec ta sœur ?

— Non, pourquoi ?

— Elle a appelé.

— Laurène sera là demain.

— Mais elle n'est pas là aujourd'hui.

— Elle travaille.

— Toi aussi tu étais censée arriver demain… avec ta sœur en voiture et non en train.

— Oui, mais elle n'est pas ici, fais-je remarquer en continuant de transférer mes affaires de ma valise à un tiroir.

— C'est bien pour cette raison que je te pose la question.

— Quelle question ?

— Ne me prends pas pour une imbécile. Il y a un truc avec ta sœur.

— Non, il n'y a pas de *truc.*

— Elle n'est pas là.

— Parce qu'elle a du travail.

— Vous êtes comme les cinq doigts de la main. Si elle est là, tu es là aussi et vice versa.

— Mamie…

— Je m'interroge, rétorque-t-elle.

— À Noël, on ne cogite pas.

— Alors pourquoi, toi, tu es en pleine réflexion ?

— Je ne réfléchis pas.

— Si.

— Non.

— Si.

— Non.

Mon grand-père, remonté pour nous tenir compagnie, assiste à notre échange comme à un match de ping-pong : mamie Luce et moi, nous nous renvoyons la balle. Aucune de nous deux ne veut céder. Elle souhaite obtenir des réponses claires et honnêtes quand moi je ne veux rien, si ce n'est me la couler douce. J'attends de rentrer à la maison dans une semaine pour accrocher un poster de Loris sur le mur du salon et le cribler de fléchettes.

— Non, répété-je en levant les yeux au ciel.

— Si, réplique mamie Luce.

— M'enfin ! Vous n'avez pas bientôt fini vos enfantillages, grommelle mon grand-père.

Ben voyons.

Je me redresse, les poings serrés sur les hanches.

— Il n'y a pas de problème. Tout va bien dans le meilleur des mondes ! Tout n'est qu'amour et paix ! Contente ?

Mes grands-parents échangent un regard sceptique.

— La petite ment ! Cuisine-la, Lucie. Moi, je vais vérifier la cuisson du poulet.

Mon grand-père m'embrasse sur le front et se barre.

Est-ce typiquement masculin de fuir quand la situation s'envenime ?

Non, Marylin n'est pas un mec et pourtant elle fuit souvent. Trop souvent.

— Tu as pleuré ?

— Mamie, tu n'as pas envie de me voir mal et je n'ai pas envie d'aller mal.

— Je ne sais pas quelles sont les raisons qui t'ont poussée à prendre le train aujourd'hui, mais sache que tu es là où tu dois être. Je vais te bichonner, ma louloute.

— Peux-tu te souvenir que je n'ai plus huit ans ?

— Souvent, j'oublie que tu n'es plus une enfant. Tu seras toujours la petite fille aux couettes que je berçais le soir.

Attendrie, je m'assieds à côté d'elle sur le lit.

— Viens là, ma chérie.

Mamie Luce m'ouvre grand ses bras et je m'y engouffre. Elle n'a pas besoin de parler ou de combler les blancs. Elle et moi nous comprenons. Ce sont des instants pareils qui me font dire que le bonheur n'est jamais loin. Personne ne m'aimera jamais autant que mamie Luce.

Je relativise. Il y a bien un homme dans ma vie qui ne m'a jamais tourné le dos. Et cet homme n'est autre que papi André qui, sentant mon malaise, est remonté avec un bol de bonbons à la pomme. Mes préférés, de sa propre confection.

Oui, il y a des petits bonheurs dans la vie qui illuminent les cœurs et estompent les problèmes qui n'ont pas ou plus lieu d'être.

Il est nécessaire de relativiser.

Chapitre 39

Depuis mon arrivée, la neige tombe sans discontinuer. Installée sous la véranda, une tasse de thé chaude entre les mains, j'admire le paysage nocturne éclairé par les lumières artificielles du jardin.

Au loin, j'observe la chaumière qui brille de mille feux. Et à droite de la propriété de mes grands-parents, à une centaine de mètres, je regarde avec plaisir la petite maison d'hôtes aux multiples guirlandes qui accueillera ces prochains jours une partie de la famille.

— Tiens, ma chérie.

Papi André, suivi de mamie Luce, apporte un plateau de cafés gourmands, sans café. À partir de 15 heures, cela l'empêche de dormir.

Je le remercie chaleureusement et prends place dans le fauteuil entre les plantes vertes. Enveloppée d'un plaid, je saisis une assiette et grignote avec mes grands-parents des gourmandises qui me prédisent une orgie culinaire pour les fêtes à venir.

— Demain matin, il faut nous lever tôt, André.

Le concerné acquiesce.

— Nous irons chercher les fruits de mer et deux ou trois babioles pour un Noël parfait. Nous rachèterons aussi des ours en chocolat. Ils ne vont pas durer, assure ma grand-mère en me dévisageant.

Ce n'est pas comme si j'en avais mangé une dizaine depuis mon arrivée. *No comment.*

— À quelle heure nous lèverons-nous ? demandé-je.

— Toi, tu te reposes demain matin.

Papi André acquiesce, encore une fois d'accord avec sa femme.

— Toute aide sera la bienvenue, dit-il tout de même.

— Vous me ferez votre liste de courses et j'irai faire les derniers achats, proposé-je. La voiture est dans le garage ?

— C'est trop dangereux !

— Lucie.

— Mamie.

Elle pince les lèvres.

— Vous resterez bien au chaud et je sortirai, insisté-je.

— Non, ton grand-père t'accompagnera. Il faudra être prudente sur la route.

Dans sa lancée, ma grand-mère ne s'arrête plus. Savoir mon grand-père au volant, pas de problème. Mais quand il s'agit de sa petite-fille adorée, c'est autre chose. J'ai droit à un cours sur le code de la route en période hivernale. C'est bien connu, les Parisiens sont des fous du volant…

— Ce qu'ils se permettent dans la capitale ne se fait pas en province sur des routes sinueuses, explique mamie Luce.

Elle bavasse et je l'écoute avec plaisir. Elle me raconte sa journée et celle de mon grand-père. Ses anecdotes sont à mourir de rire. Ils ont la vie de retraités actifs, sortent se promener ou jouent à la Wii avec leurs petits voisins. Ils regardent la télévision, bouquinent, dansent des slows, collectionnent les timbres, les papillons, les pièces… Ils ne s'ennuient pas.

Vers 22 heures, je monte me coucher. Ayant la flemme de me doucher, j'enfile une chemise de nuit et me faufile dans mon lit.

Curieuse, je prends connaissance des différents appels et messages notifiés sur le portable, que je n'ai pas touché depuis mon arrivée. Marylin, Laurène, Loris, Arthur, Maria et Clark attendent de mes nouvelles. Je n'ai pas envie de leur répondre. Je m'oblige à leur envoyer un message groupé pour expliquer que je vais bien et que j'ai avancé mon départ pour Deauville.

Tous sont soulagés. Seule Laurène, ayant contacté les grands-parents dans l'après-midi, ne répond pas.

Allongée dans mon lit, je regarde le portable s'éclairer. Loris essaie de m'appeler. Je n'ai rien à lui dire ce soir. Je suis épuisée. Épuisée de m'être battue contre le vent.

Je m'apprête à fermer les yeux quand la porte de ma chambre s'ouvre puis se referme. Des bruits sourds se rapprochent. La couette est tirée, je sens un courant d'air frais sur ma peau avant de retrouver la chaleur agréable de l'étoffe qui me recouvre à nouveau jusqu'aux épaules.

— J'aurais dû être moins percutante ce midi, concède ma sœur.

Je ne la contredis pas.

L'arrivée « avancée » de mon aînée ? Sans doute préméditée avec mamie Luce.

— Tu m'as blessée.

— J'en suis désolée.

Laurène pivote dans le lit.

— Tu sais comment je suis. Je parle et, ensuite, je me rends compte des âneries que je débite.

— OK. Je te pardonne, lui murmuré-je.

Ma sœur m'enlace.

— Je n'en crois pas un mot. Tu fais la gueule.

— Je suis fatiguée, marmonné-je.

— Je suis désolée. Vraiment désolée. Et s'il faut m'excuser mille fois, je le ferai.

— Je t'écoute.

— Tu n'es pas censée être fatiguée ? Tu veux vraiment jouer à ça ?

— Je t'écoute.

— OK.

Laurène s'assoit sur le matelas.

— Je suis désolée. Je suis désolée. Je suis désolée, Lila. Vraiment désolée. Je suis vraiment vraiment désolée. Je suis désolée. Je suis désolée. Je suis désolée, Lila. Vraiment désolée. Je suis vraiment vraiment désolée. Je suis désolée. Je suis désolée. Je suis désolée, Lila. Vraiment désolée. Je suis vraiment vraiment vraiment vraiment vraiment désolée…

Je me tourne dans sa direction.

— Excuse-moi. Je suis désolée, poursuit-elle. Je suis désolée. Je suis désolée, Lila. Vraiment désolée. Je suis vraiment vraiment désolée.

Je l'observe.

— J'ai mal agi. J'aurais dû… ne pas la ramener ? Je suis désolée…

Laurène m'observe dans la semi-obscurité.

— C'est assez ?

— J'ai envie de pleurer. De pleurer un océan pour aller mieux ensuite. J'ai besoin de pleurer, mais plus une goutte ne veut sortir.

Ma sœur m'étreint plus fort.

— J'ai quitté mon boulot.

Elle garde le silence. Je l'imagine aisément les narines gonflées et les joues rouges.

— J'ai voulu tout envoyer balader pour commencer une nouvelle vie. J'ai fait le bon choix, je le sais. J'avais besoin d'un électrochoc. Mais… Je culpabilise pour Arthur.

— Pourquoi ?

— J'ai l'impression de l'utiliser, qu'il n'est que le numéro deux sur ma liste.

Je me redresse en prenant ma tête dans mes mains.

— Toi aussi tu penses que je l'utilise pour combler l'absence de Loris ?

— Non, répond ma sœur. Je pense que Loris est tout ce que tu veux et à la fois tout ce que tu n'as pas. Tu te remets de cette désillusion que tu as toujours eu beaucoup de mal à accepter. Ça ne date pas d'hier. Loris est une sorte de pansement qu'aujourd'hui tu as arraché. Arthur, lui, est le premier homme que tu fréquentes pour plus que de l'amitié depuis belle lurette. Tu tâtonnes, tu testes, tu doutes. Rien de plus normal. Ton monde ne peut pas tourner autour d'un homme. Loris n'est pas le seul responsable de cette histoire qui va droit dans le mur. Cette vérité, tu as du mal à l'accepter. Tu n'as confiance en personne et tu manques de confiance en toi, Lila. Ce sont ces raisons qui me poussent à te surprotéger. J'ai peur que tu sautes du nid et que…

— Que je m'écrase ?

— Oui, lâche ma sœur dans un soupir. Cesse de douter. Assume d'avoir envie de partager ta vie avec quelqu'un. Une fois que tu auras franchi ce cap, tu verras, tu prendras des risques. De vrais risques.

— Je ne vais pas réussir du jour au lendemain à oublier toutes mes craintes. L'image que me renvoient les gens me dérange. Tout le monde s'imagine que j'ai un problème, que je joue le rôle de la figurante auprès des hommes. J'ai l'impression qu'on doute de ma capacité à être avec Arthur.

— Non, Lila. Personne ne doute de ta capacité à être avec un homme. Arrête d'écouter les mauvaises langues et vis ta vie. Tu dois commencer par avoir confiance en toi pour que le regard des autres change. Tu es sur la bonne voie, persévère. J'ai foi en toi. Je sais quelle belle personne tu es. Ne reste plus qu'à la dévoiler au monde entier.

— Au monde entier ? m'amusé-je.

— J'avoue que j'ai vu large… Mais pourquoi pas ?

Chapitre 40

Gagnée par l'euphorie du 24 décembre, je me lève aux alentours de 7 heures du matin. Après une douche, un petit déjeuner préparé avec amour, me voilà partie avec mon grand-père pour les derniers achats qui nous permettront de déguster un dîner de réveillon succulent.

Le centre-ville de Deauville est charmant, incroyable sous la neige qui tombe. Des bâtisses en colombage, de petits commerces ici et là. Chaque maison a son charme, une histoire qui lui est propre.

Je flâne… Ou plutôt, je flânais. Papi André, en commandant averti, ne me permets pas de coller mon nez contre les vitrines. Nous avons un objectif : celui de ramener des produits frais, et il s'y tient. Adorable, mais parfois bougon, il ne laisse pas à ses connaissances le temps de me saluer. Un simple « bonjour » et un autre « vous passerez à la maison dans la semaine » lui suffisent.

Les courses chargées dans la voiture, nous rentrons à la maison.

Il est 11 heures et mamie Luce s'active derrière les fourneaux, aidée de James. Profitant de l'euphorie dans la propriété, je m'échappe par la clôture au bout du jardin.

Le ciel est gris et des flocons de la taille d'une pièce de

deux euros en tombent. Ils tournoient dans les airs avant de se poser sur le sol.

La grande enfant que je suis s'amuse à marquer la neige de ses empreintes de pas pendant que le labrador de mes grands-parents se défoule un peu plus loin.

Je prends quelques photos, dont certaines que je poste sur les réseaux sociaux. Quand le fil d'actualité défile, j'aperçois sur des clichés Loris en plein rush à la pâtisserie. Sait-il que nous ne travaillerons bientôt plus ensemble ? Il serait étonnant que Maria ait réussi à garder le silence. C'est sans doute à cause de cette révélation inattendue que son fils a essayé de me contacter hier à plusieurs reprises.

Pensive, je m'assois sur un banc que je déblaie à quelques mètres de la propriété de mes grands-parents.

J'observe de rares voitures traverser les sentiers ainsi que les gens emmitouflés dans leurs vêtements d'hiver parcourant le bitume les mains prises par des sacs : Noël est bien là.

Quand Laurène vient me déraciner de mon point d'observation, il est midi et demi, l'heure de déjeuner.

L'après-midi, nous sommes tous mis à contribution. Je m'occupe de la décoration avec James pendant que mes grands-parents et ma sœur concoctent les apéritifs que nous dévorerons en début de soirée.

— Lila ! Un peu de nerf !

Une dernière touche de parfum et me voilà prête pour le dîner du réveillon. Je brille de mille feux dans ma robe noire à paillettes. Laurène, toute de rouge vêtue, est sensationnelle.

Chacun a enfilé ses plus beaux habits de lumière pour l'occasion. C'est un plaisir de papoter avec des membres de la famille que je ne croise qu'une ou deux fois par an. Nous sommes une petite quinzaine. Ne manque plus que mes parents, qui arriveront demain, pour être au complet.

Sur fond de musique, le repas se déroule dans une

ambiance festive et joyeuse. Quand les desserts sont servis, je peine à cacher ma surprise.

— Voilà pour vous ! Les magnifiques bûches de la Maison Dorée !

Mon air étonné ne manque pas d'attirer l'attention de certains membres de la famille.

— Je ne savais pas que tu avais passé commande, papi.

— Je n'ai rien commandé. Elles ont été livrées ce matin par un coursier.

— Vraiment ?

Mes grands-parents hochent positivement la tête.

Je me penche pour contempler les magnifiques desserts signés Loris. Son talent et son application ne sont plus à démontrer.

— Tu pourrais peut-être envoyer un message de remerciements à ton ami. C'est super sympa de sa part sans être inattendu, chuchote Laurène.

Mes longues heures de réflexion sont loin de m'avoir menée à cette conclusion. Je me doutais que Loris tenterait de brandir le drapeau blanc, mais, de mon côté, ce n'est pas le cas. Se remettre d'un « échec » ne se réalise pas en vingt-quatre heures. Et ce n'est pas en m'envoyant de savoureux desserts qu'il me fera changer d'avis. À ce stade, il est question d'amour-propre, le mien traîne sur le plancher.

À la fin du dîner, quand les uns papotent avec les autres, mon portable sonne. Arthur m'appelle. Enjouée, un chouïa pompette, je décroche en m'isolant au bout de l'étage.

— Salut, belle blonde !

Je marque un temps d'arrêt. Je ne suis pas la seule à avoir un verre de trop dans le nez.

— Belle blonde vraiment ? m'amusé-je.

Silence.

— Lila ? ! Je plaisantais ! Comment vas-tu ?

— Très bien.

— La soirée se déroule sans accroc ?

— Oui, nous allons bientôt ouvrir les cadeaux. Et toi, ça va ?

— Un peu fatigué. Dis, ça ne te dérange pas si je t'appelle demain matin ?

Un peu étonnée, j'accepte sa proposition. En raccrochant, je me demande pourquoi il m'a appelée pour mettre fin à la conversation au bout d'une minute, même pas.

Je longe le couloir quand mon portable vibre.

Arthur : Tu me manques. Je peux t'appeler ?

Lila : Tu ne viens pas déjà de le faire ?

Il ne répond pas. J'imagine qu'il s'est endormi assommé par le champagne ingurgité en cette soirée festive. Ce qui est loin d'être le cas de Laurène, montée à l'étage pour je ne sais quel motif.

Je toque à la porte de la chambre qu'elle partage avec James.

— Je peux entrer ?

Je n'entends rien. Dans le doute, j'attends.

Aucune réponse ne vient, mais la porte s'ouvre.

— Je médite.

— Je n'en crois pas un mot. Tu es sûre que ça va ? Tu es pâle. Tu as commis un crime ? Je n'ai pas le courage de cacher un corps ce soir…

Ma sœur passe sa tête en travers de la porte et, vérifiant qu'il n'y a personne aux alentours, me tire dans la chambre et nous enferme dans la salle de bains. Quatre tests de grossesse dans leur emballage sont disposés sur le rebord de la baignoire.

— Ceci explique cela, dis-je à haute voix.

Je comprends mieux pourquoi Laurène n'a pas bu une goutte d'alcool depuis son arrivée.

— Qu'attends-tu pour utiliser les tests ?

Laurène grimace en s'étudiant dans la glace.

— Je crois que je n'ai pas la force de vivre une nouvelle désillusion.

— Ne sois pas pessimiste dès le départ.

Je m'empare d'un test que je lui fiche dans les mains.

— Quatre, ce n'est pas un peu exagéré ?

— Le gars parfait, au prénom parfait, au physique parfait, à la profession parfaite, à la voiture parfaite, entré dans ta vie pendant une rencontre tirée tout droit d'une situation de conte de fées, ce n'est pas exagéré ?

Je lève les yeux au ciel. Sa repartie me scie souvent les pattes.

— OK. Quatre ce n'est pas assez, concédé-je.

— Nous sommes d'accord, sœurette. Nous sommes aussi d'accord sur le fait que le gendre idéal que tu fréquentes est un tantinet trop idéal.

— Tu ne vas pas t'y mettre. N'essaie pas de noyer le poisson.

Elle persiste.

— Tu ne trouves pas bizarre qu'il fasse son possible pour ne pas me croiser ? Je l'ai manqué quatre fois en une semaine. À chaque fois, tout s'est joué à la seconde près. Ma réputation me précède… Mais à ce point !

— Il est timide. Un peu stressé à l'idée de te rencontrer.

— Je n'en crois pas un mot. Dès que nous rentrerons, tu le convoqueras. Je veux m'entretenir avec lui. Je jouerai à la sœur sympa. Tu l'as « googlé » ?

Je l'arrête net.

— Bon, occupe-toi de ton test, ordonné-je en quittant la pièce.

Je déverrouille mon portable.

Par simple curiosité, je tape – pour la deuxième fois en un mois – le nom d'Arthur sur Internet. La plupart des résultats mènent à sa profession, à l'adresse de son cabinet, à des avis positifs.

— Je suis sûre que tu le « googlises » pendant que je m'urine sur les doigts ! Ne t'arrête pas aux deux premières pages.

— N'importe quoi ! m'exclamé-je en trifouillant le téléphone.

Je suis trop prévisible.

Sur les pages cinq et six que je n'avais jamais visitées auparavant, je suis attirée par deux liens.

Décès de Madame Mireille Prévost.

Je clique.

Pierre, son mari, Arthur, Jean, Nicolas et Julien, ses fils, et Sandra, sa fille, vous annoncent avec tristesse le décès de Mireille Prévost, cinquante-neuf ans.

Plus loin, la profession de cette femme est précisée : « responsable du service de chirurgie thoracique et cardio-vasculaire à l'hôpital de la Pitié-Salpêtrière ».

Je suis confuse. La mère d'Arthur est toujours en vie et retraitée. Elle ne travaille plus. Cependant, d'après les dires de son fils, elle est bel et bien vivante. Sinon, pourquoi Arthur prétexterait un dîner chez une morte, deux à trois fois par semaine ? Et puis, il y a cette sœur dont il ne m'a jamais parlé…

— Lila !

Je poursuis mes recherches. Les Prévost ne sont pas ce qui manque en France. Peut-être est-ce une coïncidence, qu'un second Arthur Prévost a une mère s'appelant Mireille avec une profession identique à celle de mon docteur beau gosse.

— Lila !

La porte s'ouvre ! Laurène apparaît avec ses quatre tests de grossesse.

— Bébé est dans les tuyaux ! s'écrie-t-elle.

Chapitre 41

La nouvelle de la grossesse de ma sœur a embelli ma soirée. Dans mon esprit, il n'y en avait plus que pour ce petit être que je comptais gâter à sa naissance.

Les cadeaux ouverts, la table débarrassée, nous avons tous rejoint nos chambres. Avant de tomber de sommeil, Laurène a annoncé l'heureux événement à James. Il sera sans nul doute un papa aimant.

J'ai dormi d'une traite pour ne me réveiller qu'au petit matin à l'arrivée bruyante de mes parents.

— Lila ! Coucou ! Debout !

Secouée dans mon lit, j'ouvre les yeux en me bouchant les oreilles.

— Tu ne vois pas qu'elle est épuisée ! Il n'est que 9 heures !

Et voilà, dispute imminente entre mon aînée et ma mère.

— Laurène, pourquoi es-tu toujours sur la défensive ?

— Sors de cette chambre, exige ma sœur.

Désabusée, je repousse la couette et bondis hors du lit.

— Il faut que tu consultes ! s'exclame ma mère à l'encontre de Laurène.

— Dit la femme qui vient d'offrir à ses parents une plante bien particulière.

— C'est à prendre au second degré ! Pour ta gouverne, le cannabis a des vertus médicinales !

— Hein ? Quoi ?

Au pied de mon lit, j'essaie de comprendre les interactions houleuses entre deux hystériques. Je n'ai pas d'autres mots pour les décrire à ce moment précis.

— Du cannabis pour des personnes âgées ! Bravo, maman ! Tu n'as pas un peu d'héroïne planquée dans ton sac ou une boîte de codéine pour planer plus que de raison pendant le déjeuner ?

— Maman, tu n'as pas ramené tes trucs ici ? lui demandé-je, les yeux ronds.

— Ton grand-père souffre du dos ! tonne-t-elle à mon encontre.

— Quant à moi, je souffre de ta présence en ces lieux ! Tu ne peux pas agir comme un parent normal ? Quelque chose ne tourne pas rond chez toi ! lance Laurène.

Les querelles de poulettes, très peu pour moi. Les abandonnant à leur dispute, je bifurque vers la salle de bains pour me débarbouiller le visage. Quand je retourne dans la chambre, les esprits s'échauffent toujours sous l'arbitrage de mamie Luce.

Songeant à la grossesse de ma sœur et à ses difficultés pour mettre en route un bébé, je l'emmène dans la salle à manger. Elle doit s'éloigner de toutes les sources de stress. Problème, elle va devoir supporter notre mère durant plus de vingt-quatre heures. Au vu des tensions, peut-être que cette dernière abrégera son séjour.

Au rez-de-chaussée, mon père que je salue d'une brève étreinte s'entretient avec mon grand-père. Comme la moitié des individus dans la maison, ils ont entendu les échanges houleux entre ma sœur et ma mère.

— Elle est à peine arrivée qu'elle me gonfle, rumine Laurène en passant entre deux plants de cannabis. C'est un délit de cultiver ces merdes !

Sans vouloir paraître moralisatrice, ma mère n'a rien d'une mère « aimante ». Mon manque de confiance en moi, je le lui dois. La colère qui ronge Laurène ? Elle la lui doit.

Notre mère est une personne égocentrique, qui sous ses apparences relax est en fait une grande autoritaire qui ne supporte ni l'opposition ni la négation. Imbue de sa personne, cette chère Nathalie a peu de considération pour les gens qui ne pensent pas comme elle. Petite, j'étais plus un boulet dans ses pattes qu'une enfant aimée et choyée.

— Elle a poussé la porte de la chambre que je partage avec James et a balancé ses valises alors que nous dormions. Madame trouve que la pièce est la plus lumineuse de la maison. Pour ses ondes, son teint et son bien-être, elle voudrait qu'on la lui cède. Tu le crois ? Pour une nuit ! Ses règles à la con de « la journée appartient à ceux qui se lèvent tôt », elle sait où elle peut se les mettre !

Oui, ma mère part du principe que passé 9 heures, il est anormal de glander dans son lit. Si elle se lève tôt, il doit en être de même pour ses disciples et ses enfants. Autant dire que Laurène et moi n'avons pas traîné chez nos parents. Nous préférions de loin l'ambiance calme et saine du cocon de nos grands-parents maternels.

— Allez, dis-je. Profite de tes cadeaux et de ton homme. Il y a des choses plus importantes dans vos vies que l'arrivée des parents.

— Tu as raison, fait Laurène en se pelotonnant dans les bras de James, qui cesse de petit déjeuner.

— J'espère que notre cadeau te plaît, dit ce dernier.

— Et comment !

La dernière saison de *Secrets d'Histoire* en DVD, je dis oui ! Dès mon retour chez moi, je la dévorerai.

— Je suis sûre que tu vas t'enfermer dans ta chambre pour commencer à la regarder aujourd'hui.

Ma sœur a raison. Ou plutôt, elle aurait eu raison si une autre mission ne m'incombait pas. J'ai quelques recherches à effectuer. Des recherches sur Arthur.

Les émotions d'un réveil survolté s'étant évaporées, nous avons profité en famille d'un 25 décembre « idyllique ». Sourires, boutades et longues conversations ont ponctué le reste de la journée.

Certaines se sont évitées pour le bien d'une fête qui n'a lieu qu'une fois dans l'année.

Entre deux activités avec mes proches, j'ai approfondi mes recherches sur Arthur. Au bout de quelques heures de recherches qui n'ont rien donné, j'ai fini par trouver la page Facebook de Sandra, sa sœur. Tiens donc, il s'est bien fichu de moi.

Les publications défilent quand, soudain, un commentaire datant d'il y a environ deux ans attire mon attention. Ce commentaire n'a pas été écrit par n'importe qui. Il semblerait que Sandra et Cléo soient amies, ou du moins qu'elles l'aient été il y a quelques années.

Coïncidence ?

Manque de bol, impossible pour moi d'accéder à la liste d'amis de la sœur d'Arthur. Quant à Cléo, impossible de parvenir à son profil tout court : la demoiselle m'a blacklistée il y a bien longtemps déjà.

Sur les conseils avisés de Marylin, détective Internet en herbe, j'ai passé en revue le parcours scolaire de docteur beau gosse. Là encore, il m'a menti sur les établissements qu'il a fréquentés. Le lycée où il certifie avoir fait ses études a fermé quand Arthur avait douze ans. Et autre coïncidence, son père, grand chirurgien, se rend annuellement à la soirée caritative organisée par la fondation L'Enfant bleu, dirigée par… la mère de Cléo.

Je ne veux pas tirer de conclusions hâtives. Toutefois, il faut bien avouer que mis bout à bout, ces quelques éléments titillent ma curiosité et surtout éveillent ma méfiance.

— Tu m'as l'air ailleurs, ma petite chérie.

— Je me repose, mamie Luce. Je digère doucement les festins de la journée.

— Ce sont les tensions entre Laurène et votre mère qui te mettent dans cet état ? Ne t'en fais pas pour ça.

Je m'avance sur le divan de la véranda. En fermant le livre que j'avais entrepris de lire pour m'évader un peu, je pose ma tête sur l'épaule de ma grand-mère, qui a toujours une douce parole pour m'apaiser.

— Tu as souhaité joyeux Noël à tes amis ?

— Oui.

— Et à cet Arthur dont tu m'as parlé la dernière fois ?

— Aussi.

Ma réponse laconique laisse deviner à mamie Luce qu'Arthur est au centre de mes préoccupations.

— Moi, déclare-t-elle en caressant mes mimines, je sais que tu feras le bon choix.

— Quel choix ?

— Le choix qui te permettra de devenir *femme*. D'être comment vous dites aujourd'hui ? Ah oui ! Une nénette qui déchire.

Un sourire éclôt sur mes lèvres.

— Tu sais que je t'aime ?

— Pas autant que moi, répond-elle en m'embrassant sur la joue.

Merci, petite dame à chignon, d'être le remède à toute cette grisaille dans mon esprit.

Chapitre 42

Six jours consacrés au repos et à la réflexion m'ont fait le plus grand bien. Sur le trajet me menant à Paris, je me perds dans mes pensées. Le paysage défile sous mes yeux. Au fur et à mesure que je me rapproche de mon appartement, l'appréhension me gagne.

Laurène et James me déposent au pied de mon immeuble. Je suis accueillie par Marylin qui me saute au cou pour de joviales retrouvailles.

Garé en double file, mon beau-frère me propose de déposer mes bagages dans mon appartement. Je refuse poliment. Nous devrions être capables avec ma meilleure amie de porter deux valises et trois sacs : je suis arrivée chez mes grands-parents avec moitié moins que ça…

Après une longue étreinte avec ma sœur, je redécouvre les joies de la copropriété. Deux de mes voisines papotent devant l'ascenseur pendant que quelques enfants s'amusent dans la courette.

Au deuxième étage, tandis que Marylin et moi gloussons, nous tombons sur le concierge. Du haut de son petit nuage, il sifflote.

— Mesdemoiselles, bonjour !

Avant, Marylin lui aurait répondu « Cher monsieur, je ne vous salue pas » et serait entrée dans une joute verbale interminable avec l'aigri M. Dubois. Aujourd'hui, le gaillard est métamorphosé par sa séance chez Gaia.

— J'ai des petites choses pour vous ! fait-il, joyeux, en me pointant du doigt.

Il sort de la banane autour de sa taille un paquet d'enveloppes.

— Votre admirateur secret a encore frappé. Il a déposé les lettres dans la courette le jour où le technicien venait réparer le système de vidéosurveillance.

— Ton admirateur a eu du bol ! Encore une fois, il ne sera pas démasqué ! lâche Marylin, agacée.

Le concierge se racle la gorge en refermant sa banane, que mon amie observe avec minutie. L'accessoire revient à la mode et Marylin semble prête à traverser le temps pour un retour aux années 1990.

— Sans vouloir me mêler de ce qui ne me concerne pas…

Ça ne le regarde pas. Néanmoins, je veux bien entendre ce qu'il a à raconter.

— Chaque fois qu'un courrier du cœur qui vous est destiné atterrit devant ma loge ou dans la boîte aux lettres, la petite blonde BCBG n'est jamais loin.

— C'est-à-dire ? La voisine du quatrième ?

Marylin pense que cette voisine a un faible pour moi.

— La femme de votre ami… Le gars pâtissier.

— Ce n'est que maintenant que vous partagez ce détail qui n'est pas du tout anodin ? dis-je.

M. Dubois hausse les épaules. Je m'empare des quatre lettres parfumées d'une douce odeur de vanille.

Cléo. J'aurais dû m'en douter.

— J'ai ramassé le courrier et puis j'ai aperçu la boulangère. J'ai traversé la route pour papoter et, à la caisse, j'ai remarqué la jeune femme. Votre ennemie commune. Là, j'ai percuté.

L'air étonné sur mon visage pousse rapidement le concierge à s'expliquer.

— N'allez pas croire que je vous espionne !

Cette fois, l'expression sceptique sur mon visage a raison de lui.

— Je ne vous espionnais pas. Vous racontez souvent votre vie sur le balcon. Tout le monde en profite. Au passage, Mme Percia ne le sent pas, le nouveau zozo que vous fréquentez.

— Comment ?

Je n'en reviens pas. De quoi se mêlent-ils tous ?

— Elle l'a croisé à plusieurs reprises cet Arthur, et il n'est pas très aimable. Il s'est emporté contre elle un jour parce qu'elle monopolisait l'ascenseur avec ses courses. Un voisin a dû intervenir.

— Arthur ? L'homme que je fréquente ? Ça m'étonnerait, il est d'un calme impérial.

— Il a été mon médecin généraliste, précise Marylin. Jamais je ne l'ai perçu sur la défensive. Il est toujours très aimable, souriant, serein.

— Je vous fais part des retours de certains voisins, rien de plus. C'est tout de même bizarre, non ? Que cet Arthur arrive dans votre vie tout pile au moment où votre ami souhaite quitter sa femme qui vous vomit… et pourtant traîne souvent dans le quartier.

Je remonte un bagage sur mon épaule en dévisageant Marylin.

— OK, OK. Il se peut qu'en ton absence M. Dubois et moi ayons une nouvelle fois consulté la voyante. Elle était en retard, il fallait meubler la conversation en l'attendant. On a eu droit à un prix attractif.

J'hallucine. Quel est le plus incroyable dans tout cela ? Que Cléo rôde dans le coin alors qu'elle déteste ce quartier parce que j'y habite, ou que Marylin et mon concierge papotent en mon absence ?

Les événements qui ponctuent ma vie en ce moment sont tout bonnement improbables.

— Vous êtes retournés chez cette Gaia ? Vraiment ?

— Là, n'est pas le sujet, répond Marylin. Concentrons-nous sur cet admirateur secret, ça vaudra mieux, assure-t-elle en m'arrachant les clés des mains pour ouvrir la porte d'entrée de mon appartement.

— Bon, j'ai un gigot dans le four ! dit le concierge à qui j'offre une enveloppe tout droit sortie de mon sac.

Ce sont ses étrennes. Peut-être aurais-je dû les garder. Marylin devrait donner elle-même de l'argent à son nouveau pote.

— Il ne fallait pas, fait-il, tout sourires, en saisissant l'enveloppe qu'il fourre dans sa poche.

L'homme est poli, il n'en vérifie pas le contenu devant moi.

— Nous aurions dû nous en douter ! Cléo est dans le coup ! dit mon amie en entrant dans l'appartement. Jamais je n'aurais soupçonné que M. Dubois serait la clé de cette énigme.

— Ne vendons pas la peau de l'ours avant de l'avoir tué, déclaré-je en retrouvant mon cocon parisien. Je n'arrive pas à croire que tu racontes ma vie au concierge.

Marylin étouffe un rire et change de sujet.

— Tu as entendu M. Dubois comme moi ! Et puis, il y a toutes les infos que tu as trouvées sur le Net. Quelque chose de pas clair se trame dans notre dos.

— Dans mon dos, tu veux dire.

— Le nôtre ! Si on s'en prend à toi ! On s'en prend à moi ! D'ailleurs, je trouve que tu prends plutôt bien la chose. Tu es résignée ?

— Je suis en colère.

— Une colère maîtrisée.

— Tu me connais, affirmé-je en retirant mon manteau. Je ne suis pas du genre à hurler ni à briser la vaisselle.

Marylin sort d'un bagage isotherme les petits plats que mamie Luce m'a concoctés pour la semaine.

— Hum ! Les repas ont l'air terriblement délicieux, fait la brunette en rebranchant le frigo dans lequel elle aligne les différentes boîtes.

Dans le salon, je déclenche le répondeur. Les messages se suivent et se ressemblent. Joyeuses fêtes, joyeuses fêtes et encore joyeuses fêtes.

Sympa, mais pas suffisant pour occulter les révélations qui viennent amplifier mes doutes.

— Un plan ? me demande Marylin, les mains sur les hanches, quand je balance les enveloppes sur la table.

Elle est décidée à en découdre.

— J'y réfléchis.

— J'en ai un ! Donne-moi ton téléphone.

Sur mes gardes, je recule.

— Dans quel but ? Ne nous précipitons pas.

— Tu veux le fin mot de cette histoire ou pas ?

— Bien sûr ! Mais…

— OK ! File-moi ton portable. Pour faire craquer les gens, il faut les intimider.

— Il y a intimidation et intimidation…

Mon amie me fait les gros yeux. Sa patience s'est envolée.

Je lui cède le téléphone. Elle s'empresse de taper un message :

Je sais ce que tu as fait ! Ce n'est pas du joli !

— Il faut prendre cet Arthur à son propre piège. S'il est innocent, il gardera son calme. Dans le cas contraire… Tu me fais confiance ?

Euh, c'est une vraie question ? Je ne sais pas quoi lui répondre en pareille situation.

— Prenons le taureau par les cornes ! Pour une nouvelle vie, une nouvelle toi, faut clôturer l'ancienne histoire. Et pour la finir en beauté, il est obligatoire de mettre Cléo hors jeu… qui a vraiment de magnifiques cheveux.

— Tu trouves aussi ?

Non, ne nous perdons pas dans de telles futilités !

Je lui prends l'objet des mains et appuie sur « envoyer ». Puis, j'attrape les courriers de mon « admirateur secret » pour les photographier. En fouillant un peu dans le répertoire papier rangé près du téléphone fixe, je trouve le numéro de Cléo et entreprends de lui envoyer un message.

Lila : Je sais TOUT.

Avec en objet les photos des enveloppes.

Aucune réponse de Cléo. Cependant, moins de cinq minutes plus tard, Arthur me bombarde de messages.

Il est inquiet.

A-t-il quelque chose à se reprocher ?

Chapitre 43

— N'empêche, ce mois de décembre n'aura pas été de tout repos.

— Ne m'en parle pas ! Il y a au moins une bonne nouvelle dans tout ce cirque. J'ai hâte de…

Je m'arrête et réprime la joie qui s'apprêtait à éclater. Je ne peux pas révéler la grossesse de Laurène sans son consentement. Et puis, le petit être qui prend ses quartiers dans son utérus n'est qu'à l'état d'une minuscule cacahuète… D'après les tests, Laurène est enceinte de trois semaines. La prise de sang éclaircira la situation, car en début de mois ma sœur avait déjà fait un test qui s'était révélé négatif.

— Tu as hâte de quoi ? m'interroge Marylin.

— Hâte de clore cette fichue année !

— M'en parle pas, l'année poisseuse !

Je ne peux qu'approuver ses dires.

— Eh ben ! Tes grands-parents n'ont pas lésiné sur les cadeaux. Je vois qu'ils t'ont encore gâtée.

Chocolats, tasses, cartes cadeaux, objets de décoration…

— Me retrouver une semaine chez eux au calme m'a fait le plus grand bien.

— Aucun incident avec tes parents ?

— Ma mère s'est pointée avec des plants de cannabis. Tu la connais, elle aime briller plus que le soleil. Elle apprécie que toutes les planètes orbitent autour de son étoile. Cette attitude hérisse ma sœur. Ça ne s'arrêtera jamais.

Je balance mon portable sur le canapé pour profiter pleinement de mes retrouvailles avec mon amie. Les mecs sont à proscrire pendant notre discussion. Après tout, ils ne sont pas le centre du monde. Nous avons d'autres sujets de conversation très intéressants.

— Tu m'as trop manqué ! s'exclame Marylin.

— Toi aussi !

Folle de joie de me retrouver après une courte semaine d'éloignement, elle me saute dans les bras. Notre étreinte me rappelle à quel point l'amitié est fondamentale, plus importante que tout le reste. Un peu comme la famille. Il faut profiter des gens qu'on aime et des gens qui nous aiment. Saisissons le bonheur lorsqu'il se trouve sous notre nez.

Pour rester dans l'esprit de Noël, Marylin et moi, nous plongeons dans le noir, avec pour simple éclairage le sapin aux guirlandes lumineuses. Le téléviseur allumé, nous décidons de dévorer l'un des petits plats de mamie Luce en nous posant tranquillement devant un téléfilm de fin d'année, dégoulinant de romantisme et d'amour sous le gui.

Si elle savait ! Je me retiens de saisir mon téléphone qui éclaire une petite parcelle du plaid sur le canapé toutes les cinq minutes.

Marylin et moi nous lançons un regard entendu. Nous résistons, les hommes n'auront pas notre peau ce soir. Gardons nos âmes bien au chaud.

Au bout d'une demi-heure, le portable clignote toujours. Quelqu'un tente de m'appeler sans succès. Les yeux rivés sur la bête, ma meilleure amie et moi luttons. Du coin de l'œil, nous observons les réactions de l'autre. Marylin arrive à la fin de son jus de tomate. Elle aspire les dernières gouttes puis retient son souffle lorsque le téléphone fixe sonne.

Gros moment de suspense.

Laissez un message après le bip. Biiiiiiiiiiiiip.

L'appelant ne dit rien. Suspendues à la base du téléphone, nous attendons un son, un mot, une parole.

Quand le souffle de l'interlocuteur perce le silence, nous pensons être sur la bonne voie. L'individu, au numéro privé, ne parle pas et raccroche au bout d'une dizaine de secondes.

— J'ai ma petite idée sur son identité, révèle Marylin.

J'approuve ses dires. Moi aussi, j'ai une idée de l'identité de notre cher interlocuteur mystère. Le choix est restreint. Ce n'est certainement pas Cléo qui essaie de me contacter pour mettre les choses à plat.

Je m'empare de mon portable. Je suis assaillie par les coups de fil d'Arthur.

— Qu'il baigne dans sa crasse. Il est coupable. Nous irons le pêcher un peu plus tard. Il faudra lui donner une bonne leçon, déclare mon amie, jubilant.

Plus aucun doute, docteur beau gosse à quelque chose à se reprocher. Et ce quelque chose attendra demain. Tous mes espoirs d'une relation sympa ont été annihilés et, pourtant, je ne me sens pas spécialement triste. Je suis déçue, mais ça ne va pas au-delà. Je crois avoir voulu donner beaucoup d'importance à une part de ma vie qui en fait n'est pas si problématique. Le célibat n'est pas un fardeau. L'amour, le vrai, ne se brade pas. Me laisser séduire en rêvant à une relation parfaite était un peu utopique.

L'amour est-il une fin en soi ?

— Ça vaut ce que ça vaut, mais, moi, je ferai toujours partie des personnes qui t'aimeront. Dans dix ans, on aura chacune deux ou trois chats. Si ça se trouve, nous serons colocataires. Dans vingt ans, nous partirons en vacances ensemble. Nous éviterons les périodes de congés scolaires pour ne pas nous retrouver avec d'affreux mômes hurleurs et vilains. Dans quarante ans, nous aurons deux sièges côte à côte dans une baraque bourgeoise. Tu auras mangé tellement de desserts sucrés que je serai obligée de te faire rouler sur le sol pour te permettre d'avancer.

Toi, tu me consoleras car je pleurerai. Je serai accablée de me voir sombrer et de ne plus avoir fait l'amour pendant deux ou trois décennies. J'aurai droit à la retraite, mais ne la prendrai pas. Mon seul plaisir sera de tyranniser mes employés avec des procédures archaïques. Je ferai chier les jeunettes en espérant qu'elles terminent comme nous, seules, tristes et moches.

C'est moi, ou Marylin plombe l'ambiance ? Le tableau d'une vie catastrophique décrit par mon amie défile sous mes yeux et me file le bourdon.

Après avoir erré telle une âme en peine, elle se rend dans la cuisine et revient avec deux flûtes et une bouteille. Le tire-bouchon n'étant jamais loin, nous commençons à picoler.

Elles ne sont pas belles les fêtes de fin d'année ?

La perspective d'un futur aussi peu flatteur qu'ennuyant m'abat : il en faut peu. Marylin a le don de nous plonger dans de ces états !

— Nous… Nous sommes de celles qui osent, murmuré-je en cafouillant au bout d'une heure de pleurnicheries devant un second téléfilm de Noël.

Trois verres dans le nez et c'est la galère. Je m'empare de la bouteille pour en ingurgiter le fond avant de me rendre compte que la boisson n'est autre que du Champomy.

Je soupire et peine à me lever pour m'enfermer dans les toilettes. Assise sur le trône en attendant la petite goutte qui me permettra d'en finir avec le poster de George « *What else ?* » scotché à la porte, je songe au fait que, non, je ne finirai pas seule. Je vais bientôt commencer un nouveau boulot, rencontrer de nouvelles personnes et, si possible, des gens optimistes qui ne chercheront pas à comploter contre moi. Monsieur belle gueule rousse m'a menée en bateau, on ne m'y reprendra plus !

— Eh merde ! meuglé-je en lâchant le rouleau de papier W-C qui roule sur le sol.

Plus je tire sur le papier et plus le rouleau… roule. Logique.

Merde et remerde.

Et puis crotte ! Une feuille me suffira.

— Tu es tombée dans les chiottes ?

La voix de mon amie fait écho dans ma tête.

— Non, je rampe après le PQ !

— Ah OK !

Blasée, Marylin me rejoint.

— Je venais vérifier d'avoir correctement compris ce que j'avais cru comprendre. L'Indiana Jones des toilettes !

Repartant du côté du salon, la brunette renverse deux cadres photo, dont l'un qui atterrit sur le tapis du couloir. Sur le cliché, Gabin s'apprête à souffler ses bougies pour ses trois ans avec ses parents. Sur les cadeaux qui l'entourent, je remarque des étiquettes ornées d'une écriture qui ne m'est pas inconnue.

Soudain, je me fige.

— Non, mais j'hallucine !

— Hein ? hurle Marylin du salon.

À quatre pattes sur le sol, j'ai droit à une révélation…

— Marylin !

— Quoi ?

— Tu te souviens des cours que prenait Cléo quand Loris l'a rencontrée ?

— Hein ?

Hein. Hein ? Hein !

Je me rhabille.

Le rouleau dans une main. Le papier dans l'autre, je cavale, titubante, dans le salon, lâche le tout et m'empare des enveloppes de l'admirateur mystérieux.

— Elle prenait des cours de calligraphie et de poésie !

Marylin se lève avant de retomber aussi sec sur le canapé.

— Il y a un truc ! Depuis que tu fréquentes docteur menteur, les courriers s'accumulent. La pintade et lui se connaissent plus que bonjour-au revoir ! déclare-t-elle. C'est une certitude. Mais pour quelles raisons jouent-ils avec toi ? Pour t'éloigner de Loris ? M. Dubois avait raison ! On les tient, nos comploteurs !

Bravo Sherlock.

L'étau se resserre. Le jeu sadique que je ne suspectais pas, il y a encore une semaine, se dévoile.

Chapitre 44

Durant la nuit, j'ai écouté Marylin fomenter toute sorte de plans. Au réveil, je me lève l'esprit tourmenté. Il n'est un secret pour personne que les relations que j'entretiens avec Cléo n'ont jamais été au beau fixe. Pourtant, je n'envisageais pas qu'elle soit capable d'une telle méchanceté à mon égard. S'imaginait-elle pouvoir opérer dans l'ombre sans que la roue tourne ? La vérité traîne parfois, mais finit toujours par arriver. Ce n'est pas à Cléo que je devrais apprendre cela. Chacun de ses mensonges depuis sa rencontre avec Loris a été dévoilé au grand jour. Et à présent, je m'interroge. Quels liens unissent cette sorcière à Arthur ? Sont-ils de simples connaissances qui se sont rencontrées par l'intermédiaire de Sandra, ou serait-il possible qu'ils soient amants ? Que docteur beau gosse soit l'homme avec lequel Cléo trompe ou trompait Loris ?

Ayant un rendez-vous chez le dentiste, Marylin a filé en début d'après-midi. Quant à moi, j'observe du salon la neige tomber en continu. Le ciel est terne, d'une grisaille morbide. Seules les décorations, ici et là, viennent égayer un tableau morne de Paris et, surtout, de la courette dans laquelle le concierge s'agite tel un lion en cage.

Quelque chose ne va pas. Preuve en est, la centaine de

traces dans la neige montre qu'il tourne en rond depuis au moins une bonne demi-heure.

Il finit par s'asseoir sur un banc.

Il y a un mois encore, nous étions comme chien et chat. Aujourd'hui, je me retrouve à enfiler mon manteau et mes bottes par-dessus mon pyjama pour descendre l'écouter me compter ses problèmes.

— Un souci ?

Grognon, il semble ne pas vouloir répondre à ma question.

J'insiste une deuxième fois puis une troisième. Comprenant que je m'apprête à lui fausser compagnie, sa langue se délie.

— Problème de cœur, grommèle-t-il.

Oh non ! Pas encore. J'ai assez à faire avec les miens pour m'occuper de ceux des autres.

— J'ai rencontré une femme. J'ai cru que cette rencontre allait donner quelque chose d'intéressant : je me suis trompé.

Tiens donc, l'histoire de ma vie ou, plutôt, l'histoire de mon mois de décembre. À croire que, sentimentalement parlant, M. Dubois et moi ne sommes pas si différents.

— Ne soyez pas défaitiste. Il est envisageable que cette personne change d'avis.

— Ça m'étonnerait. Elle me répète que les cartes n'indiquent aucune fin heureuse pour nous et que les astres ne mentent jamais.

— Les cartes ?

Lentement, je tourne la tête en direction de M. Dubois, qui vire au rubicond.

— Non ! Nous parlons de Gaia, la voyante ? !

— Oui, chuchote-t-il la moue grimaçante.

— Elle vous a piégé dans ses filets magiques ?

— Et quels filets ! De fantastiques et fantasques filets…

Si même les cartes sont contre lui…

— « L'imprévu prévu » de la divination me laisse sceptique, réponds-je. Et des femmes, il y en a des milliards sur cette terre.

— Les mélanges Arthur-Loris ne sont pas ce qui manque à Paris.

Du coin de l'œil, nous nous zieutons. Il n'a pas tort.

L'année à venir m'offrira de nouvelles perspectives. Avant, j'ai quelques comptes à régler.

— Vous avez eu le fin mot de cette histoire avec la blonde et toute sa clique ?

— Vous êtes bien au courant !

— J'ai croisé Marylin, tout à l'heure. Elle avançait d'un pas décidé. Et comme Mme Lula vous a entendues chouiner devant des téléfilms à l'eau de rose une bonne partie de la nuit… Vous savez, je n'arrête pas de vous le répéter, les murs sont fins ! Depuis des années, nous suivons vos non-aventures à travers ces derniers, la porte d'entrée, le plancher et le plafond. Aujourd'hui que ça bouge, nous sommes bien curieux d'avoir le dénouement de toutes ces énigmes qui ponctuent votre quotidien. Notre petit feuilleton à nous.

— Vous ne voulez pas non plus ouvrir des paris ?

— En cours, affirme-t-il en se levant pour aller à la rencontre d'une dame âgée qui se fraye difficilement un chemin dans toute cette poudreuse.

Plus rien ne m'étonne.

Décidée à obtenir la vérité, je rentre chez moi et essaie de joindre Arthur, qui n'est pas censé travailler aujourd'hui. Contrairement à la veille, il se fait discret. Manque de bol pour ses fesses, une application de géocalisation me permet de lui mettre la main dessus.

Si l'application ne ment pas, il se trouve dans un café du 10e arrondissement. Prête à en découdre, je m'habille à la va-vite. Les clés de la voiture en main, je quitte l'appartement pour me rendre à un rendez-vous surprise. Arthur ne s'attend pas à mon arrivée. Piégé, l'expression sur son visage me permettra de déterminer si, oui ou non, il est un salopard de première. Le bonhomme est mouillé jusqu'à l'os dans cette fichue histoire. Quel rôle joue-t-il ?

Sur le trajet rendu compliqué par la neige, je m'aperçois

qu'en plus de tergiverser, je radote. Mon esprit turbine à cent à l'heure. J'ai tellement de choses à dire ou plutôt à hurler que j'espère ne rien oublier. J'aurais dû préparer une liste. La sacro-sainte liste !

Garée dans une ruelle non loin de la gare de l'Est, j'entreprends de plonger mes bottes dans sept centimètres de neige. Peu de monde dans les rues. Avec cette météo, les gens préfèrent rester au chaud chez eux. Moi non. Je brave le mauvais temps pour avoir le cœur moins lourd et les pensées plus tranquilles.

Le parapluie dans une main, le téléphone dans l'autre, je progresse en direction de la brasserie dans laquelle Arthur est censé se trouver. À travers la vitrine du coin fumeur, j'épie les lieux. Je suis surprise par une petite voix.

— Les grands esprits se rencontrent.

— Marylin ! Toi, ici ?

— Je pourrais te dire la même chose, répond-elle avec difficulté, la joue gauche gonflée et endolorie. Je sais, ajoute-t-elle en replaçant le coton dans sa bouche. Tu joues à miss détective ?

— Nous sommes deux…

— J'ai trouvé étrange que mon portable indique que tu te baladais dans le 10e arrondissement. Tu n'es pas fan de ce coin de Paris.

Dans un futur proche : songer à me désinscrire de l'application de géolocalisation.

— Dois-je en déduire que tu m'espionnes ?

— Non, je prends soin de toi, c'est différent. Pour être honnête, je me doutais que cette journée allait être riche en découvertes et rebondissements. Tu dois être soutenue.

— Et pas qu'un peu, assuré-je en apercevant Arthur seul à une table.

Ni une ni deux, j'entre dans la brasserie et me dirige vers docteur menteur. Rien de mieux que de cueillir les gens lorsqu'ils s'y attendent le moins.

— Arthur.

Il se lève, surpris, en m'apercevant.

— Lila ?

Déterminée, j'attaque.

— Tu voulais qu'on s'explique, expliquons-nous !

Le malaise est palpable. Il balbutie des phrases qu'il ne parvient pas à terminer pendant que Marylin crache le coton de sa séance de soins chez le dentiste dans une tasse à moitié pleine.

— Tiens donc, nous interrompt mon amie en tirant l'écharpe pendouillant sur le dossier d'un siège vide, face à celui d'Arthur.

Au même moment, la porte des toilettes s'ouvre. Cléo, l'heureuse propriétaire de l'étole, se fige lorsque nos regards se croisent.

Chapitre 45

— Toi ! Qu'est-ce que tu fiches là ?

— Elle ne manque pas d'air, celle-ci, fait Marylin en balançant l'écharpe de Cléo sur la table.

— Tu l'as appelée ? s'exclame Cléo.

Arthur lève les mains, l'air de dire que non.

Souhaitant récupérer ses affaires, elle me défie du regard.

— Écarte-toi de mon chemin, lâche-t-elle, méprisante.

— Tu me dois des explications.

— Rêve toujours, Lila.

Je suis victime de ses manigances et c'est encore moi qui subis l'agressivité d'un bourreau en talons.

Me voyant en difficulté, Marylin intervient.

— Que crois-tu ? Que tu vas t'en sortir par une pirouette ?

Cléo tente de l'interrompre, peine perdue. Ma meilleure amie n'est pas du genre à s'écraser devant l'injustice et la méchanceté.

— Un pas de plus et je te colle contre le carreau. Le docteur menteur ne sera pas de trop pour soigner ton petit minois que je vais égratigner si tu n'avoues pas tes saloperies de mensonges !

— Avouer quoi ? Que je ne vous supporte pas, toi et ta petite Lila ?

Elle essaie de me montrer sa supériorité supposée, mais cette fois, ça ne fonctionne pas. Je n'ai pas ses superbes cheveux blonds ni sa beauté. Encore moins sa sublime silhouette ultra-élancée. Je suis *la* femme banale, une quille pour une nana de l'acabit de Cléo. Pourtant, je risque de l'étonner, voire de la choquer.

Moi aussi, j'ai un venin à cracher. Des années de non-dits à crier.

Je prends une grande inspiration et m'impose entre Marylin et la femme de Loris en pleine confrontation pendant qu'Arthur fait profil bas. Il minimise son rôle, ben voyons.

— Tu me dois tout.

Cléo m'ignore. Je me plante face à elle.

— Tu m'entends ? Tu me dois tout, Cléo ! Tu me dois ton bonheur, ta vie, ton mari, ton enfant, ta maison, ton nom. Tu me les dois. Je suis celle qui t'a permis d'épouser un homme parfait en tout point, que tu t'es évertuée à briser durant toutes ces années. Aujourd'hui, la mascarade est terminée. Aujourd'hui, tu vas te taire et accepter d'avoir été démasquée. J'ai rencontré des gens malhonnêtes, des menteurs, révélé-je en détaillant Arthur de la tête aux pieds. Des gens comme toi qui alignent tous les défauts du monde sans la moindre qualité. Tu n'aimes pas ton prochain. Tu ne fais preuve d'aucune humanité. Tu m'as souvent reproché ma naïveté, ma gentillesse et ma bonhomie. Eh oui, pour être franche avec toi, ça m'a impactée. Tes paroles m'ont parfois blessée. Je me suis souvent remise en question en me demandant ce que tu avais de plus que moi, mis à part ton physique. Là, tout de suite, j'ai la réponse. Tu n'as rien. Tu n'es personne. Tu as essayé de m'humilier et ça n'a jamais marché ! m'exclamé-je les larmes aux yeux. C'est terminé ! Arrête cette fixette sur moi et vis ta vie loin des gens que j'aime.

Le sang me monte à la tête. Je songe à toutes ces années durant lesquelles Cléo m'a rabaissée en public comme en privé.

— Tu n'es personne. Et tu resteras toujours transparente.

Sans réfléchir, je me saisis de la carafe d'eau et lui en balance le contenu au visage.

Bordel ce que ça fait un bien fou ! Je devrais être moins sympa plus souvent : œil pour œil, dent pour dent. Et encore, mon geste n'est rien en comparaison de la cruauté de la nénette.

Cléo n'en revient pas.

La musique cesse. Tous les regards sont dirigés vers nous. Je m'en contrefous. Je n'ai plus peur. Je ne suis plus honteuse de signaler à certaines personnes qu'elles sont mauvaises et qu'elles ne méritent en aucun cas que je me retourne sur leur passage.

— Tu es à l'origine de l'entrée d'Arthur dans ma vie. Tu es aussi l'auteur des lettres anonymes que je reçois depuis plusieurs mois. Pourquoi ? Pourquoi perdre ton temps avec de telles tactiques ?

Cléo applaudit avant de s'essuyer avec des serviettes en papier.

— Lila, Lila, Lila. Sors la tête de tes bouquins, la vie n'est pas un conte de fées. Tu veux connaître la raison pour laquelle j'ai dû me casser la tête à t'écrire des mots doux ? Pour que tu te décroches de mon mari. Tu sais, le père de mon fils !

Marylin zieute Arthur du coin de l'œil. Une pensée identique nous a parcouru l'esprit. Heureusement que Gabin est le portrait craché de Loris, sinon nous aurions pu imaginer que le géniteur était l'un des amants de la blondinette.

— De la jalousie, ne peut s'empêcher de faire remarquer Marylin en tapant du pied sur le sol. Tu t'es immiscée dans une relation qui n'était pas la tienne, poursuit mon amie.

— Aujourd'hui, personne n'est épanoui. Et ce, par ta faute, lancé-je.

— Si seulement, tu avais compris qu'il fallait t'effacer… Nous n'en serions pas là.

— Tu es à l'origine des problèmes dans ton couple, je n'y suis pour rien.

Cléo, la fière, ne prononce plus un mot. Sans un regard

pour Arthur – la teneur de leur relation m'échappe encore —, elle s'habille et nous fausse compagnie.

Avant de sortir trempée, elle se tourne dans ma direction.

— Si tu n'avais pas été là, Loris et moi filerions le parfait amour.

— Pour ça, il faudrait que tu sois comme lui... Monogame. Loris ne conçoit pas l'amour à plusieurs.

Le visage plissé, Cléo ne me contredit pas et quitte la brasserie en claquant la porte derrière elle.

À mon tour, je sors du café. La confrontation ne m'a apporté que peu de réponses.

— Tu te sens mieux ? m'interroge Marylin, dépitée.

— Il va me falloir un peu de temps, mais je vais digérer toute cette histoire.

— Il n'y a plus aucun doute. Elle a avoué à demi-mot même si des interrogations subsistent.

Sur le point de répondre, je soupire, interpellée par Arthur qui accélère le pas. J'avais presque oublié sa présence à celui-ci. Il n'est plus le beau et charismatique médecin qui m'a secourue après une stupide chute. Il est une tache dans mon paysage.

— Lila, je suis vraiment désolé.

Marylin s'éloigne sous la neige afin que nous puissions nous entretenir tous les deux.

— Jamais je n'ai voulu te blesser.

— Mais tu l'as fait. Je t'ai laissé entrer chez moi. Je t'ai accordé ma confiance...

Arthur, déconfit, secoue la tête en passant la main dans ses cheveux. Avant, ce geste m'aurait fait fondre. *Avant.*

— Je n'ai pas eu le choix.

— On a toujours le choix.

— Pas cette fois.

— Tu es complètement fou ! Mentir sur ta vie... ta famille... ta mère ! Il n'y a qu'une personne dérangée pour déformer la vérité à ce point !

— Je n'ai pas su répondre non à Cléo... Je suis désolé... Je devais brouiller les pistes.

— Elle te plaît ? Est-ce que Cléo et toi… ?

— Non… C'est compliqué !

— Parle, bon sang !

— Elle voulait à tout prix te sortir de la vie de son mari. D'après ses dires, elle avait déjà essayé de vous brouiller et elle s'était même mise à t'envoyer des lettres anonymes en espérant que tu t'éloignes de Loris. Elle m'a demandé de te séduire… Une petite faveur. Et le miracle s'est produit. Tu as chuté : le hasard a bien fait les choses… Je me trouvais dans les parages.

— C'est absurde ! Te rends-tu compte de la situation ? Quel médecin digne de ce nom agit de la sorte ? Ton serment ! Tu as promis d'aider ton prochain, pas de le manipuler !

— Je n'ai pas pu aller contre sa volonté ! Elle me fait tourner la tête, confesse-t-il péniblement. Je n'arrive pas à lui dire non. Lila, s'il te plaît ! Tout ne s'effacera pas en un claquement de doigts mais…

— Tu es un menteur ! Tu m'as manipulée ! J'ai plongé la tête la première. Tu te noies dans tes mensonges. Toi et la jolie blonde, c'est ainsi que tu l'as nommée au téléphone le jour où tu t'es trompé de numéro… Vous êtes sans doute plus proches que tu ne veux l'admettre.

— Je n'ai pas menti sur tout ! Je tiens beaucoup à toi !

— Pas assez pour être honnête. Couches-tu avec Cléo ?

Arthur déglutit.

Il me dégoûte.

— Vous m'écœurez tous les deux ! Je ne veux rien entendre de plus !

Je m'immobilise avant d'exploser de rire, un rire amer.

— Oublie-moi !

— Avoue tout de même que ta relation avec Loris est ambiguë.

La claque est partie. L'empreinte de mes doigts colore la joue d'Arthur.

— Je t'interdis de parler de ce qui m'unit à Loris. J'ai toujours respecté son rôle de mari et de père… Tu pourras le répéter à ton associée de plans foireux ! Si tu imagines une seconde que Cléo tient à toi, tu te trompes ! Elle te manipule pour obtenir ce qu'elle veut. Elle n'éprouve rien pour toi. Tu n'es qu'un pion sur son échiquier, conclus-je, une boule coincée dans la gorge.

Chapitre 46

J'ai raccompagné Marylin et je suis rentrée seule chez moi.

Digérer la duperie est une épreuve que certaines personnes surmonteront difficilement et que d'autres ne surmonteront jamais. La semaine passée chez mes grands-parents m'a permis de relativiser. Aujourd'hui n'a pas été la pire journée de ma vie. J'en verrai d'autres. Une vie sans connaître des hauts et bas ne serait-elle pas ennuyeuse ?

J'aurais pu errer dans mon appartement, sortir un pot de glace du frigo et l'ingurgiter devant la télévision. À la place, j'ai préféré dérouler mon tapis de sport dans le salon et me relaxer au son d'une musique douce. De nature discrète et introvertie, jamais je n'aurais pensé pouvoir extérioriser de furieuses émotions à l'encontre de Cléo. J'y suis parvenue. Je mue en une Lila plus combative dont on entend la voix.

Deux heures plus tard, je suis toujours allongée sur le sol, les mains sur le ventre, les yeux fermés. J'inspire durant quatre secondes et j'expire. Gonfler mes poumons puis les vider me permet d'expulser toutes les ondes négatives qui gravitent en moi.

Une fois le tapis rangé et la tranquillité mentale retrouvée, je saisis mon portable, bloque le numéro d'Arthur et le supprime. Je jette la carte accompagnant le bouquet réceptionné une heure plus tôt et place les fleurs envoyées par Arthur dans un vase ornant un meuble du salon. Je me fiche de l'individu à l'initiative de l'envoi. Le principal, c'est la beauté des roses qu'il aurait été un gâchis de balancer aux ordures.

Flemmarde, je passe commande dans un petit resto du 1er arrondissement. Le plat à emporter sera prêt dans une demi-heure. Juste le temps de m'habiller, de répondre à ma sœur qui ignore les péripéties de ma journée et d'emporter l'avenant au contrat, que je déposerai sur le chemin dans la boîte aux lettres de la Maison Dorée.

Sur la route, les engins de déneigement font leur boulot. Peu sont les courageux qui ont osé sortir en ce début de soirée. Les vitrines illuminent les rues. Le 1er arrondissement resplendit, recouvert d'une belle couche de neige.

Quand la voiture est bien garée dans un parking privé, géré par un très bon client de la chocolaterie, je commence ma courte balade. Je progresse dans les rues jusqu'à arriver dans un petit restaurant traditionnel que j'adore pour retirer ma commande. Je poursuis mon chemin et me retrouve à quelques mètres de mon ancien lieu de travail.

Je reste prostrée quelques secondes devant le bâtiment dans lequel se trouve le cabinet d'Arthur. Des regrets ? Non. De la déception ? Oui. Une romance de quelques semaines s'effacera sans problème. Une amitié de plus de quatre ans, elle…

Déposant mon courrier dans la boîte aux lettres de la Maison Dorée, il m'a semblé apercevoir une lueur. Quelqu'un dans les cuisines à 22 heures ? Étonnant.

Je fais demi-tour puis, finalement, je reviens sur mes pas pour coller mon visage contre la vitrine. J'entends un bruit. La caméra sur la façade pivote. Je me redresse. Quelques secondes plus tard, lorsque je traverse la route, quelqu'un m'interpelle.

Cette voix chaude me vole un sourire. Oui, malgré notre passif, le son de *sa* voix réchauffe mon cœur.

— Lila.

Sur le pas de la porte, dans son uniforme blanc de pâtissier, une spatule en bois dans la main, Loris s'illumine.

— J'ai déposé un document dans la boîte aux lettres.

La lueur dans ses prunelles s'estompe.

— Ta démission ?

Affronter son grand et beau regard chocolat n'était pas prévu.

— Ce n'est pas contre toi.

— Tu veux entrer deux minutes ? La neige recommence à tomber.

J'accepte en me promettant de me dépêcher. J'ai un repas encore chaud à déguster.

— Tu ne t'arrêtes jamais de travailler ?

— J'ai plus de temps, maintenant.

— Ah oui ? dis-je en le suivant au fond de la boutique dans la cuisine.

Je remarque immédiatement que Loris est en plein chantier. Bien qu'ordonnés, les plans de travail sont recouverts d'ustensiles de cuisine et d'une poche dont s'échappe une traînée de chocolat au lait.

— Gabin est chez mes parents et ma meilleure amie est fâchée contre moi depuis quelques semaines. Elle me manque.

— Fâchée ?

— Est-ce que j'exagère ?

Je pose mon repas sur une table et contourne le plan de travail de Loris.

— Tu m'en veux et je le conçois. Je ne peux pas te blâmer pour ça.

Le bip du four retentit. Il en sort un fin biscuit au chocolat. La bave aux lèvres, je l'observe assembler cinq petits gâteaux sous mes yeux. Du chocolat, de la vanille, une couche de noisette et une fraise pour orner le tout. À croire que le dessert porte mon nom. Il est composé des saveurs qui font chavirer mes papilles.

— Une nouvelle prouesse technique, assuré-je.

Je me penche pour l'admirer tandis qu'il travaille les finitions d'un dessert gourmand.

— Tu le goûtes pour me donner ton avis ?

Loris place l'assiette devant moi.

— Je ne rêve pas. Tu pâtisses vraiment en plein milieu de la soirée.

Il opine en s'essuyant les mains avant de sortir de la pièce adjacente un gâteau sous cloche.

— J'avais quelque chose à fêter.

Plantant ma cuillère dans une mousse onctueuse, je l'écoute.

Il s'éloigne et revient, un dossier papier à la main, qu'il me tend. En dégustant une bouchée d'un « nuage de saveurs », j'ouvre le dossier transmis à Loris par un avocat, dont le nom apparaît sur la couverture.

— C'est tellement onctueux… Ça fond en bouche…

Je tourne les pages.

— Les papiers du divorce, annonce-t-il.

— Elle a…

— Elle a signé ces fichus papiers. Hier soir. Elle n'était plus en mesure de négocier.

Je manque de tomber à la renverse. Le dessert, bien que délicieux, me paraît secondaire.

Ce qui me semblait impensable la semaine dernière est aujourd'hui devenu réalité.

— Cléo a accepté les termes du divorce ?

— Aucun partage des biens. Les premiers temps, j'aurai la garde exclusive de Gabin. Elle lui rendra visite quand elle le voudra. Je lui cède l'appartement dans le 15e ainsi que la Mercedes. Pour le reste, je ne lui dois plus rien.

Bouche bée, je ne sais plus comment me comporter. L'envie de sauter sur place et de fanfaronner est très forte, trop forte. Je me retiens.

— Tu voulais recoller les morceaux.

— J'ai mis du temps à intégrer qu'un divorce n'était pas simplement un échec. Et puis il y a trois semaines encore, je ne pouvais pas mettre fin à mon mariage sans détruire ta famille. Il y avait tant de paramètres à étudier avant de me décider.

L'euphorie redescend. Je tombe des nues.

— Comment ?

— Cléo a un dossier complet sur les petites affaires de tes parents… sur leurs pratiques peu communes. Elle était prête à le transmettre à la police. En t'atteignant toi, elle savait qu'elle m'atteignait moi.

Merde. Ce que je vois comme une entreprise familiale peut être considéré devant la loi comme une secte avec prédicateur et gourou. La philosophie de mes parents est particulière. Vu de l'extérieur, leur *groupe* peut effrayer. Et je ne parle pas des plants de cannabis et autres cultures illégales dans leur jardin et sous certaines serres de leurs adeptes.

— Ils n'ont jamais fait de mal à personne.

— Mais toi comme moi savons qu'ils pourraient être condamnés pour culture et consommation de drogues.

— De cannabis médicinal, dis-je, dépitée. Cléo t'a fait chanter ?

— Ne t'inquiète pas pour moi. Mes avocats ont constitué un dossier béton à son encontre. Elle est maligne et a réponse à tout. Il nous a fallu un peu de temps mais nous y sommes parvenus. Cléo a manqué de discrétion. Infidélité, imitation de ma signature sur certains chèques, ponction des comptes de Gabin, censés être bloqués, pour des séjours improvisés avec son amant. Cléo m'a parfois fait suivre et, s'imaginant que je la trompais, m'avait aussi mis sur écoute depuis plus d'un trimestre via mon portable.

Je n'en reviens pas du poids qu'il portait sur ses épaules.

— Elle pouvait tout entendre de ce que tu disais ou faisait quand elle le souhaitait ?

Il acquiesce.

— Est-elle au courant pour les baisers que nous…

Loris secoue la tête pour me signifier que non.

— Elle ne s'est mariée avec moi que pour le prestige de mon nom. Le but étant de redorer l'entreprise de ses parents en pleine faillite avant notre mariage. Trois jours plus tôt, j'ai découvert qu'elle magouillait contre toi en utilisant Arthur… qui est fou d'elle depuis des lustres. Il est prêt à tout pour être dans la vie de Cléo. Jouer un second rôle lui suffit… pour combien de temps encore ?

Je suis stupéfaite par ces révélations.

— La sœur d'Arthur est apparemment une amie de ta femme. Future ex-femme.

— Ils se connaissent depuis le lycée. Il semblerait que la relation entretenue par Arthur et Cléo ne date pas d'hier mais de quelques mois déjà. Il n'est pas devenu son mari car sa famille a toujours été moins « réputée » que la mienne… Je ne sais pas si les sentiments de Cléo pour lui sont sincères. De toute façon, ça ne me regarde plus. Je m'en fiche.

— Elle le manipule. Il a des œillères sur les yeux. Qu'a-t-elle pu lui promettre ?

Loris hausse les épaules. Prenant le temps de digérer toutes ces informations, je m'appuie sur le mobilier de la cuisine.

— Cléo reste la mère de ton fils.

— Je la respecterai toujours pour cela. Mon petit bonhomme est le soleil de ma vie. Cléo et moi garderons des relations courtoises pour notre garçon.

Une question me brûle les lèvres.

— Tu ne l'aimes plus ?

— Non.

J'ai besoin d'un morceau de gâteau.

— Un temps, j'ai pensé que rester avec elle pour le bien de Gabin serait la bonne solution. Ce n'est pas le cas. En grandissant, il comprendra que ses parents sont plus heureux séparés. Je ne peux plus tourner la tête pour ne rien voir.

Je saisis la bombe de chantilly que j'avale directement au goulot. Suis-je toujours dans le même espace-temps ? Je ne m'attendais pas à un retournement de situation pareil.

— Je devais accumuler des preuves pour me débarrasser

de l'emprise de Cléo… J'ai découvert par hasard le logiciel espion sur mon portable après notre premier baiser.

Ma poitrine se réchauffe en songeant à ce premier baiser échangé avec Loris, début décembre.

— Je n'ai pas eu d'autres choix que de prendre mes distances, poursuit-il. Hier, quand j'ai trouvé la copie des lettres anonymes que tu recevais dans ses affaires, j'ai su que j'allais réussir à l'obliger à signer les papiers du divorce. Elle a pris peur lorsque je lui ai signalé qu'elle serait poursuivie pour harcèlement et pour tout un tas d'autres raisons grâce, entre autres, à ces preuves écrites qui alimenteraient le dossier de mes avocats.

Le soulagement me gagne. Je suis déjà plus légère.

— Elle ne se risquera plus à noircir ton quotidien. J'y veillerai.

Loris soulève la cloche et me dévoile une magnifique bûche en forme de crackers. Sous un manteau de noisette brossé à l'or se dissimule un roulé autour d'un délicat cœur en chocolat. Le tout étant relevé d'éclats de noisette.

— C'est magnifique.

— Ce bijou de gourmandise m'a demandé six heures de travail.

— Comment s'intitule ce chef-d'œuvre ?

— Le « Lilou ».

Je fonds. Certaines femmes rêvent de fleurs ou de diamants. Moi je rêve d'autres choses. Et cette autre chose sera exposée l'année prochaine dans toutes les vitrines des boutiques de la Maison Dorée.

Si je ne me trompe pas, c'est une déclaration d'amour, non ?

Rougissante, je ne sais plus où me mettre lorsque Loris s'approche.

— Est-ce que tu réussiras à me pardonner ? Je devais réfléchir. J'étais déstabilisé et je craignais de te perdre ou de perdre ce que l'on a construit au fil des années. Je n'assumais pas mes « sentiments » pour toi. Ça n'excuse en rien mes paroles blessantes ou mon attitude. J'aurais dû trouver le moyen de me confier à toi. De t'expliquer la situation et mes doutes.

— Te pardonner d'avoir protégé les intérêts de ma famille et les tiens ? Oui.

Je marque une courte pause.

— Ne me refais plus un coup pareil. Nous devons être honnêtes, nous soutenir.

— Je n'ai jamais voulu que tu souffres. Je regrette mon comportement. Et je suis désolé de ne pas avoir compris plus tôt que je m'étais trompé de moitié, le jour de mon mariage… Je pense qu'au fond de moi je l'ai toujours su. J'ai essayé de réprimer des sentiments à ton égard qui me dépassent. Il y avait tellement de détails, de paramètres à prendre en compte, insiste-t-il, l'air peiné.

Je crois en ses paroles. Ses remords sont loin d'être un mensonge.

— L'être humain commet des erreurs. L'important est d'en tirer une leçon.

— Tu vois le verre à moitié plein. C'est une qualité que j'aime chez toi, ajoute-t-il en caressant mon visage.

Je lui souris comme je n'ai jamais souri à personne.

Nous y sommes.

Le moment est venu de sceller dans le chocolat un amour trop longtemps étouffé.

Je veux oublier que nos rapports n'étaient plus au beau fixe. Je veux le retrouver, lui, l'homme sur lequel j'ai toujours craqué dans le plus grand des secrets. Je ne dis pas que notre chemin ne sera pas semé d'embûches. Je dis que nous pouvons essayer de contourner les obstacles main dans la main comme nous l'avons souvent fait « ensemble » auparavant.

— Tu comptes m'embrasser ? me demande-t-il, sérieux.

— J'espérais jouer la carte de la spontanéité.

Je m'approprie la poche de chocolat et en barbouille les lèvres du charmant pâtissier qui ne retient pas un rire communicatif. Autant allier mes deux plaisirs : Loris et le chocolat !

La porte claque.

— Allez ! Le baiser ! Mille quatre cent soixante jours qu'on l'attend ! lance Maria.

— Et pas qu'un peu, ajoute Laurène, accompagnée de Marylin.

J'hallucine !

Surpris dans les bras l'un de l'autre, nous nous tournons. Le trio infernal, qui apparemment assiste à la scène depuis un petit moment, trépigne d'impatience.

— Pensez tous les deux à désactiver l'appli « Find my friends », conclut Marylin tandis que Loris et moi finissons par nous embrasser, atteints par la folie contagieuse de trois curieuses.

Un baiser doux et passionné à la fois qui me permet de me replonger dans un souvenir fort plaisant. Je ferme les yeux et suis happée par la vision qui a débuté dans l'antre de Gaia. Celle où je me voyais sur le point de me marier, au bras d'un homme dont le visage ne m'était pas dévoilé. Cette fois-ci, l'image me paraît moins floue. J'aperçois sous une lumière chaude et rassurante une courte chevelure brune parfaitement peignée qui ne m'est pas inconnue…

Quand j'ouvre les yeux, je m'éloigne de Loris, pris d'assaut par sa mère, ma meilleure amie et ma sœur qui le taquinent avec bienveillance. Je les contemple, un sourire radieux aux lèvres, quand je suis attirée par la présence d'une personne sur une balançoire dans la courette privée des Dorée. Je m'approche de la baie vitrée et crois distinguer Gaia qui me fixe, l'air espiègle. Enveloppée d'un épais manteau, son foulard sur la tête, elle se lève, me tire sa révérence avant de regarder le ciel et de claquer des doigts pour s'éclipser dans un tourbillon de neige.

Pensant avoir halluciné, je me frotte les yeux avant de rire, émue.

— La magie de Noël opère, assure Marylin, malicieuse, en observant la balançoire à présent vide. La magie de la vie, tout court, opère, conclut-elle tandis que mes proches m'entraînent dans la boutique pour une soirée inoubliable et féerique censée marquer la fin des petits tracas… et le commencement d'une nouvelle histoire !

♪ *I don't want a lot for Christmas*
There's just one thing I need
I don't care about the presents
Underneath the Christmas tree
I just want you for my own
More than you could ever know
Make my wish come true
All I want for Christmas
Is you[1] ♪

FIN.

1. Mariah Carey — *All I want for Christmas is you.*

Composé et édité par HarperCollins France.

Achevé d'imprimer en septembre 2020.

CPI

BLACK PRINT

Barcelone

Dépôt légal : octobre 2020.

FSC

www.fsc.org

MIXTE

Papier issu de sources responsables

FSC® C108412

Pour limiter l'empreinte environnementale de ses livres, HarperCollins France s'engage à n'utiliser que du papier fabriqué à partir de bois provenant de forêts gérées durablement et de manière responsable.

Imprimé en Espagne.